十王一妃

4

張廉

插畫／Chiya

Kadokawa Fantastic Novels DX

Contents

十王一妃
4

我怔怔站在明洋面前，雙重的視野裡對照出真正的他——一雙緋紅色的眼眸，和一對黑得如同腳下焦土的犄角。當紅眸顯現時，那黑色的犄角上立刻浮出與人王及普通人類完全不同的花紋，恰似焦土裂縫中的熔岩，閃現金紅耀眼的光芒，不規則地分布在黑色的犄角上，緩緩流動，宛如它們和岩漿是一體的，抑或像是岩漿的孩子。

「那瀾，加入我吧。」

明洋再次收回手臂，眸色恢復漆黑，彷彿剎那間的變色只是我的錯覺。

我的大腦像是電腦運作太快而當機了，突然遇到明洋的驚喜和發現他變化的驚詫，讓我一時無法做出正確的判斷，不知道自己該不該跟明洋走。

眼前的明洋到底是不是明洋？

跟他走是不是會比現在過得更好？

「對不起，我還是想回家，你有辦法送我回家嗎？」

我下意識說出了這句話，卻讓明洋的神情瞬間沉下。

他冷冷地看著我：「為什麼？為什麼還要留戀那個世界？妳在那個世界只是個小小的插畫家，整天躲在家中難道不也是為了逃避那個世界嗎？」

他的語氣忽然有些激動，黑眸再次浮現一抹緋色。我不由得後退一步，腳下的身體也往後移了移。

「明洋，我待在家裡不是因為想逃避那個世界，相反的，我覺得網路購物很方便，我很喜……」

此時我發覺他的眼睛越來越紅，於是立刻住口，腦中再次閃現最初的問題——明洋找我做什麼？或者應該說，「現在的這個明洋」找我做什麼？

真的是為了救我嗎？

「明洋，為什麼你之前不來找我？」

我反問他。如果他真的擁有了什麼神力，為什麼之前不來找我？男孩子們多半希望擁有特殊而強大的力量，所以從小就愛看少年漫畫，裡面的男主角無不擁有強大的力量。

明洋的神色漸漸和緩，我發現他的瞳色又恢復正常，顯然他的變化與情緒有很大的關係。他沉默了一會兒，再次對我揚起微笑：

「那瀾，讓我看看妳的神力。」

我的心裡立刻敲響了警鐘……明洋居然迴避我的問題，更可怕的是他知道我身上有其他力量！他是怎麼知道的？我根本沒跟他提過！

知道我有特殊力量的，現在也只有幾位人王——涅梵、安羽、玉音、伏色魔耶，以及精靈族的伊森和摩恩，但他們都對我的力量一知半解，明洋的語氣卻是那麼地肯定！

「什麼神力？」

我故作困惑地看他。

明洋笑了：「看來是妳的內心在抵抗這個世界。那瀾，接受現實、接受這個世界，妳就會擁有無上的神力！」

他忽然激動起來，眸光如火如炬，大步走到我面前：「屆時我們就能聯手統治這個世界！」

他激動地握住了我的手，我頓時為他手心異常的灼熱感到訝異，緊張得進入戒備狀態，金光卻忽然從他握住我的手下迸射而出。

「啊！」

他驚然收手，手心變得焦黑，像是燒焦般可怖不已。

我呆立在原地，無法相信自己見到的一切與明洋碰觸我後發生的怪事。他目光灼灼地望著自己的手，渾身散發出可怕的殺氣。我開始後退，因為我看到他的手心也正在慢慢癒合！沒想到他也有自癒的能力……明洋現在到底是什麼？

我忽然理解人王們為何總是要問我到底是什麼、對我那麼關注和緊張了，因為人的本能會對未知的東西產生不安。

看明洋越來越陰沉的神情，可不像是打算跟我好好說話。

明洋已經不是人了，跟我一樣。如果我是因為有了精靈之力，那麼明洋可能是擁有了魔族之力！而且事情似乎不像表面看起來那麼簡單。

眼下至少證明了一點——明洋已經不能像以前那樣靠近我，或是碰觸我了。

「那瀾——那瀾——」朦朧的煙霧中傳來了伊森著急的嘶喊，我立刻轉往那個方向：「伊森！我在這裡！」

明洋捏了捏已經恢復如常的手，勉強揚起了微笑，垂下頭：「是不是妳朋友來找妳了？對不起，嚇到妳了吧。不過妳不用怕，這是魔族給我的力量，妳可以把我當成那些人王。」

他依然保持溫和的語氣，我卻隱約感覺到從他身上而來的怒意。是因為我傷了他嗎？

不過他的這番話也解開了謎底，果然是魔族的力量。

我的心情頓時變得複雜無比。我注意到明洋還保留著那份溫文儒雅，不過知道他對林茵的看法後，卻又不確定自己是不是瞭解他了。但他畢竟是和我一起掉下來的、屬於另一個世界的人，所以對我來說，他依然是特殊的。

「明洋，我見到你父親了。」

明洋倏然抬頭，驚訝地看向我：「妳見到我爸了？他怎麼樣？還活著嗎？」他急切地想抓住我的手，我立刻抽回手，他似乎也察覺到了什麼，手頓在半空中慢慢收回。

我看著他：「或許你更喜歡這個世界，但你父親從沒放棄要回去找你們。只是他失敗了……」

明洋的瞳仁突然收縮了一下，整個人趔趄地後退一步。而他身後昏沉的世界裡劃過一抹金光，只見伊森正急急朝這裡飛來。

「哼……」明洋苦澀地笑了：「沒關係，很久以前我就已經接受他的死了。」

「你父親在這個世界有個好朋友，叫做老麥克，他也決定找尋回家的路，我當然也不會放棄。而且我還得去救個朋友，你說的事情我……」

「那瀾！」

焦急的伊森終於從晦暗的世界裡飛出，朝我急速而來。然而就在我想和他會合時，一條金紅色的

岩漿之鞭猛然抽向他，也攔住了我的去路！

「伊森！」

我大聲驚呼，但鞭子已然抽在伊森的身上，伊森頓時被抽飛，剎那間現出人形，身邊則掠過一道黑紫色的光芒，摩恩隨即化成人形，接住了墜落的伊森。我驚呆在原地，大腦嗡嗡作響。

伊森受傷了！那條鞭子不讓我過去，這難道代表……

被鞭子抽中腹部的伊森倒在摩恩懷裡，陷入昏迷，白衣的裂口處焦黑一片，露出的傷口也像是滾滾流動的岩漿。我的心瞬間顫抖起來，憤怒登時竄上腦門，感覺到全身的力量都像在燃燒！

摩恩驚訝地看向鞭子的主人，正是明洋！

「原來是精靈王子伊森和摩恩。那瀾，他們是妳的朋友嗎？」明洋的臉上依然掛著微笑，手中緊握著那條岩漿化成的金紅色鞭子。

我憤怒地望著他：「你這是在做什麼？」伊森還有摩恩可以照顧他，現在更重要的是保護他們不再受到明洋傷害！

「那瀾，我想告訴妳，妳的朋友——」他頓了頓，垂下眼，揚起淡淡的微笑：「——是無法抵禦我的力量的。」輕描淡寫的語氣更像是一種威脅！這是什麼意思？

我愣怔了半晌，這番話的意思難道是想表示他傷害不了我，但可以傷害我的朋友？

我吃驚地看向摩恩懷中的伊森，他腹部的傷口讓我心如刀絞。

「那瀾，妳還不會使用自己的力量，是保護不了他們的。」

明洋果然是在威脅我。

該怎麼辦？無論如何，今天都得讓伊森和摩恩安全離開！絕不能再讓任何人死在我的面前！

我發誓，不會再出現第二個靈川！

明洋的力量很可怕！他只用一鞭便將伊森抽成重傷。伊森並非普通人，而是聖光精靈族的王子，也取回了精靈之元，怎麼會如此不堪一擊？再加上他出手是那麼地準確，可見他能看見精靈，甚至說不定不用看就能感應到別人的位置。

他的魔力太強大了。

以我現在對自己的能力一知半解的情況下，即使能保護自己，也可能無法同時保護伊森和摩恩兩個人。

我強迫自己不去看伊森的傷口，不去為他的傷勢心痛，好讓自己平靜下來。

我勉強揚起笑容，看向明洋：「明洋，你在做什麼？他們是我的寵物、是我的僕人！我好不容易收服了他們，讓他們為我做事，保護我在人王中的安危！你怎麼把他們打傷了？」

明洋怔了怔，靜了片刻，隨後面露一絲歉意：「原來只是寵物啊……呵，我怎麼忘了妳們女生就喜歡這種小精靈做寵物。」

「是啊。」

我望向摩恩，他比伊森成熟，希望他能明白我此刻的用心。換作是伊森聽到我剛才的話，一定會失控抓狂。

摩恩見我看他，立刻低下頭：「主人，我們見妳被魔族抓去，於是前來找妳。」果然還是他心眼多，狡猾的人在此刻就能顯出優勢。

「我記得妳以前曾經玩過一款手機遊戲，裡面也養了一隻寵物。」明洋在我面前繼續說著：「對不起，把妳的寵物打傷了。不過妳不用擔心，精靈族能自癒，魔力雖然對他們會有一定影響，但不會傷及性命。」

我笑了笑：「那就好……我們女生喜歡寵物成雙成對的，伊森和摩恩恰好一黑一白，我很喜歡，如果你打死了其中一隻，我會不開心的。」

當我說出「不開心」三個字時，明洋微微蹙眉，更顯得歉疚不已。

「對不起，下手太重了，我還無法好好地控制自己的力量。」說完後，他眨了眨眼，低下頭，似乎在思考些什麼。

我立刻說道：「你說的事我會考慮。雖然我們認識不久，但你也知道我是個很固執的人，等走遍整個世界卻發現回不去時，我就會留下來。我們是同一個世界的人，屆時我不來找你，又能找誰？」

聽完後，他抬起頭來對我露出微笑：「好，我等妳。」

他接著轉身走向伊森，摩恩立時戒備起來，看他平日老愛和伊森作對，沒想到此刻居然如此維護伊森。

我對摩恩搖搖頭。其實我的一顆心也懸在喉間，撲通撲通撲通飛快地跳著。摩恩微微垂下臉，但始終沒有放下戒備。

明洋蹲下身，伸出手隔著空氣撫上伊森的傷口，金紅的光芒自他的手心下綻放，那宛如岩漿般的液體一點一滴地浮起，吸入了明洋的手心之中，只餘下一道淺淺的痕跡。

見狀，我終於放下一顆心。

明洋轉身看向我：「妳去吧。等妳回來時，我會占領這裡，做為妳的王宮，讓妳不用再站在這焦土之上！」

我看向腳下，無論我走到何處，腳下的魔族始終未曾離開。

現在不是硬拚的時候。我發覺明洋之所以找我，是為了我的力量，既然如此，我更不能留在這裡。

「摩恩，我們回去了。」

摩恩抱起伊森。當我抬腳時，另一個魔族已經飛躍到我身前，依然趴在焦土之上，讓我任意踩在他們的後背上。

我看到了魔族的忠心，卻也看到了他們的危險。明洋毫無徵兆地抽傷我的伊森……不，在那之前我已經察覺到他的憤怒，看來他是把我弄傷他的憤怒出在伊森的身上！

我頓時感到愧疚不已，為什麼和我有了關係的男人總是會受到傷害呢？之前是靈川，現在輪到了伊森。

我一步步踩在魔族們用身軀鋪成的道路上，離開了這片焦黑的樹林。

記憶中的明洋很善良，我記得他甚至會為駱駝洗澡、療傷，不會忽然傷害他人，今天他卻滿不在乎地攻擊伊森，像是不把任何生命放在眼裡。

「摩恩……」我的話聲在遠離明洋後開始顫抖起來，甚至不敢提高音量：「伊森那傢伙……沒事吧……」

「現在沒事了……」

飛在我身邊的摩恩情緒也陷入了從未有過的低落，至少認識他至今，他總是擺出一副不可一世的模樣。看來剛才的事對他來說也相當震撼，我隱約感覺到他和我一樣害怕。

「那就好……」

強撐的冷靜在此刻瞬間洩去，提心吊膽和擔心讓我的腿軟了一下，摩恩立刻伸手扶住我，伊森從他懷中掉落，雙腳垂下，差點碰到烏黑滾燙的焦土。

摩恩看向我，我向他擺擺手，他便重新抱起了伊森，和我一起沉默地前行。

前方的煙霧漸漸散去，隱約可見將伏都與魔域隔開的岩漿裂谷。

沒想到當我以為自己的力量終於強大到可以擺脫人王時，比我更強悍的明洋卻突然闖入了我的世界。我曾經視為朋友的男人，此刻卻成了我身邊朋友最大的威脅，甚至比人王們更讓我無法看清。

我走到峽谷邊緣，對面出現了伏色魔耶的身影，他的身旁是玉音，巨大的黑龍影子則在此時掠過我身前的峽谷。

腳下的魔族忽然張開黑色的翅膀，又恢復成怪物的模樣飛到我的面前，形成一座橋，讓我通過岩漿滾滾的峽谷。

我走上他的脊背，他的身體因為拍動翅膀而震顫不已。往下一看，金紅的岩漿在裂谷深處流淌，讓我再次想起明洋犄角上的花紋。

我微微有些顫抖地伸手戴好眼罩，做了一個決定——我要和人王們聯手，因為他們比我更瞭解魔族！

我相信明洋還是個好人，可能是被什麼控制了，抑或是身上的魔力使他魔化了。要是讓一個可以任意傷害生命的人統治這個世界，我無法想像會引發怎樣的慘劇。

「妳現在和魔族也有勾搭了！」

伏色魔耶聲到劍到，寒光劃過我的面前，他手中的巨劍已經指在我的身前。

周圍的魔族全數飛起，列隊站在我的身後。這下真的是跳進黃河也洗不清，我想明洋是要逼得我走投無路，只能投靠他。

「魔女！她真的是魔女！」伏色魔耶身後的戰士騷動起來。

「魔族聽她的指使，她一定是魔女沒錯！而且還曬不死，真是太可怕了！我們該怎麼辦？」

「伊森！」

此時玉音發出一聲驚呼，伏色魔耶隨即看向我身旁，同樣發現了受傷的伊森！

「呼！」忽然颳起一陣猛烈的風，把魔族全掃回了峽谷對側，巨大的風鼇飛在我的身後，在峽谷上形成一堵牢不可摧的護壁！

涅梵從風鼇身上躍下，走到伊森身前，接著又看向摩恩：「你又是誰？」

摩恩陰鬱地撇開臉：「我是暗夜精靈一族的摩恩！」

涅梵、玉音和伏色魔耶頓時露出萬分驚訝的表情。

「你就是傳說中的靈魂接應者——暗夜精靈？」涅梵難以置信地打量著摩恩：「據說暗夜精靈從不顯現在人間，難道你也是……」他說到一半又朝我看來。

我認真地望著他們，再看了一眼身後的魔域，回頭對他們說：「趕緊讓伏都百姓撤離這裡！」

聞言，伏色魔耶、玉音及涅梵個個詫異不已。

「妳在說什麼傻話？」伏色魔耶朝我怒吼，我也著急地大喊：「我沒開玩笑！快把那份自負收起來，你根本不知道你將要面對什麼！」

伏色魔耶因為我的大吼而愣住，我看向摩恩：「快，先帶伊森回去休息。」

摩恩點點頭，我和他一起快步穿過這三位人王中間，眼前的士兵立刻惶恐地退到兩邊，為我們讓開了道路。

看到他們身後的景象時，我驚呆了。昔日的伏都頃刻間變得滿目瘡痍，地面被火球砸出一個個凹坑，焦黑一片，坑中的火焰仍在熊熊燃燒。很多樹被燒焦，遠處的王城也冒出一縷縷黑煙，伏都往日的風采和繁華已然不再。

我和摩恩往回走，到處都可以看到受傷的士兵和來不及逃回王城的百姓，他們因為沒看到我和魔族一起出來，望著我的目光仍懷著一分尊敬。

我快步走回王城，安羽正蹲守在一堵被砸出大洞的城牆上，身後是一隻孤單的黑翅。他俯視著我，揚唇一笑，雖然依舊帶著些許邪氣，我卻看到他眸中的喜悅。

他躍到我面前，看到我身邊的伊森和摩恩，一抹寒光頓時掠過他的銀瞳，笑容也變得冷酷：「我就說伊森跟妳來了，這次看來又多一個。哼！他們看到妳被魔族綁架還挺緊張，沒想到妳有兩個保鏢在身邊，真是讓大家白忙一場……」

「安羽，離她遠點，她是被魔族送出來的！」伏色魔耶戒備的聲音在我身後響起。

安羽挑起眉，收起翅膀：「哦？看來妳的魅力還真的不小，連魔族都看上妳了？不對，照理說看上妳應該會把妳留下才對吧？嗯……哈哈哈……看來魔族不敢要妳……哈哈哈哈……」

他忽然狂笑起來，我不明白他此刻到底在笑什麼。

「我的朋友變成魔族了。」我平淡地說了這句話。安羽頓時一口氣噎住，猛烈咳嗽起來：「咳咳咳……咳咳咳……妳說什麼？」

「妳在說什麼？」

涅梵、玉音和伏色魔耶也走到我面前，吃驚地望著我。

我平靜地表示：「當初並不只有我一個人掉下來，而是……」我頓了頓，在他們驚訝的目光下說出了真相：「三個人。」

「什麼？」四人同時大聲驚呼。

我們一起回到那間過去住著闍梨香、現在則住著我的房間，伊森躺在床上陷入昏迷，摩恩靠立在床柱邊沉默不語，伏色魔耶、玉音、涅梵和安羽則坐在一旁的臥榻上，面向坐在床邊的我。

「伏色魔耶，我想知道以前魔族的力量。」我認真地看著伏色魔耶。眼前的四個男人罕見地放下那份高傲，認真面對我。

伏色魔耶雙手環胸，蹙起眉頭：「魔族在五百年前曾經強大過，但被當時的女王闍梨香鎮壓，也消滅了當時的魔王，後來闍梨香的力量分給我們八人，單憑我一個人的力量便能守護伏都，不讓魔族侵犯。不過近幾年他們似乎有壯大的趨勢，力量越來越強，火山的活動也變得活躍。今天這場戰鬥是我保護伏都百年來最激烈的一次，以前魔族根本無法衝入我的王城！」

聽完後，我憂慮地說：「我擔心今天魔族根本不是要來侵略伏都，而是想帶我離開王城。」

「帶走妳？」涅梵瞇起雙眸，沉聲問道：「妳說妳的朋友變成魔族，難道是他想來找妳？」

「是的。」面對他們探究的目光，我認真點頭。

涅梵瞇了瞇眼，玉音摸起下巴，安羽單手支臉凝視著我，伏色魔耶則煩躁地擰緊雙眉：「到底是怎麼一回事？快說！不要只說一半。」

我於是開始解釋：「包含我在內，當初掉下來的其實有三個人，兩女一男。」

聞言，四人驚訝不已。我繼續說：「但聽說照慣例，每次上面都只會掉下一個人來，所以你們找到我之後似乎沒想到還有別人也一起掉到這裡。起初我擔心要是說出來，你們就會把他們抓走，所以沒說，畢竟誰喜歡被這樣輪著耍弄呢……」

聽見我的輕嘆，四個男人頓時面露尷尬。

「而且我也不確定他們是死是活，想說環遊八國時可以慢慢打聽他們的消息，卻沒想到明洋竟然落在伏都，並被魔族所救……」

「魔族怎麼可能會救人？」伏色魔耶立刻撇頭說，涅梵伸手捏了捏他的大腿：「不要打斷她，讓她說下去。」

伏色魔耶憤懣地沉吟一聲，不再插話。

「至少剛才我見到他時，他是這麼說的，所以我懷疑他魔化了……」

「魔化？我看多半是被寄生了。」

摩恩突然加入討論，讓我們所有人一驚。

「寄生？」

涅梵和其他三王面面相覷。

我轉頭看向摩恩，他似乎總算平復心情，走到我的身邊坐下：「傳說當年闍梨香毀掉了魔王的肉身，但魔王的靈魂是由天地怨氣所化，無法徹底消滅，所以他的靈魂回到魔域。嘖！剛才我一時被嚇傻了所以沒想到，現在越想越覺得可能是寄生。他之所以想找妳……」摩恩望著我：「可能是覺得妳的身體比明洋更強大更好，所以想寄生在妳身上，卻一時找不到方法，才會在碰觸妳時被灼傷。」

我的全身頓時起了雞皮疙瘩，環抱自己的身體：「你說的是真的嗎？這麼恐怖？」

一想到有什麼東西打算進入我的身體，我整個人都不好了。

摩恩有些生氣地白了我一眼：「伊森說的傳說妳信，我說的妳就不信？他們聖光精靈族保存的傳說都是光明面的，我們暗夜精靈族保存的傳說自然是關於這個世界的黑暗面。如果魔王真的再生，這就不只是人王的事，也是我們精靈族和神王的事了！」

搞大了……這次真的搞大了……

整個房間因為摩恩的這番話而短暫地陷入沉寂，四王無不神色凝重。

「所以說外來的身體比較好？」玉音不解地打量我，目光像是要看透我的衣服。他摸著嫣紅的唇，半瞇嫵媚的雙眸：「如果我是魔王，不是寄生在人王身上更好嗎？比方說像右邊那位沒什麼大腦的男人應該很好寄生……」

「玉音你這個娘娘腔！是在說誰？」伏色魔耶瞬間被激怒：「你說誰沒腦子？」

玉音掩唇而笑。

涅梵擰眉看向摩恩：「為什麼魔王的目標是那瀾而不是人王？」

「人王的神力——」床上忽然傳來伊森虛弱的聲音，我立刻轉身。他捂住腹部的傷口，吃力地坐

了起來：「和魔王的魔力是相剋的。如果寄生在人王身上，反而會削弱魔王的力量……」

我立刻爬上床扶住他，讓他靠著我的肩膀，房內的氣氛忽然變得有些詭異。伏色魔耶擰眉看向別處，玉音笑咪咪地望著我和伊森，涅梵垂落目光，安羽沉下臉色，連床邊的摩恩也別開臉，一臉不悅。

伊森握住我的手：「瘋女人，妳沒事吧？」

我心疼地抱住他：「傻瓜，你應該先擔心自己……」

「快說正題！」摩恩忽然回過頭來扔出冷語：「別在我們面前肉麻！」

「咳咳……」伊森咳了咳，我冷冷瞪向摩恩，他白了我一眼，轉向別處。伊森緩緩說：「這個世界的人民無法承受他的力量，所以他需要一具特別的身體，我想……從外面世界來的身體對於這個世界來說是特別的，所以他寄生在那瀾朋友的身體裡。因為是寄生，那瀾的朋友依然存有靈魂，沒有傷害她……咳咳！」

「那我們現在立刻去討伐他，滅了那魔王的肉身！」伏色魔耶衝動地站起來，我立刻大喊：「不行！」

伏色魔耶瞇起眼，涅梵也抬眸看我，目光深沉；安羽的銀瞳裡掠過一抹寒光，瞪了我一眼後瞥向別處，玉音則是慵懶地揚唇而笑：「有人明明吃著碗裡的，卻還瞧著鍋裡的……看不出妳這個女人還挺多情的嘛？」

「何止吃著碗裡、瞧著鍋裡？」摩恩也陰陽怪氣地撇了撇嘴，斜著眼睛看著我和身邊的伊森：

「我看她還念著杯裡，整天想著要去救靈——」

我一口氣堵在胸口，身邊的伊森慢慢垂下頭。

我繃起臉，望向這幾位不好惹的人王：「總之你們可以去滅魔王，但請讓明洋活下來，他之於你們不過是草芥，跟我一樣不怎麼重要，但他和我一起掉到這個世界，對我來說算是親人，而且我還見過他的父親……」

「父親？哼，怎麼，你們已經論及婚嫁了嗎？」

安羽輕笑一聲，斜睨著我。

我淡淡地回望他：「不，他的父親也掉到這裡，已經被你們輪過了。」

四個男人頓時怔住。

「他同樣姓明。」我再次補充。

「難道是那位被靈川養死的大叔？」

玉音的驚呼讓其他王面露尷尬。

我微微擰眉，再次慎重地表示：「所以請你們儘快撤離伏都的百姓，如果明洋真的被魔王寄生，一定會攻打伏都的！」

「哼！那就讓他來，我正好滅了他！」

伏色魔耶自負地握緊腰上的佩劍。

「得了吧！你肯定不是他的對手。」

摩恩對此嗤之以鼻，伏色魔耶立刻圓睜碧眸，一頭紅髮在燈光下閃耀光芒。

涅梵深沉地看向摩恩：「怎麼說？」

摩恩好笑地看著四王：「當年魔王不是只靠闇梨香一人鎮壓的，我與伊森的父王，以及我們的爺爺，也就是當時的精靈王一起參加了那場戰役。眼下闇梨香的力量分給八個人王，你們四個加在一起只有她一半的力量，要是魔王真的重生，你們想打敗他簡直是天方夜譚。呿！居然想獨自打敗魔王，真是不自量力。」

他瞥了伏色魔耶兩眼，滿臉譏諷，伏色魔耶頓時散發騰騰殺氣。

安羽看著伏色魔耶，唇角不由揚起：「看來有人被激怒了。」

伏色魔耶瞇了瞇碧瞳，瞄了一眼我懷中的伊森，接著對摩恩冷笑：「我看是你們精靈族不堪一擊吧？」

「哦？今晚看來有人想挑釁死神呢。」

摩恩緩緩起身，倏然間黑袍披身，鐮刀赫然出現在手中，即使房間再大，那把巨大的鐮刀扛在他肩膀上依然讓空間變得狹窄。

摩恩扭了扭脖子，發出「嘎啦啦」的輕響：「我們暗夜精靈族一直像見不得光的魔族，正好藉此機會讓你們見識見識是誰主宰你們的生死！」

「摩恩！」伊森著急起來：「精靈族不能跟人王開戰！」

摩恩頭也不回地說：「那是你們聖光精靈，本殿下早就看他們不順眼了。」

「夠了！」我放開伊森，站在床上，高高俯視房內所有男人：「你們這麼不團結，早晚會被魔王一一攻破！」

伏色魔耶不屑地撇開臉，玉音輕笑一聲，涅梵微微擰眉，安羽饒富興致地看著我，彷彿是我多管他們人王的閒事，他們根本沒把明洋被魔王寄生的事放在心上。

我失望地看著他們：「好好想想你們當初是怎麼殺死闍梨香的吧！是她真的太弱？還是有意讓你們殺死她……」

聞言，這群男人頓時僵在原地。

我緩緩坐回床上：「現在請你們出去，伊森需要休息。」這些人根本不相信我的話……不，應該說他們自負得不把我的警告放在心上。然而無論他們信不信，我都已經決定離開伏都。

當他們離開後，伊森握住我的手，顯得非常擔心：「如果魔王真的重生，這個世界就危險了。」

「再危險也沒有你身邊的這個女人危險。」摩恩恢復成小精靈的型態，飛到伊森面前，神情無比認真：「伊森，這個女人很危險，你必須離開她。」

「你到底想做什麼？」

我忍無可忍。從我和伊森在一起開始，這傢伙就不停地想拆散我們，如果不是因為伊森在身邊，我真想揪住摩恩的脖子問他是不是喜歡伊森，才會看我們眼紅。

「摩恩，你不用說了，我是不會離開我的那瀾的！」伊森緊握住我的手。摩恩無奈地抽了抽嘴角：「伊森，你別忘了，早上你就是因為這個女人受傷的。」

他的這番話瞬間提醒了我，慢慢澆熄我衝上腦門的怒火。

是的，伊森在我身邊很危險，我最不希望出事的人就是伊森。一想到他腹部血淋淋的傷痕，我的整顆心都在顫抖。

「摩恩，你什麼都不用再說了……」伊森的聲音顯得有些虛弱：「我是……不會離開……我的那

瀾的……」他在我懷中疲憊地睡去。

摩恩飛到伊森面前，輕笑一聲：「真固執，哪裡沒有女人呢？我完全看不出你的瘋女人有什麼好。」他朝我看來。

我皺起眉頭，放下伊森，輕輕掀開他腹部焦黑的衣服裂口，傷痕正在癒合，但他看起來仍然很虛弱。我握住他那失去平日陽光溫暖的手。

「為什麼伊森還沒恢復？」

「妳以為那是普通的傷嗎？」摩恩懸停躺在空中，雙手擺在腦後：「那可是魔族造成的傷！伊森曾說人王的力量與魔族相剋，反過來說，魔族的力量等於是我們的剋星，如果妳那個叫明洋的朋友沒有協助他恢復，我看他半年內是好不了的。」

我更加緊握住伊森的手：「摩恩，把伊森送回精靈族。」

「什麼？」他有些吃驚地就地坐起看著我，似乎不相信我會說出這句話。我抬頭望向他：「送他回去，不要讓他跟我再有關係！」

「妳……」摩恩細細長長的眼睛睜到最大，表情震驚。

我咬了咬唇：「如果伊森想回來，你就跟他說，我……」我的一顆心緩緩沉落，一時哽咽難言。

「妳怎樣？」摩恩飛到面前反問我。

我深吸了一口氣。雖然我沒勇氣對伊森說出靈川的事，但對摩恩倒是可以：「你就告訴他，靈川已經是我的人了。」

聽到這句話，摩恩徹底目瞪口呆，嘴張大到下巴看起來都要脫臼了。

「所以我一定要救靈川。我利用了伊森，因為需要他協助我在密林中找到修。你只要把這番話告訴他，他絕對不會再回到——」我垂下了目光：「——我身邊。」話說出來後，心裡也空了，對伊森的愧疚徹底消失，剩下的卻是蒼茫的虛無。

「妳……」摩恩飛落而下，將手貼在我的額頭上。我看著伊森腹部的傷口：「你說的對，伊森待在我身邊最危險。我知道你喜歡他，所以請幫我把他送回去，我想只要回到精靈族，他便能得到更妥善的照顧。」

「嗯？我發現妳確實比其他女人可愛多了。」他收回手：「但以我現在的力量無法打開前往精靈族的通道。」

「摩恩。」我抬起頭，他朝我看來：「幹嘛？」

下一刻，我吻上他小小的唇，他怔怔停在我面前。

我閉上眼睛。精靈族的力量啊，請回到你主人的身體裡吧！讓他可以帶著我心愛的人離開我身邊、離開這個陷入危險的世界。

摩恩的唇緩緩變大，力量自我的口中源源而出，那是不同於伊森陽光般溫暖的力量，帶著一絲陰冷，不斷從我口中吐出，我的胸口被寒氣占據，全身冰冷。但我絲毫不覺得冷，心裡反而平靜許多，所有的感情宛如都被這股寒氣封凍，變得麻木，像是看過無數死亡後，覺得生不再重要，死不再恐怖，只餘下平靜和冷漠。

我慢慢離開面前冰涼的唇，睜開眼睛，發現摩恩緊閉雙眸，緩緩做著深呼吸，唇色變得黑紫，整個人被暗夜微光包覆，身後忽然展開巨大的黑紫色翼翅，黑袍的帽子遮住他的容顏。

摩恩抬起右手，可怕的黑色鐮刀立刻出現在他的手中。他單膝跪在我面前，手執鐮刀，隨後徐徐起身，在一片靜謐中飛起，黑色的長袍直垂腳尖，完全遮蓋住他的身體。他低頭望著我，黑色深幽的帽簷下是森然的死神之氣。

「我會帶伊森回去。妳接下去要去哪裡？」

我走下床，凝視窗外越顯暗紅的天空：「我會按照原訂計畫去修都找修。明洋仍保有自己的意識，才會尊重我的決定，但我注意到他的野心，他想統治這個世界並不只是因為魔王寄生在身上。」

「嗯，他們的確是因為有共同目標才會融為一體的。好，等我送伊森回精靈族就回來找妳。」

我疑惑地看著他：「為什麼？」

他撥了撥帽簷：「這還用說嗎？妳雖然已經還給我大部分的力量，卻不到全部，我可沒伊森那麼大方，我要拿回所有的精靈之元，包括和妳融合的部分！」說完，他揮起鐮刀劈向床邊，空氣立刻裂開，黑紫色的橢圓通道出現在我面前。

摩恩沒有抱起伊森，而是抬起左手，黑紫色的精靈之力從他手心隱現，包裹住伊森的身體。他拉住末端，轉身再看我一眼，隨後毫不猶豫地走入通道，伊森也從床上緩緩飄浮而起，在摩恩的牽引中離去。

我跑了過去，抓住他的手——伊森，對不起，我失約了，我不能和你一直在一起。

他的手無力地緩緩滑脫，黑紫色的通道在我面前緩緩關閉。我在房裡枯坐片刻，望向遠處彷彿正在燃燒的天空，不祥的預感越來越深。

我轉身跑向闍梨香的書房，停在她的畫前，抓住精美的描金畫框，像是抓住她的肩膀。

「闍梨香，告訴我，告訴我該怎麼讓那些自負的傢伙相信我的話？還是乾脆不管他們，讓他們自作自受？我既然是個路人，就乾脆路人到底？」

可惜她只是一幅畫，不會回答我任何問題。

在闍梨香的畫架前站了一會兒後，我緩緩坐下，背對那雙充滿恨意、我之前害怕面對的眼睛。那副眼神能使人打從心底感到恐懼，宛如被一隻黑暗而腐臭的手抓住整顆心臟，讓人全身戰慄。

但現在我適應了它，無視它，甚至開始能理解它、察覺到那份可悲。一個被仇恨束縛了兩千年的人，怎麼不可憐呢？

我不自覺地拿起沾染乾裂油彩的畫筆，將它放入水中清洗攪拌，接著開始修補面前這張只畫了一半的畫，畫上的闍梨香目光平靜，並未看著畫家，而是——

我順著她的視線往後一望，發現她的目光正對著那幅畫。

闍梨香，妳在世時是否也對那幅畫到底想要述說什麼而感到困惑？

畫著畫著，我的視線變得模糊，畫架上的闍梨香動了動，畫框裡散發出溫暖的金光，沐浴在我身上，那麼地祥和、溫暖、舒適，讓人感覺像是躺在沙灘椅上，吹著海風，曬著溫度合宜的太陽，整個人懶洋洋的，舒服得不想起來。

一隻溫柔的手自金光中而出，拉住我拿著畫筆的手。

她沒有說話，只是輕柔地拉起我，進入畫中的世界。

我再次站在聖光之門間，與畫上穿著一模一樣的闍梨香正站在我身前。

「闍梨香，妳到底有沒有死？」

她對我露出一抹溫柔的微笑，卻依然只是伸出右手指在我的心口上。我望著她的手，焦急不已：

「妳為什麼每次都指著我的心口？問妳怎麼解除詛咒，妳指著我的心；問妳有沒有死，妳還是指我的心……要是我問妳該怎麼讓人王們相信我，妳依然打算指著我的心嗎？」

但她只是對我微笑，然後指在我心口上點點頭。

我扶著額頭：「闍梨香，妳就不能說句話嗎？比方說妳當初是怎麼打敗魔王的？」

闍梨香終於不再指著我的心，而是收回手，緩緩飛離地面。

八扇聖光之門忽然發出顏色各異的光線，在闍梨香身上匯聚、纏繞、融合，她展開雙臂，頓時光彩奪目，絢爛耀眼得如同幻彩水晶般的翅膀在她身後張開。她托起一個由八種光線纏繞形成的光球，緩緩拉開雙手，光球越來越大、越來越大，卻突然朝我狠狠扔下……

「不許畫！」涅梵憤怒的聲音驟然從身後傳來，我瞬間被抽離闍梨香的世界，呆滯地拿著筆坐在畫架前。

「本王命妳不准畫！」

這次聲音是從上方響起的，我緩緩回神抬頭，望見涅梵繃緊的臉。他黑色的長髮在身後隨意挽起，垂掛下來的髮絲在臉側形成柔和的曲線，反而為那張嚴肅的表情帶出一抹柔美。

「你為什麼不想面對闍梨香的一切？」我站起身，涅梵的黑眸中湧起驚濤駭浪。我繼續逼問：「是不想還是不敢？你是否發現殺死闍梨香而長生不老後，完全不像原先所預想的？這是個詛咒！」

「是！是我錯了！我不該殺死闍梨香，我完全做錯了！」他朝我大吼，雙手插入髮間，踉蹌後退幾步，不斷地深呼吸。

「呼……呼……呼……呼……」

我有些愣怔：「所以你的憤怒不是針對我，也不是針對闍梨香，而是對自己？」我驚訝地看著痛苦的涅梵，輕聲問道：「你內疚了？」

「沒錯。」他深吸了一口氣，緩緩放下雙手：「當初，我的哥哥愛上闍梨香——」

「什麼？」涅梵的話讓我大吃一驚。

涅梵深黑的身影宛如始終身穿喪服，在暗夜中令人心傷。他緩緩走到窗邊，比前幾天悶熱的夜風微微揚起他臉邊散落的長髮：「哥哥替闍梨香掌管梵都，深得她信任。哥哥崇拜她，愛著她，想做她的男人，但闍梨香拒絕了。哥哥傷心欲絕，精神萎靡，讓我相當心疼。」

他低下頭，抬手放在窗櫺上，擰起雙眉。

「後來哥哥生病了，得的應該是你們所說的白血病，他很痛苦，每晚都因為病痛而哀號，無法入睡，不停呼喚女王。爹和娘哭乾了眼淚，相繼病倒，我祈求闍梨香拯救我哥哥，她卻在見過哥哥後無情地離去。所以我決定——」

涅梵放在窗框上的手慢慢握緊。

我吃驚地看著他：「所以你決定殺死闍梨香，讓哥哥獲得神力以長生不老並痊癒？」原來涅梵殺死闍梨香是為了救哥哥！

他緊閉雙眸，點了點頭。

「但神力最後到了你身上……？」

他渾身顫抖，抬頭遙望暗紅的天空，黑眸中隱含淚光：「我錯了！知道我要去殺闍梨香的那個晚

上，哥哥就……自殺了……」

我頓時僵立在原地。涅梵的哥哥……自殺了！

曾經的謎題真相是如此讓人心痛。難怪他像是常年被壓在一座大山下，哪怕只是與闇梨香沾上一點邊都會讓他失控發狂，只因為心裡藏著這麼一個讓人心傷的祕密。

「最後，闇梨香死了，我哥哥也死了，爹娘也相繼死去，只剩下我一個人，我才明白當初闇梨香之所以不救哥哥，是不想讓他孤獨痛苦地活在世上。」他黯然低下頭，沉默良久後才說：「對不起，一直把妳當成闇梨香恨著。」

我現在已經不知道該說什麼才好了。涅梵需要一個發洩的管道，否則可能會變得跟修一樣神經兮兮；但我又無法原諒他視我為發洩對象，雖然輪我的人王不止他一個。

我只能選擇沉默。

「然而現在的情況已經不同。」他忽然認真地回頭看向我：「伏色魔耶自負自大，不相信妳，我和玉音卻深信不疑，我們決定協助妳儘快離開。既然魔王的目標是妳，我們絕不能讓妳落在他手上，加強他的魔力，不然這個世界到時將會成為人間煉獄。」

我有些訝異，不得不承認只要不提起闇梨香，正常的涅梵其實相當冷靜與鎮定，配得上「王」的頭銜。

「伊森是精靈王子，不是常人，被魔王寄生的人能夠如此重傷他，顯示他的力量已經在任何一名人王之上，我們必須集結八人的力量，才能對抗重生的魔王。」涅梵冷靜而清晰地分析敵我情報，表情凝重：「妳先收拾行李，明天我們就送妳走。」說完，他轉身大步離去，衣袂生風。

當他走到門口時，我忍不住問：「為什麼要告訴我那件事？」

他的腳步頓在門口，深黑的身體已有一半融入門外的黑暗。他微微側過頭，低低地說：「因為妳真的很像闍梨香。」

語畢，他徹底消失在黑暗中。

因為我像闍梨香，他才會選擇向我懺悔，說出壓抑在心底多年的愧疚？

我回頭望著已經畫完的闍梨香肖像，她給我的提示也像是必須集結八種神力，但人王們彼此無法團結，像涅梵和伏色魔耶就是面合心不合，未來真是讓人擔心。

其實不用涅梵提醒，我也早已整理好背包，準備隔天一早就跑路。

「咿——」一聲尖銳的馬嘶驚醒了我。我連忙從床上坐起，聽到下面的馬蹄聲和人聲。

伏色魔耶又在折騰些什麼呀？

我跑到陽台，發現下面士兵正整齊列隊，塞月站在最前端，拔出腰間的劍高舉手中：「昨天，魔族毀壞了我們的家園；今天，我們要徹底剿滅他們，贏回人類的尊嚴！」她鏗鏘有力的聲音在空氣中迴盪。

我愣了片刻，恍然回神大喊：「塞月，不要去！你們這是去送死——」我知道在人家氣勢昂揚時，不該說出這麼洩氣的話，可是我們中國也有句成語，叫做「以卵擊石」。

塞月果然沉臉朝我看來：「不要聽那個魔女的鬼話，她跟魔王是一夥的！」

「對，她跟魔族是一夥的！燒死她！燒死她！」

「燒死她！燒死她！」

所有人的矛頭都忽然指向我。我呆站在陽台上，望著那一張張極其憤怒的臉，生活在和平年代的我完全沒想到觸怒一群心懷憤恨的戰士後果竟然如此嚴重！

「燒死她！燒死她！」

喊聲越來越響亮，士兵們圍在陽台下，一次又一次高舉手中的武器。我看著他們，回過頭毫不猶豫地抓起花瓶，扔掉裡面的花，大步走上陽台，將瓶裡的水直接倒下去。

——嘩！

「啊——啊——魔女拿魔水淋我們——我要死了，我要死了！」一個士兵驚恐地倒落在地，像是真的要死了。

「我不是什麼魔女！」我隨手扔開花瓶，俯視眾人：「我知道你們英勇無敵，但魔王沒有人性，如果你們現在去征討而刺激了他，只會引發一連串災難。我不希望看到你們白白犧牲！」

「住口，妳這個魔女！」塞月騎馬奔到陽台下，憤然地望著我：「不要在這裡妖言惑眾，蠱惑人心。我們昨天親眼看到魔族送妳出來，妳還想狡辯？一定是魔族要妳來做說客，因為他們懼怕我們，懼怕我們的王！」

我都想把一整座游泳池的水澆下去了！自大的王帶出了自大的士兵，還真當自己戰無不勝？

「王！」

塞月忽然激動地看向一旁的王宮大門，身穿一襲鎧甲的伏色魔耶正從裡面大步走出。

「吵什麼？」伏色魔耶不悅地掃視塞月與眾將士：「一切都跟這女人無關。至於妳——」他以碧綠的眼睛瞪著我：「給我閉嘴！」

「伏色魔耶，你這是在激怒魔王，你根本不知道他……」

「住嘴！」

人群裡傳來一聲大喊，正是先前被我狠狠教訓的大鬍子士兵。

「閉嘴！」

「閉嘴！」

一聲又一聲怒吼自他們口中發出，伏都的士兵忿忿望著我，看起來是那麼地團結。

伏色魔耶冷睨了我一眼，揮動披風躍上黑馬，目光如炬地環顧麾下士兵：「今天我們一定要讓那些魔族付出代價！」

「王！王！王！王！王！」整齊的喊聲震天動地。

瘋了，真是瘋了！我不想管他們了，就讓他們去赴死吧，畢竟有人想找死，我根本攔不住。

「呼！」巨大的風掠過身旁，黑影落下，站在風鼇上的涅梵出現在我面前。

「涅梵，你去不去？」伏色魔耶在下面喊：「要是怕死就別去！」

涅梵擰眉望著伏色魔耶，隨後回頭對我說：「等我們離開，風鼇會帶妳走。」

「什麼？伏色魔耶發瘋，你怎麼也跟著他發瘋？」

我不解地問，涅梵明明是個鎮定的人。

他看著我：「伏色魔耶絕對不會聽我們的，讓他一個人去太危險。大敵當前，我們人王不能退縮。」說完，他從風鼇身上直直躍下，坐在伏色魔耶身後。

此時飛毯飛過風鼇上方，上頭是玉音和安羽。

飛毯緩緩停下，玉音勾起唇，懶洋洋地盯著我。安羽瞧了瞧房內：「那兩隻精靈男寵呢？」

總覺得安羽在看到摩恩和伊森後變得更加古怪了。

「我讓他們離開了，畢竟這裡太危險。」

「哼。」他忽然不高興起來，擺臉色給我看。

「嗯？小美人果然比較寵愛心愛的男人呢！」玉音笑咪咪地說：「怎麼不見妳關心我們的安危呢？」

「我說了，但你們又不信！」我著急地表示：「現在停下還來得及！」

「妳只是不想讓我們殺了妳的舊情人吧？」安羽冷冷地說，以嫵媚的眼神瞥向我，懷著一分冷豔與輕蔑：「妳放心，我絕對會──殺了他！」

他的銀瞳裡滿是殺意！

「出發！」隨著伏色魔耶一聲高喊，鐵蹄震得大地都在顫動。

「你們這群大白痴──」

我氣悶不已地把巨大的背包掛上風鼇的龍角，風鼇低下頭，讓我踩上牠的頭，隨後瞬間飛起，我匆匆抱住龍角。牠似乎顧慮到我，飛得既慢又平穩，高度也很低。我們飛過伏都上空，不知情的百姓們正為伏色魔耶送行。

「不關我的事，不關我的事，我只是個路人！那瀾，那群人渣曾經抽籤輪著玩妳，早就該得到報應了，妳還管他們的死活幹什麼？說穿了，妳根本不是這個世界的人，幹嘛管這個世界的閒事？」眼前出現了紅色的聖光之門，我的心卻繫在那些人王身上。

「該死！該死！該死！」我差點抓掉風鼇頭上一撮長毛：「為什麼這幾個男人就不能聽一次女人的話呢？真該讓他們的媽媽全部復活，好好教育教育他們要聽女人的話！沒老婆的男人果然欠缺管教！風鼇，我們回去！」

「嗷——」風龘長吼一聲，立刻轉向，速度比帶我離開更快。我要牠飛低一點，懸停空中，接著拿起手機播放音樂，響亮的聲音立刻引起所有人注意。我站在風龘上大喊：「快收拾收拾東西去聖光之門——快跑——」

「是魔女！」百姓們惶恐地朝我望來。

「不，是神女！聖光曬不化的人是神！你們不要侮辱神的使者！」

看來日刑之後，百姓對我的理解分成了兩派。

我立刻喊：「信春哥……不對，關春哥什麼事？喊習慣了！信本神女者生——快收拾東西去聖光之門——」

下面的人立刻騷亂起來，紛紛奔相走告。

「風龘，快帶我去魔域！」

「嗷——」風龘展開巨大的翅膀，在伏都上方快速飛行，巨大的身影籠罩在驚慌的百姓身上。我抱緊牠的龍角，另一隻角上則掛著我的行李。

空氣越來越悶熱，我終於看到火山上頭殷紅的天空，看起來比昨天更紅，甚至透出一抹像是靜脈裡血流的青黑色。漸漸的，我看到密密麻麻的黑點，像螞蟻一樣覆蓋在整片大陸上，伏都外的士兵也正往這裡聚集。

風龘巨大的黑影掠過這些士氣昂揚、往前賣力奔跑的士兵，以及身穿鎧甲的將士。我望見伏色魔耶引以為傲的騎兵，他們紅色的披風在風中飛揚。

魔域的邊界總算出現在前方，可怕的火山正噴吐出火熱而可怕的黑色氣息，宛如那雙憤恨的眼睛想用黑暗徹底吞沒這個世界。

我的視線捕捉到伏色魔耶與涅梵的身影，以及玉音和安羽乘坐的飛毯，他們正毫不猶豫地衝向邊界。

「風鼇，我們快下去！」

風鼇呼嘯而下。當伏色魔耶的黑馬準備躍起、玉音和安羽的飛毯即將飛越那條火紅的熔漿峽谷時，風鼇巨大的身體橫在邊界上，帶起的風揚起士兵們紅色的披風和玉音的飛毯。

「咿——」伏色魔耶的黑馬驚然抬蹄，安羽自飛毯上躍起，落在峽谷的崖邊。

「不要過去！」

我撐開雙臂，攔在伏色魔耶和涅梵面前。

「滾開！女人！」

伏色魔耶朝我大吼。

涅梵驚訝地躍下馬，看向風鼇：「帶她走！」

「嗷——」風鼇忽然仰天長鳴，淒厲的喊聲包含對主人的忠誠與擔憂。

「風鼇現在聽我的！」我大聲說：「你們不要那麼衝動，有時候撤退不是怯懦，是一種智慧！」

涅梵擰起眉頭，一旁的飛毯緩緩落下，玉音挑起眉不解地望著我。

「如果魔王重生……」安羽雙手環胸，斜睨著我：「我們現在不去殺他，難道要等到他強大嗎？哼，還是妳真的捨不得舊情人？」

「為什麼要一直提我的舊情人？你們能不能相信我一次？只有四個人根本不是他的對手！別去刺

激他！他是魔王，根本沒有理性的！」我幾近抓狂地朝他們大喊。

涅梵憂慮地看著玉音，臉上不見平日嫵媚笑容的玉音也皺眉回望他。

「魔女，不要在這裡蠱惑人心！」塞月策馬而出，憤怒地說：「王，請讓我射死這個妖女！」她忽然拿起弓箭。

看到弓箭的那一刻，怒火登時襲上我的心頭！我曾被弓箭追殺，那一枝又一枝箭射傷了白白的臣民，射傷了那一隻隻無辜的生靈，甚至還想置我於死地！

我不會再退縮，不會再害怕，也不想再被追殺了！

心頭的憤怒無法控制地放大，我感覺全身都在燃燒。

塞月拉弓瞄準我，我憤怒地瞪著那把弓：「妳敢？」對亞夫的恨意讓她在我眼中漸漸變成一心想殺死我的亞夫。

我絕對不會再死在任何人手裡！

「誰都別想再傷我一根寒毛——」

我無法控制地大聲咆哮，同時甩手揮向塞月，一束陽光竟然衝出手心，撞上她手中的弓箭，弓箭頓時灰飛煙滅。塞月和我同時怔在原地，她甚至仍維持手執弓箭的姿勢，呆呆坐在馬上。

與此同時，伏色魔耶、涅梵、玉音、安羽，以及眾多站在第一排的將士也陷入驚詫。四王同時看向我，餘下的騎兵都在同一時間後退，我呆呆盯著自己的手心，胸口的力量還在燃燒，感覺真是爽快！

我緩緩抬起頭，昂首挺胸站在風鼇頭上。

瑪麗蘇女神，我終於不用整天向您祈禱得到男人庇護，因為我已經不想再依靠這群男人，可以自己保護自己，順便救這群男人一命！

瑪麗蘇女神，從今以後我將不再信奉您，不再哀求您賜予我美男，因為他們太讓我失望，我已經看不上了！

伏色魔耶看向周圍後退的士兵，碧眸裡燃起憤怒的火焰，他瞇了瞇眼睛，朝我狠狠瞪來，同時猛一揮手：「給我滾開！」登時一團火焰衝向我，我立刻本能地抬手抵擋！

「伏色魔耶，你瘋了嗎？」

涅梵立刻扣住他的手，卻已無法阻止火球攻擊，但我知道自己不會被打傷。在我以為火球會被自己的力量炸開時，一團黑色的煙霧包裹住那團火球，徹底吞沒伏色魔耶的力量；與此同時，陰森戰慄的感覺宛如一隻死屍的手，一點一點爬上我的後背。黑霧隨後懸停在我面前，我的心因為那股毛骨悚然的感覺漸漸揪緊，是他來了！我能感覺到是他！

我緩緩拉下眼罩，伏色魔耶、涅梵、玉音和安羽紛紛看向我身後。當那份寒冷完全籠罩我時，巨大的黑影也掩蓋住我在風麓上的陰影，那絕對不屬於明洋，明洋最多一百八十公分，但這個黑影分明蓋過了我，像是聖經裡描述的撒旦般巨大，我甚至看到一條細長的尾巴在黑影中像毒蛇般服貼在那人的肩膀上，探出可怕的腦袋，陰邪地打量我面前的所有人。

「是誰動了我的女人？」

渾厚陰戾、彷彿兩個男人混合的聲音自身後響起，我發現涅梵的雙眉深深擰緊，態度總是不可一世的安羽也驚訝不已地看著那人。玉音的飛毯立刻降落到涅梵身邊，隨時準備帶他前往安全處。

伏色魔耶回過神來，瞇起雙眸：「你就是魔王？好，就讓我來消滅你！」

他忽然從黑馬上躍起，舉起布滿火焰的巨劍越過我頭上，朝我身後刺去。我取下眼罩，右眼清晰看見他身上的火紋正熊熊燃燒。

我立刻轉身，黑金色的腰帶瞬間映入眼簾，一件黑色的皮裙繫在魔王腰間，我居然只到他的腰？一塊塊黝黑的肌肉像龜裂的焦土般布滿他的腹部。

我抬頭一看——同樣漆黑的胸膛、渾身都是岩漿般的花紋，這才是魔王的真身？

魔王只伸出一隻手，便瞬間抓住伏色魔耶的脖子，反而讓我感受到一絲快意。我不知道被這些人王扣住脖子多少次，像是草芥般扔來扔去，那樣的日子讓我感到無助，想反抗卻又沒有力量。

這次輪到伏色魔耶了！

在魔王身前，我察覺心底的邪念正在膨脹。

「啊——」伏色魔耶被魔王輕鬆提起，手中的火劍用力砍在魔王的手臂上，卻只留下一道道紅色的痕跡，像是以前被我欺負的伊森用小手打我，我只覺得像是被小蟲抓撓似的。

「哼，不自量力！」

魔王倏然甩手將他扔進下面的岩漿。

「伏色魔耶！」

我看著伏色魔耶不斷墜落，最後消失在岩漿的紅光中。

這一刻，所有的士兵都往後退卻，塞月則呆坐在馬上，完全沒有反應。

「伏色魔耶！」安羽驚訝地跑到崖邊，展開翅膀，卻突然像是意識到什麼而看向空空如也的右側，緊咬下唇：「該死！」

「沒事的，羽，伏色魔耶是火屬性。」

涅梵抬手放在安羽肩上。

聽到涅梵的話，我總算安下心來。雖然我討厭伏色魔耶，雖然他終於像蟲子一樣被人捏在手中，但我不希望他死。

「居然敢動我的女人？你們全都得死——」

像是猛獸發出的怒吼宛如巨浪般自我身後掀起，我立刻對面前的眾人大喊：「快跑——」

伏色魔耶的士兵終於願意聽我的話，轉身飛奔，只留下呆滯的塞月及誓死追隨伏色魔耶的幾名部下。

「你們快跑！」我著急地朝他們喊。他們無畏地看向我：「我們要跟我們的王在一起！」

這些部下太忠心了，不見到他們的王平安歸來，想必不會離開。

「轟！」

忽然一聲地動天搖的巨響自我身後傳出，站在懸崖邊的人差點被震落，涅梵立刻揮手，以氣流破開黑煙，把那些險些掉下去的人救回來。

我下意識抱住頭，回頭一看，發現隨著魔王撐開雙手，火山再度噴出可怕的火焰，緊接著又一聲巨大轟鳴，大地比之前搖晃得更劇烈，巨大的火球出現在火山口，狠狠砸向大地。

遠方傳來「隆隆隆隆」巨獸奔跑的聲音，我的視野裡漸漸出現一條黑線，牠們越來越近、越跑越快。無邊無際的黑雲也從黑暗的深處升起，朝這裡洶湧撲來，黑暗頓時降臨整個世界！無數黑色的怪

獸與魔物衝出，在大陸上奔跑、在天空中飛翔，鋪天蓋地，勢不可擋！

「嗷——」風龘在峽谷上方不安地擺動，讓我的腳步微微有些不穩，只得抱住牠巨大的角，低頭一看，卻發現下面的岩漿正滾滾上湧。

「衝——」魔王的手臂揮過我上方，涅梵、玉音和安羽站在一起，神力在他們手中聚集。安羽張開白色的翼翅，瞥向我：「妳還不走？」

「快走！」涅梵也向我下了命令。見下方的岩漿越來越洶湧，我蹙緊眉頭，抱著風龘的角：「風龘，我們上去！」

當風龘飛起的那一刻，下面的岩漿像是海嘯般撲出魔域邊界，形成巨大火浪，朝涅梵他們撲去。

「嗷——」岩漿濺到風龘身側，堅硬如鐵甲的鱗片立刻燒焦，牠大聲痛嚎，更加疾速地飛升。我清楚地看到一隻又一隻怪獸飛躍過岩漿的海浪，猶如黑雲蓋過火浪！同時一個火人也掉出火浪，跪落在地。

整座峽谷的岩漿全數湧出，涅梵等三人同時使出神力，在面前形成一堵透明護壁；玉音揮舞雙臂，一塊塊土牆蔚然升起，擋住來勢洶洶的岩漿；安羽揮動翅膀，迅速冷卻岩漿，形成焦土擋住接踵而至的火浪。然而他們只能保護周圍的土地，岩漿依然滾滾落在神力無法觸及之處，與怪獸一起追逐逃跑的士兵們。

「風龘，快帶我下去！」風龘呼嘯而下，即將經過那個火人之際，我從牠身上躍下：「快去保護人類！」

牠立刻擺動巨大的身體，迅速飛向那些怪獸，並在牠們觸及人類前掃舞巨大的龍尾，將牠們揮開。

與此同時，一顆又一顆火球自天空落下，我急忙跑到火人面前，岩漿正從他身上緩緩淌落，露出赤裸的精壯身體，鎧甲和衣袍完全融化在岩漿裡，肌肉在火光下閃耀。

「伏色魔耶，你還跪在這裡做什麼？快去幫涅梵他們！」

但伏色魔耶依然單膝跪在原地不動。塞月策馬飛奔而至，幾乎是從馬上跳下地撲過來，一臉驚恐地抱住他：「王！我的王！」淚水奪眶而出，帶出她對失去伏色魔耶的恐懼。

伏色魔耶頹喪的臉上失去了往日的高傲與霸氣，紅髮垂在臉邊，上頭還沾著岩漿。

「快站起來，伏色魔耶！」我朝他怒喊：「你依然強大，只是不如魔王，但那又有什麼關係？留得青山在，不怕沒柴燒！身為王除了戰勝強敵，更要保護自己的子民！你必須阻止岩漿，替你的臣民爭取撤離的時間，不然伏都就會成為我們世界的龐貝了！」

伏色魔耶愣了愣，我直接揚手搧過塞月的頭頂，狠狠打在他臉上：「你給我醒醒！」

「啪！」伏色魔耶一僵，失神的碧眸頓時圓睜。

「王！」塞月大驚失色地看向伏色魔耶，倏然轉身朝我打來：「妳居然敢打我的王？」但她的手立刻被伏色魔耶扣住，他終於站了起來，威武挺拔地立在塞月身旁，她身上隨風揚起的紅色披風正好擋住他腰下的精壯身軀。

「塞月，她說得對，我要保護我的子民離開，妳也快走吧。」伏色魔耶從她身後扯下紅色披風，圍在自己的腰間。

塞月驚詫轉身，岩漿已經布滿護牆兩邊的土地。而那些魔族還在追殺著伏色魔耶的士兵。

伏色魔耶對我點點頭，轉身之時，神力運起，岩漿頓時像是被他控制，開始慢慢減速。

「快讓涅梵他們保護我的子民撤離！」他對塞月鄭重地表示。

塞月咬了咬唇，翻身上馬，往涅梵的方向奔去。

「妳也走！」他突然朝我大吼。

我怔了怔，看向火浪後方隱約可見的魔王：「不，我還能拖延一下時間，魔王想要我的身體，不會傷害我的。」

伏色魔耶雖然皺起眉，但還是對我點點頭。

我走向面前的岩漿，緩緩伸出手，想試試看能否像上次對付伏色魔耶的火牆一樣推開時，岩漿已在我面前分離，出現了一道門。

我有些吃驚，轉頭望向伏色魔耶，他憂心地看著我：「小心！」

「嗯。」我走過那道門，熾熱的岩漿不斷提升我身邊的溫度，我看向站在對岸的魔王，大喊：「明洋——快停下——你嚇到我了！」

聞言，魔王低下頭，那張黑色的臉似乎是明洋，卻又有些不像。他緩緩垂下雙臂，巨大的黑色身體逐漸縮小，明洋的臉終於從那黑色的肌膚中慢慢顯露，面露溫和微笑地注視我，直到恢復平日的模樣。但他依然穿著那件黑色並帶著皮膚質感的披風。

「對不起，嚇到妳了。」

他輕輕對我說，抬步走來，岩漿在他腳下形成一片黑土，我無法靠近，那還沒降下的溫度會燙化我的雙腳。

他揮起手，黑色的魔族再次出現，飛到我的腳下，我踩了上去，看向明洋：「我知道你想統治這個世界，可是你把人都殺了，將美麗的土地變為焦土，如此一來這裡就成了另一個魔域，又有什麼意義呢？」

明洋微微一怔，隨後溫和地笑了，那抹笑容讓周圍炙熱的溫度染上一絲春意：「是啊，我的力量太強大了，抱歉，我依然沒辦法好好地控制它。」

「那就別用了好嗎？」我像是在輕哄他。他望著我，再看向我身後：「但他們傷害了妳。」

「我可以保護自己。」

我指著自己。他伸出手，我沒被眼罩遮住的右眼看到上頭滿布岩漿般的閃亮花紋，卻在向我緩緩伸來時逐漸消退，變成普通的緋紅色美麗花紋。

明洋成功地握住了我的手，沒有被灼傷，他似乎找到了方法！

真是神奇，沒想到魔力居然可以控制？如果人王們能像他這樣，應該就不會被那詛咒深深纏繞而痛苦不堪了吧。

「那瀾，妳擁有很強大的神力，他想要妳。」他朝我看來，黑色的雙瞳赫然變為緋紅色，我像是正與他體內的魔王對話。「相信妳也感覺到了。我也想要妳，我們都需要妳！讓我們的靈魂融合吧，他會賜予妳無比強大的力量，妳將會成為這個世界的新神王，沒有人敢傷害妳！」

明洋目光如炬，握住我的手有些發燙，他在誘惑我，蠱惑我，想用花言巧語誘惑我與他合體，然而其實最終變強的不是他，也不是我，而是魔王！

我開始用力掙脫他的掌握，他卻微笑地緊握我的手：「那瀾，妳不知道自己究竟擁有多麼強大的

力量，快給我們，讓我們一起統治這個世界！」

此時風鼇呼嘯而下，衝向明洋，他立刻放開我，連連後退數步。風鼇伸出腳爪直接抓起我，明洋手中卻隱現火鞭，抽向風鼇，瞬間纏上牠的犄角，牠痛苦地擺動身體，想掙脫火鞭。

「嗷——」牠用盡全力地扭開頭，那根犄角應聲斷裂，斷面布滿可怕的岩漿。

「風鼇！」

我大聲驚呼，匆匆從行囊裡掏出僅剩的礦泉水，然而我還來不及醫治牠，火鞭又朝牠的身體襲來。

安羽忽然自高空躍落，站在風鼇身上，扇動雪白的翅膀，風雪頓時紛飛，在牠的身邊形成一堵牆，牠立刻飛起，我迅速扭開瓶蓋，將礦泉水直接倒到仍在侵蝕犄角的岩漿上，熔岩瞬間熄滅。看來這裡的神魔之力在我們世界的物質前可說是不堪一擊，不然照理說想用一瓶礦泉水澆熄岩漿根本是天方夜譚。

明洋躍到高空中，火山濃煙中倏然衝出正咆哮不已的巨大西方紅龍，他穩穩落在牠身上，揮舞火鞭朝我們急追而至！

「快走！」

安羽扇動白翅，干擾紅龍，火焰卻不斷衝出，瞬間消融他製造的風雪。

風鼇高速疾飛，紅龍的速度似乎比不上牠，只能緊追身後。下方的土地已經成為一片活火熔岩，熾熱炎炎，前方是死命逃難的人類們，涅梵和玉音運用自己的神力一邊逼退追擊人類的魔族，一邊後撤，所過之處一片狼藉。

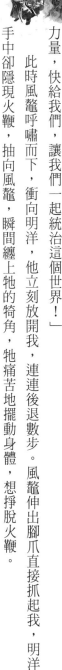

伏色魔耶依然站在最前端，用神力減緩岩漿前行，卻顯得非常吃力，他的力量始終不敵魔王。塞月與誓死跟隨伏色魔耶的小隊從魔族中殺出一條血路，讓眾人得以更快撤離。

「那瀾，留下來。」明洋終於到了我身旁，微笑地伸出手：「妳可以成為這裡的女王！」他依然想用權力誘惑我。

安羽忽然躍到我面前，擋住明洋的視線，輕笑一聲：「想都別想，她可是我哥哥的女人，我是不會讓你從我手中搶走她的！」

我愣愣地望著安羽斷翅的後背，我什麼時候是他哥哥的女人了？但這次安羽沒有說什麼「我們的」女人，而是說了「我哥哥的」女人……

他的翅膀從翅根開始化為黑色，猛一扇動，立刻形成凶猛的龍捲風，擋在紅龍面前。隨著翅膀扇了一下又一下，一條條龍捲風連接黑暗的天地，在我身後形成護壁，阻擋明洋的追擊。

明洋的目光染上了血色，緊緊盯著我，變得狠戾無比。他漸漸消失在恐怖的龍捲風之間，一條長長的火鞭卻忽然揮出，瞬間切斷龍捲風，露出他身穿黑衣的身影。火鞭在他手中無限延長，將那些龍捲風逐一鞭碎。

我們終於望見聖光之門。涅梵和玉音讓所有人穿過那扇門，伏色魔耶奮力控制的熔岩也來到門前。

涅梵躍上玉音的飛毯，高速朝我們飛來。飛毯在火鞭即將抽上安羽時疾速落下，擋在他面前，涅梵以無形的氣盾阻擋攻擊，安羽躍到玉音身邊：「玉音，快下去幫伏色魔耶，你只要離開地面根本毫無用處！」

玉音瞥了他一眼，懶懶地說：「你們有翅膀的了不起——」說完躍下飛毯，燈籠綢褲在氣流中鼓起。他落到伏色魔耶身旁，構築出一堵土壁，協助伏色魔耶阻擋岩漿前進，好讓身後的人穿越聖光之門。

「快走——」伏色魔耶對所有人大吼：「我要關閉聖光之門，不然岩漿會過去！你們快走——」

伏色魔耶要關閉聖光之門？

「風龞，快帶那瀾走！」涅梵轉身大喊，風龞倏然加快速度，帶著我朝聖光之門衝去。

「不准走——」

魔王的聲音忽然自明洋口中而出，火鞭迅速襲來，眼看就要纏住我，安羽卻突然躍到我面前轉身，那條火鞭就這樣纏在他身後的黑翅上。我對此震驚無比，下一刻，他卻抱起我直接往聖光之門用力扔去！

他的力量極大，我飛在空中，速度比風龞還快。此時我看到他痛苦地跪在風龞身上，右手緊緊揪住左肩，火鞭纏在翅膀上使他痛苦難耐！

「安羽！」我心驚地朝他大喊，他卻只是按著左肩，對我露出一抹淡淡微笑。

我被扔進了聖光之門。

「我要關門了——你們快走——」

伏色魔耶大吼。我朝他看去，他正艱難地把一隻手放在聖光之門的邊緣，紅色聖光頓時遮沒我的視線，讓我再也無法看到門後的戰況與伏色魔耶最後的身影。

風龞穿越了聖光之門，我掉在牠巨大的身體上，下面是密密麻麻已經安全撤離的百姓。我驚訝地望見聖光之門正從周圍開始逐漸石化，紅色的光圈越來越小。

我緊張地盯著仍在聖光之門內的風鼇尾部，終於看到涅梵出現，緊接著則是安羽，頓時驚喜萬分，卻發現那條火鞭依然緊緊纏在他的左翅翅根上，當風鼇完全通過聖光之門時，他倏然被火鞭猛力拽回！

「安羽！」

涅梵連忙抓住安羽的腿，好不容易從狹小紅光中躍出的玉音也拉住他的手臂，然而火鞭力量巨大，已將安羽的翅膀扯回聖光之門內！

「快救他！不能讓他卡在聖光之門裡，否則會和門一起石化的！」涅梵的大喊讓我心驚膽顫，腦中只有一句話——不能讓他石化！不能讓他石化。

「啊——」

安羽在拉扯中痛苦哀號。我心痛地閉上雙眼，下面的人也看著安羽，甚至有人在他劇烈痛苦的嘶喊中開始默默流淚。

我抱住風鼇的龍角，腦袋一片空白，風鼇帶我衝向人群，我只記得自己從士兵手中奪過一把劍，力量染上劍身，閃現出耀眼金光，當風鼇衝向安羽時，我高舉聖劍揮落……

「啊——」

他的痛喊像是利劍般刺穿我的心，這一刻，整個世界的聲音都在他的慘叫中消失。他的翅膀被徹底劈斷，一根黑色的羽毛與他的身體同時像落葉一樣緩緩墜落。聖光之門在此刻徹底關閉，被卡在門中的翅膀化作石頭，隨後因為失去安羽的神力而變成灰燼。

風龞接住了安羽，我將虛弱的他擁入懷中，愧疚而心痛地把臉埋在他的頸邊，強忍住快要從眼眶中泌出的眼淚：「對不起！對不起！可是我沒有別的辦法……」

涅梵和玉音靜靜地落在我身旁，緩緩蹲下。

「哼……」安羽氣若游絲地說：「妳是……藉機在報復我……我知道的……」

我連連點頭，哽咽難言：「沒錯，我想殺你，所以你要好好恢復，然後來找我報仇。」

「嗯……我會的……千萬……別告訴小安……那個傻瓜……會瞎操心的……如果……我這次真的死了……」

「不，你不會死的！不會的！」

我緊摟住這個總是被午夜夢魘驚醒的陰鬱男孩。

「哥哥……就交給妳了……別讓他傷心……靈川……伊森……都沒……小安好……」

他輕輕吐出最後一個字，隨即在我的懷抱中徹底失去力量。我緩緩放開他，他的頭自然地垂向一側，我的心徹底揪緊，一滴淚水終究不受控制地滴落在他臉上。

明明說好不再為任何人哭，明明那麼討厭他，此刻的眼淚卻又是為何而流？他明明那麼討厭我，為何要傻傻地來救我，替我擋下那一鞭？最後甚至把他最愛的人，安歌，交託給我。

一隻手搭在我的肩上，是涅梵。他輕捏我的肩膀，默默地安慰我。

「放心，安羽會好起來的。」玉音握住安羽和我的手。

我擦去眼淚，靜靜看著安羽蒼白的容顏，這次似乎比之前更加嚴重。我掀開他的衣領，深吸了一口氣才敢看他左肩的傷口，斷裂處的神紋毫無生機，雖然沒有繼續潰敗，卻也沒有生長的跡象，光芒微弱，讓人憂心。巧克力已經吃完了，無法讓他快速恢復活力。

「王——」一聲嘶喊自下方傳來，整個世界的寂靜被這聲哭喊穿透，塞月拍打著已經石化的聖光之門，哭泣下跪：「王……王……」

眾將士默默跪在她身後，百姓們隨即也紛紛跪下。聖光之門前全是伏都的百姓，黑壓壓地跪在這片狹小的土地上，卻只有塞月一人的哭聲。

伏色魔耶犧牲自己，救了他王都的百姓。

有時候，我們會被自己的眼睛蒙蔽，我與八王的相遇讓我打從一開始就討厭他們，沒有用心去欣賞他們，但伏色魔耶今天的所作所為讓我敬佩、讓我震撼，他配得上「英雄」二字，也當得起王！

「魔女——妳把王還給我——還給我——」

塞月不停哭喊，聲嘶力竭。

我在風鼇身上緩緩起身，涅梵和玉音隨我一起站起。我俯視著下方的眾人，他們都默默低著頭，沒有隨塞月一起喊我魔女。

伏色魔耶的心腹扶住哭泣的塞月，朝我望來，我在他們的目光中看見冀望！他們在期待我，把戰鬥的希望、救回他們王的希望、奪回家園的希望，全數寄託在我身上！

我胸口的力量在他們期盼的目光中開始洶湧澎湃。憂慮、猶豫全被徹底壓下，我自己要是沒站起來，憑什麼希望他們站起來重新振作？

今天，我受到伏色魔耶鼓舞，那份震撼徹底清除我的軟弱和猶豫，戰鬥的熱血將在我的身上繼續流淌！

「今天，我們雖然輸了——」我勇敢地挺身而出，大聲說：「甚至失去了伏王。但我那瀾答應你們，一旦找到消滅魔王的方法，一定會再開啟聖光之門，救回伏王，奪回你們的家園！」

我高亢的嗓音在這寂靜的世界迴響，戰士們站了起來，百姓們站了起來，所有人都站了起來，一個個舉起拳頭，形如宣誓！

「奪回家園！救回伏王！」有人高喊起來。

「沒錯！奪回家園！救回伏王！」

「奪回家園！救回伏王！」

齊齊的喊聲響徹天際。

在伏色魔耶關閉聖光之門後，打開的門又少了一扇。聖光之門也是對魔族的屏障，我終於明白明洋獲得魔力後為何沒有找我，因為魔族無法靠近聖光之門。

伏都百姓將被暫時安置在梵都，那裡離伏都較遠。

今日一役是魔王的正式宣戰，必須通知其他王抓緊戰備。我望著兩扇關閉的聖光之門，闍梨香的提示沒錯，唯有集結八王的力量，才有機會打敗魔王。但亞夫是不可能和其他王合作的，他已經入魔了，再加上他身上的力量不完整，所以救回靈川依舊是當務之急。

當所有百姓都安全進入梵都後，我看向修都的大門。

「妳不能去！」涅梵握住我的手腕：「妳已經失去了伊森和摩恩，獨自去修都太危險。」

我攥緊拳頭，看向涅梵：「剛才你也聽見我在伏都百姓面前許下誓言，也看見他們把希望寄託在我身上，我不能再退縮！」

「妳在說什麼大話？」涅梵朝我大吼，玉音伸手按住他的肩膀，示意他冷靜。他閉上眼做了個深呼吸，抓著我手腕的手越握越緊，緊繃的表情隨後終於逐漸緩和。他再次睜開眼睛說：「妳只是個女人，還說什麼要再次打開聖光大門呢？妳有什麼能力協助他們奪回家園、打敗魔王？這是我們人王的事，是我們世界的事，與妳有什麼關係？」

「不是的！」我厲聲打斷他的話：「明洋是我的世界的人，這件事已經不只是你們八王的事，也是我們世界的事，我們世界的人由我來教訓！」

我鄭重而堅決地看著涅梵，他怔立在原地，定定地望著我的眼睛。

我抽回手腕，從褲袋裡取出眼罩綁回右眼：「我現在比你們任何人都安全，魔王沒辦法靠近我，他更需要我。但只要我待在你們身邊，魔王便會找上你們，帶來災難。既然他無法通過聖光之門，到下一個國度必須耗費不少時間，根據八國地圖，他的下一個目標應該是鄀都，你們還是先去通知鄀善吧！我會儘快找到修，請他救活靈川後再跟你們會合。」

「那瀾！」

「梵。」玉音攔住涅梵，看向我：「讓她去吧，我相信她。」玉音的臉上再也看不到一絲慵懶，只有認真和嚴肅，那張雌雄莫辨的臉在此刻變得極富男人味。

涅梵緊皺眉頭，憂心地望著我。我認真地對他說：「請相信我！」

但他沒有回應我，似乎還是擔心不已，在心裡計算所有的可能和各種結局。

玉音握住涅梵的手臂說：「梵，安羽傷得很重，我們還得通知其他人王，無暇去尋找修。而且說穿了，我們也沒辦法找到他！但那瀾可以，她身上有比我們更加神奇的力量。」

涅梵看著玉音，好一陣子後才默然點頭，嚴肅地對我說：「那瀾，我把風龍留給妳，牠可以擴大搜尋範圍，也能分辨氣味，只要妳能找到任何一樣修用過的東西，牠就能協助妳找到他，也能在修想傷害妳時保護妳！」

我恍然明白涅梵所顧忌的事情，他在擔心修遇到我後會傷害我！我的心情頓時變得複雜不已。

一開始，只是因為我說了一句跟闍梨香類似的話而觸動涅梵的神經，打開埋藏在他心底的潘朵拉寶盒，無數他不願再想起的回憶湧現，再次折磨他的心。

因為闍梨香的死，涅梵的哥哥選擇自殺，他應該認為是自己殺死了哥哥。涅梵明明那麼敬愛他，為他祈求闍梨香救助，最後決定掀起叛亂。然而最終他看似贏了，實際上卻是輸了一切，從此封凍起那顆心。

「放心吧，梵。」玉音走入我與涅梵之間，揚起比女人還要水潤紅豔的唇，自嘲一笑：「現在我看誰也傷不了她，你忘了她把塞月手裡的弓箭燒了嗎？她現在可是一座活動日刑台，最好別惹她，不然——」玉音又恢復原樣，軟軟地靠在涅梵的肩膀上：「她的熱情可是會把你燒化的！」

他嫵媚地瞥了我一眼，勾勾唇，隨後彎腰抱起安羽。

飛毯飛了過來，玉音抱著安羽躍上飛毯，涅梵也接著上去，憂心忡忡地回頭看我，卻沒說些什麼。他擰眉垂頭，抿了抿唇，沉默了一會兒，隨後再次抬頭，以一種我從未見過的信任目光凝視著我。

「我不想跟妳告別，因為我想看妳把靈川和修帶回來。玉音，我們走！」

當他的聲音在我耳邊響起時，飛毯也從風龍巨大的身軀旁飛離，直直飛向紫色的聖光之門。涅梵等人的身影融入其中，整個空間只剩下我和風鼇。

我拍了拍風鼇，摸上牠被火鞭削斷的犄角，看向那扇綠色大門：「風鼇，我會替你的角報仇的！我們走！」

為什麼我沒有意識到自己擁有戰鬥的血脈？我明明在網遊世界裡曾帶領三五網友們升級打怪、攻城掠地、組建自己的公會與幫派，甚至成為他們的師傅和王者。但一回到自己的世界，我就徹底變成了一個廢人！

我想我們並非無能，只是沒有勇氣去「轉變」。

謝謝你，伏色魔耶，是你讓我那瀾——升級了！

一望無際的綠色、濕熱胸悶的空氣，即使有風鼇在我身邊，依然無法抵禦蚊蟲騷擾，這就是修都送給初來乍到的我的「禮物」——可怕的大蚊子。

修都的面積實在太大了，我本來以為按照常理，聖光之門後方會有道路通往修都王都，那座現在被普通人占據的城市。哪想得到聖光之門後竟然是一片原始森林，風鼇進來時還不小心壓垮了一區，倒是成了一條路。

修都像是一個無人修剪的叢林，任由樹木茂盛生長，長得無比巨大，無邊無際，像是太平洋、大西洋、印度洋，飛在上空只會完全迷失方向，唯有靠太陽和北極星指引方向。

三天來，我們漫無目的地在這片綠色汪洋上漂流。修都溫差劇烈，日曬雨淋，再加上要找修，風鼇不敢飛得太快，像是一條蟲在一片看不到邊際的大葉子上挪動，無法叱吒風雲。我們只能緩慢前進，每前進一百公尺，風鼇便會停下，讓我下去搜尋一番。

至於我說被蚊蟲騷擾，是因為修都的蚊子居然長得跟小嬰兒差不多大。天啊！這下我真的是在升級打怪，每天殺蚊子都來不及。

我依然帶著那把砍斷安羽翅膀的劍。受到我的力量洗禮後，它足以將砍到的東西化成灰燼，只是隨著使用次數增加，效果越來越差。這幾天我幾乎都在原始森林裡砍蚊子練功。

「嗡——」蚊子大了，聲音也就大了。聽見身後傳來巨大聲響，我雙手握劍，毫不猶豫地轉身刺向空中，不偏不倚擊中大蚊子的腹部。

「啪！」

一灘紅色的血落下，灑在我臉上，無論強迫自己適應多少次，我依舊有些反胃，殺蚊子時經常會遇到這種情況，我的劍可以徹底燒化蚊子，但風鼇不行。有時牠會用自己的鬍鬚幫我，我還記得第一次遇到肚子裡有血的蚊子，剛好是被風鼇用鬍鬚抽破肚子的，那時濺了我一身血，我當場因為噁心而昏倒，醒來時發現自己躺在水裡，以為可以用水清洗血液，巨大的水蛭卻又吸附在我身上，當時真的嚇壞我了！

我的勇氣好不容易被伏色魔耶激發，天不怕地不怕，沒想到卻在水池裡驚叫連連，像個小女人般跳腳。

不過這也再次印證我們世界的東西對於這裡來說果真是可怕的神器，那些水蛭一吸到我的血就徹底灰飛煙滅了。好可怕，要是被那些手掌大的水蛭吸飽血，我想必已經沒命了吧。

我以為看到帶血的蚊子代表快要找到人類，結果證明那蚊子吸的不是人類的血，因為不久後我遇到一隻已成乾屍的動物，至於是什麼動物我不想說，也不願意再去回想了。

總之這幾天下來，我的心受到各種巨大蟲子和奇奇怪怪的屍體磨練，又變得堅強了不少！

「風鼇——」

我朝上方大喊。儘管風鼇的身體巨大無比，但在密林中，我依然無法看見牠。

我現在砍蚊子已經不用風鼇幫忙了，這也是我希望的，我不想再被別人用普通的拳頭打倒，既然

可以在遊戲裡練功升級，為什麼不能將那份努力實踐在現實中？我想運用本能保護自己。武術是根據前人長期的格鬥經驗演化而來的，我可以融會貫通形成自己慣用的風格。

一條長長的觸鬚從嚴密的樹杈間垂下，我一把拽住，隨後被直直拉了上去。雖然只在這裡生活了幾天，我卻發現人類的潛能非常驚人，因為我的臂力、腕力和反應能力在短短的時間內已然提升。

我回到風鼇頭上，在那裡我已經搭好帳篷，不然晚上沒辦法睡覺。風鼇的犄角拿來紮營正好，還可以用來曬衣服。

我擦乾劍上的血，今天的劍沒有燒化蚊子，說明上頭已經失去力量了。雖然一時摸索不出傳輸力量的方法，但我知道還有一種方法可以升級這把劍——用我的血。

只是我怕疼，暫時沒勇氣砍自己。就先這樣湊合吧，反正這把劍也難看。

我給自己找了個看似很合理，實際上卻挺無力的藉口。

「風鼇，找個地方讓我洗洗臉吧。」

我真該感謝涅梵，有了風鼇，我少吃了不少苦。雖然我曾在伏都看過地圖，但這裡四周全是綠油油的一片，哪看得到王城的影子？

根據地圖上記載，聖光之門後方照理說是有一小段路的，人類也從王城修了路向外延伸，雖然沒有直接通往聖光之門，但數量不少，眼下卻完全變了個模樣。當初真該看看那張地圖的年份，不會是幾十年前的吧？瞧這一棵又一棵樹木恣意亂長，根本看不見路。

風鼇的鼻子很好，能很快找到水源，自從之前的水蛭事件後，牠學聰明了，這次找到了一座瀑布。雖然附近也有河流，但我擔心裡面有食人魚，要是最後我沒有被敵人殺掉，卻成了魚兒的大餐，我想魔王大人知道也會鬱悶而終的。

行囊裡的食物已經所剩無幾，我又得去找食物了。好在這裡的食物不難找，不靠風鼇我也能聞到濃郁果香，卻唯獨一種花的果子碰不得，那就是食人花。食人花非常巨大，會分泌一種香甜的花蜜以誘引動物或是人類，再將吸食花蜜的動物一口吞下，至於被吞進去後會變成什麼樣子？我不想再多提。總之這幾天我已經看了好幾場活生生血淋淋的仿歐美恐怖片，一顆心越來越堅強。

要是吃到食人花的果實，最後總會看到一兩根骨頭或是牙齒，就像《少年Pi的奇幻漂流》裡神祕小島上那朵花裡的牙齒。

總之，我的身體經過這幾天的鍛鍊而不斷壯大，內心也變得十分強韌，已經不會被嚇哭了，能淡定地砍死蟲子，從容面對食人花裡消化一半的屍體。現在我真的成為名符其實的女漢子了。

風鼇降落在瀑布邊，壓扁了一片樹林。牠似乎很喜歡這裡，幾天前還踩了踩、踏了踏，把這片壓扁的樹林做成牠的窩，睡在瀑布旁，頭上頂著伏都女僕為我做的華麗帳篷，像戴了一頂三角帽，模樣非常逗趣可愛，牠還挺中意的，真是連動物也愛美啊。

對了，在熱帶雨林的瀑布裡淋浴時必須萬分小心，因為偶爾會遇上各種動物和大蟒蛇。

天色漸暗，我在風鼇的臉旁升起火堆烤魚。風鼇的瞳仁是黑色的，跟涅梵一樣，我站在牠的鼻孔前，能看到自己映在清澈瞳眸裡的倒影。

「風鼇，靈都也有一條龍，你有見過嗎？」

我一邊吃著烤魚，一邊問牠。

「呼……」

牠噴出一口氣，應該是表示沒有吧？

「你應該去見見小龍，牠很溫柔的，你們一定會成為好朋友。」

風鼇眨了眨大眼，趴在地上不再出聲。牠很少吃東西，身上的神紋跟小龍一樣，應該也屬於神獸一類。

吃完魚後，我再度拿起劍。如果只是把自己的血抹在劍上，效果應該不怎麼好，必須像老麥克的信裡提到的那樣煉化其中。而且各種等級的生物受到我的血影響的程度似乎不同，低等昆蟲一吸到我的血就會化，但當初我掉下來滿身都是傷，醫治我的修和照顧我的凱西卻沒有受到任何影響。

「轟！」遠方忽然傳來一聲像是大砲擊發的巨響。風鼇立刻揚起身體朝遠處張望，接著閉上眼睛深深嗅聞，忽然睜開眼睛看向我。

我問道：「是不是人類？」

牠點點頭。我馬上收拾行囊，躍上牠的頭頂，牠頓時飛起。

夜幕漸漸降臨，被星空籠罩的原始森林變得更加危險卻又迷人，我們飛了很久，終於在黑暗盡頭瞧見一點火光。風鼇朝那個方向疾速前進，光點越來越亮、越來越清晰，最後演變為一片明亮的燈火。

「啪！啪！啪！」數朵煙花突然在風鼇面前炸開，照亮夜空的同時，也讓牠受到驚嚇而呆愣在原地。

「啊！怪獸——」

前方傳來陣陣驚叫，一座四四方方的城池出現在我們眼前。城池中央是個巨大異常的金字塔，它做為最高的建築矗立天際，巍峨壯觀，頂端可見一個平頂露台，可以清楚地看到裡面有人正在朝我們張望。

外面的城牆更是高大宏偉，像是要將龐然怪獸阻擋在外頭，渺小如螞蟻般的人影正在城牆上跑來跑去。

我站在雲天之上，更加體會到人類的渺小。

「攻擊——」突然一個小人揮舞手臂，高聲疾呼。

不好了！

「轟！」之前聽到的巨響再次傳來，震耳欲聾，風鼇的身體頓時像是被什麼擊中，震顫了一下，接著自空中急速墜下。

「風鼇！」

我緊緊抱住牠的犄角，和牠一起掉到樹林上。

高大的樹林成為一張巨大彈簧床，緩解了我們的墜勢，但風鼇仍壓塌了一片樹林，我急忙跑到牠的眼邊，牠似乎被撞得快暈了。

「風鼇！風鼇！你沒事吧？」

「嗚……」

風鼇發出一聲長長輕吟，沒有大礙。

「哦——哦——」城牆上傳來歡呼聲。跌落在地的我此刻更加清晰地看到那堵高大的城牆，讓我聯想起《進擊●巨人》這部作品。

我們的面前是一條通往城門的道路，接著，城門開了，跑出一隊穿著銀色鎧甲、白色披風、髮型統一整齊的騎兵，他們的皮膚黝黑，輪廓有些埃及人的感覺。

「抓怪獸！抓怪獸！」一行人喊著統一的口號跑出來。見我們之間的距離越來越近，我立刻站在風龘頭上，撐開雙臂：「都給我停下！」

他們頓時愣在原地，儘管因為被頭盔遮掩而看不太清楚表情，我卻可以看到他們困惑的眼神。

「為什麼要攻擊我的坐騎？」我生氣地說：「如果牠掉下來砸中你們的城市該怎麼辦？」

眾人驚呆了，領頭的人跑到我面前：「這隻巨大的怪獸是您的坐騎？」

「沒錯！牠叫風龘，是我的飛龍！」

「厲害啊！」騎兵們紛紛發出驚嘆：「居然能馴服怪獸，太厲害了！姑娘，您確定牠不會傷害我們嗎？」

「當然！風龘最乖最聽話了，你們不許傷害他！」

他們更顯訝異：「那您一定是傳說中的馴獸師吧？」

「馴獸師？」我一愣。

他們的態度忽然變得畢恭畢敬，滿懷期待地看著我：「請您跟我們去見王，王一定會非常高興的。」

咦？我忽然變成馴龍師了？

我轉頭看向風龘，牠甩了甩頭，睜開雙眼，慢慢在被壓垮的樹上直起脖子，騎兵們頓時驚慌失措，倉皇後退。

「牠不會吃了我們吧？」

「好大的怪獸！快看牠的頭，比我們的房子都大。」

騎兵們像是小人國的居民第一次見到格列佛般慌張不已。

「風龕，你沒事吧？」我回頭問風龕。

「快看快看，那個獨眼女人在跟怪獸說話！」

「真不可思議，她是怎麼辦到的？」

聽到這些大驚小怪的發言，我一時無語，他們難道沒見過其他國家的動物嗎？不過想想修的那副德行，我忽然覺得這的確是有可能的。有一點可以肯定的是，這裡的文明發展與教育水平似乎比其他幾國更落後。

風龕搖搖頭：「呼……」

見狀，我總算放下一顆心：「沒事就好，你在這裡休息吧，我進去見見他們的王，順便打聽修的下落。」

「嗷——」風龕輕輕吼了一聲，周圍尖叫四起。

「啊！」

「啊——怪獸活了——」

這次的叫聲並非來自我身後的騎兵，而是源於城牆旁。我放眼看去，密密麻麻的百姓正在那裡圍觀！天啊，還說什麼怕怪獸？如果風龕真的一尾巴掃過去，還不把他們都當羽毛球給拍了？

風龕原地站起，帶起巨大聲響，以及樹木斷裂的「喀擦」聲，立刻又引發一陣騷動，但我知道牠

只是想替自己再踩一個窩。

我立刻轉身望向驚慌的人群：「不要怕，牠只是想給自己做個窩。」騎兵們頓時安下心來，卻仍有些惴惴不安地看著風鼇。

我從樹枝上躍下，站到領頭士兵的馬前：「帶我去見你們的王吧。」

他們依然戰戰兢兢地看著我身後的風鼇，害怕地問：「如果您不在，牠真的不會發狂？」看來他們似乎常年受到怪獸侵擾。

我仰頭一笑：「不會的，牠等等就休息了。不過別讓人靠近牠的鼻孔，因為牠的呼吸十分強而有力，人走近會被吸進去的。」我想了想，接著又慎重叮囑：「對了，別到牠屁股後面，你懂的，牠拉的屎很大，會把人埋了，很危險。」

「是是是。」士兵連連點頭，聽得格外認真。

修都的人類與其他國家有所不同。安都的百姓帶著一股仇恨，相當防範陌生人；靈都人受到神約限制，別說陌生人，連認識的人也很少對話；伏都人的熱情沒話說，可惜一開始便視我為魔女，懼怕無比。眼前的修都人倒是非常尊敬我這個陌生人，完全不顯排斥。

士兵忽然下了馬，恭敬地把馬拉到我面前：「還是請您上馬吧，尊敬的馴獸師。」

他真的把我當作馴獸師了，有意思，這裡的人為什麼那麼尊敬馴獸師？

風鼇在原地踩了一會兒，舒舒服服地趴下睡了，也再次引起一陣不小的騷動，不過並非害怕，而是好奇。

「怪獸居然睡覺了！」

「太神奇了！牠好像聽從那個獨眼女人的命令！」

「快看，騎兵隊長把馬讓給她，她一定是貴客。」

「她到底是誰？」

「不知道，快看快看。」

我騎上馬，士兵恭敬地牽起馬，其餘的人護衛在我身後。我在穿著簡單的眾人目光下進入高大的城門，城門後方可說是另一番景象，各式各樣的花圃讓我宛如進入某個歐洲小國的鮮花城市。

這個城市的人民似乎相當喜愛鮮花，雖然房子造型單一，都是四四方方的巨石疊砌而成的，但到處都點綴著美麗的鮮花──牆上、門上、雕像上、路邊、廣場中央，道路中央甚至還有一條鮮花島，空氣裡滿溢沁人的花香，瞬間消除初來乍到這座陌生城市所帶來的緊繃感與長途跋涉的疲勞。

這座城市真的好美。現在還是晚上，如果到了白天，當陽光灑落在這些五彩繽紛的花朵上，它們的美麗簡直難以想像。

我在不知不覺間被領到那座高大的金字塔前，靠近一看，才注意到上頭一層層上去並非台階，而是分布在各層的獨立宮殿，整座金字塔像是一座三角形高樓。正門前是清澈的水池與同樣繽紛的花圃，水池中央也有一座凹陷的綠色小花園，內部設有桌椅供人乘涼，這種設計實在美極了。

「尊貴的馴獸師，請下馬。」

騎兵隊長恭請我下來，映入眼簾的是通往第一層正門的寬闊大理石階梯。兩個身穿白衣、像是太監的侍從正打著赤腳從裡面匆匆走出，髮型同樣是整齊的黑色蘑菇頭，頭上戴著銅冠。

走到台階下後，其中一人開了口，我一聽驚訝萬分──他們還真的是太監！

「拉赫曼騎兵隊長，王想問發生了什麼事？那隻怪獸為何睡在城外？」他細聲細氣地問。原來護送我過來的騎兵隊長叫拉赫曼。

拉赫曼拿下頭盔，黑色短髮垂散在肩膀上，露出一張英俊秀氣的臉，額前也是齊整的瀏海，鬢角邊梳了兩綹小辮子，皮膚偏深古銅色，和我以前畫的埃及男子頗為接近。

拉赫曼顯得有些激動：「快去稟報王，修都來了一名馴獸師！那條龍正是這位了不起的姑娘馴化的！」

我怔了一下，風鼇可不是我馴化的，牠只是能理解我的話，並聽從涅梵命令保護我而已。

我正想解釋，卻見那兩名太監激動地對視：「真的嗎？真是太好了！我們這就去稟報王！」他們小跑進去了。

拉赫曼有些激動地請我入內：「姑娘快請進！對了，還不知道您的名字是……」

「我叫那瀾。」

「那瀾姑娘快請！」

拉赫曼畢恭畢敬地迎入我，同時不停地說：

「那瀾姑娘吃晚飯了嗎？」

「那瀾姑娘能來到修都真是太好了，我們一直盼望神能賜予我們傳聞中的馴獸師，您終於來了。」

我疑惑地看著他：「你們以前沒有馴獸師嗎？」

拉赫曼嘆了一聲：「古籍裡是有的，神奇的馴獸師能馴化這裡的怪獸，將其他怪獸驅逐出去，使修都百姓獲得平靜安寧的生活。然而因為凶猛的怪獸消失後，馴化的怪獸食量太大，馴獸師便又把牠們放生了。隨著馴獸師這樣的職業漸漸沒落，凶猛的怪獸們再度出現，我們卻對牠們束手無策……」

聽起來還真像是員警和壞人的關係。

我們邊走邊說，當我走上大理石的台階、望見眼前的恢宏大殿後，不由得發出一陣驚嘆——寬敞的大理石地面矗立著一根根粗大而牢固的石柱！這裡是最底層，要撐起一座堡壘，粗壯結實的石柱必不可少，景致非常壯觀。

我們走到最中央，出現一個如電梯般的金色小籠。拉赫曼帶我進入其中，拉上小門，拽了拽旁邊的紅繩，伴隨著「叮鈴鈴」清脆的鈴鐺聲，它真的像是電梯一樣向上移動了！

我有些納悶它到底是怎麼動的，此時小籠正好經過一、二層之間，我頓時看到很多人奮力地拉著繩子，原來這是人工電梯！

更神奇的是，他們腳下的地面由木棍與厚重皮革構成，形成一層輸送帶，使他們能在原路移動，也讓這台人工電梯行進迅速而不會停頓。

我還聽到他們整齊劃一的喊聲：「嗨喲吼喲！嗨喲吼喲！」不禁感嘆人類的智慧如此偉大。

「那瀾姑娘是從什麼地方來的？」拉赫曼好奇地問我，目光閃閃：「聽說修都其實還有別的城市，但因為雨林太大，我們尚未找到。」

我聞言反問：「為什麼從王都到聖光之門之間的道路不見了？」

拉赫曼驚訝地看著我：「聖光之門？那是什麼？」

「什麼？你不知道聖光之門？那夜叉王修呢？」

他更加迷惑地撓撓頭：「夜叉王修又是誰？」

天啊！修這個傢伙不會因為太宅而被世人徹底遺忘了吧？而且拉赫曼居然連聖光之門都不知道，修都百姓的資訊到底有多落後？

空氣裡忽然飄來的飯菜香引起我的注意，原來人工電梯正好經過飯廳，只見許多穿著像是貴族的人穿梭在金碧輝煌的樓層裡，手拿盤子自取食物，完全呈現自助餐模式。

剛才拉赫曼問我餓不餓，我才剛吃完烤魚所以沒感覺，但當如此多的美食出現，不餓也難。

電梯再次緩緩向上移動，這次傳來的是優美的音樂聲！接著只見人們跳起社交舞……慢著！為什麼是社交舞？他們不是文化訊息落後嗎？眼前這社交舞是怎麼回事？我驚訝地彎腰細看，直到電梯抵達更上一層。

這一層全是房間，似乎是住宿區。

我越來越覺得這座金字塔像是一間豪華酒店，隱約有種現代人在經營這間酒店的感覺。

電梯終於在金字塔的頂部平台停下。當初我在風鼇身上看時只覺得平台跟豆干差不多大，身臨其境才發現這裡的大小與一間豪華別墅無異，更別提還有一座波光粼粼的超級大泳池！

拉赫曼帶我走出電梯，我宛如置身於天空花園，高矮參差的樹木、鮮綠的草坪與美麗的花圃，將他們的王藏匿其中。

方才看見的兩個太監自花叢中出現，替我引路，越來越多的太監及侍女出現在花園間。此時我望見站在露台邊緣的一男一女，男子俊美非凡，有著一張埃及與亞洲人混血的年輕臉孔，既富有埃及人的神祕美感，也帶著亞洲人的溫潤，一頂宛如拉美西斯般的金冠戴在黑髮上，讓他更顯尊貴。

他身旁的女人背對我站在露台邊，正扶著欄杆遙望遠方，一頭黑髮長及後背，同樣戴著小小的金冠，純白的落地直筒長裙隨風飄搖，讓她看起來顯得有些寂寥。

我不用摘下眼罩也知道面前這位王只是個閃耀之人。他欣喜地望著我：「外面那條巨龍真的是妳的嗎？」

我好奇地問：「您知道那是龍？這裡的人都當牠是怪獸。」聽到我開口，他身邊的女人微微一怔，轉過頭來。

「因為茵兒說那是龍，是翼龍。」

他高興地指向她。四目交接的那一刻，我與她同時驚呆在原地。

「那瀾……」

「林茵……」

見到明洋不久後，我終於找到了林茵，在這座埃及金字塔的露台花園中。

她對我從沒好感，我也沒興起過想與她結為手帕交的衝動。所謂三年一代溝，我們相差將近六歲，已經有兩個代溝，更不用說她迷的是歷史，我愛的是美男。一旦我跟她提起那些雙性戀的皇帝，她便會以怪異的目光看我，說那種男人最噁心了，反倒是明洋還會溫和地告訴我哪些王喜歡怎樣的美男子。由此可見我和林茵真的完全不合，幾乎是兩條沒有交集的平行線。

潺潺流水更加凸顯這個空間的幽靜，我與她面面相覷，久久無法挪開目光。

忽然，她提裙朝我跑來，我原以為她想擁抱我，衣領卻被狠狠揪起，身體受到劇烈搖晃：「妳這個掃把星！如果不是因為妳，我怎麼可能淪落到這個鬼地方？還跟明洋學長失散了！妳為什麼還要出

現在我面前？妳這個做作的女人，給我滾！給我滾！」

我有些傻眼，立刻推開她：「喂！妳的態度能好點嗎？居然說我做作？我最多只是愛裝文青罷了。而且這件事怎麼能怪我？是誰非要跟著考古隊往沙漠裡走？」

林茵憤憤不平地瞪著我。

「又是誰看見海市蜃樓就衝過去激動大喊『羅布泊我來了』？」

她咬緊下唇，別開臉。

「我明明已經提醒你們，說那裡危險、不正常，結果你們聽進去了嗎？我才是被你們牽連的人！本來應該只有你們兩個會掉到這個世界！只有你們兩個！」

我也失控了，沒想到久別重逢的「親人」不但沒有激動地迎接我，反而狠狠罵了我一頓，從頭到尾我得到了什麼？

「我不要聽！」她捂住耳朵，甩起頭，歇斯底里地大喊：「我不要聽，我不要聽，我不要聽！」

「不聽算了！枉費我還擔心妳……哼！看來妳過得很好，我這就走！」

林茵身後的修都王一驚，瞥向一旁的拉赫曼。

我轉身欲走，拉赫曼卻匆匆攔住我。

「那瀾姑娘請留步，這其中可能有什麼誤會。您跟我們的聖女認識？」

「聖女？」我雙手環胸，轉身看向仍捂著耳朵的林茵：「妳至少在這裡能做個聖女，我卻得四處飄泊，知足點吧！」

她慢慢放下手，忽然以疑惑的目光看著我：「妳怎麼聽得懂這裡的話？」

我還以為有什麼事讓她如此驚訝，原來是在意這件事啊。

「連我這個專修各國古代語言的人也花了幾個月的時間才聽懂，像妳這種腦……」她頓住話聲，似乎正在思考該用什麼詞語才好。

看來在她眼中，我就是那種腦袋空空如也的女人，不像她學富五車、才高八斗。

我受不了地皺起眉頭：「妳這是什麼意思？我好歹也畢業自正規美術學院！妳跟我學的東西完全不同，憑什麼鄙視我？妳學長明洋雖然是個高材生，卻還是覺得工作難找，想留在這裡——」

「學長！妳見到明洋學長了？」

聽到明洋的她激動萬分，前面的話全當成了耳邊風。

「茵兒，不要激動，妳身體不好。」一旁的王立刻上前，擔心地扶住她的身體，林茵立刻推開他：「你走開！別煩我！」

修都王一愣，隨後默默退開。

林茵拽住我的胳膊：「學長呢？他是不是也急著找我？」她的臉上滿是自我幻想的欣喜：「妳快去告訴他我在這裡，要他快來！」

我無語地瞪著她，這傢伙滿腦子只有明洋！我拉開她的手：「妳清醒點吧，明洋根本沒來找妳，連找妳的想法都沒有。」

「妳胡說！」林茵圓睜著一雙大眼，娃娃般的妝容十分可愛。她咬緊下唇、瞇起眼睛：「哦，我明白了，妳也喜歡學長，所以不想告訴他，對吧？哼！妳現在成了獨眼龍，學長還會喜歡妳嗎？」

這句話實在太傷人，再忍下去就是聖母了！於是我揚起手，毫不猶豫地直接打在她臉上。以前我

可能還會忍氣吞聲，但我現在是戰士，砍得了怪獸，殺得了魔王，這次真的忍不下去！

「啪！」

林茵瞬間被我打懵了。一旁的王目露殺氣，朝我憤怒看來。

我手握腰間的劍：「我告訴妳，妳的學長明洋現在成了魔王，我正準備去殺他！」

她驚詫地捂著臉看我，我繼續說：「他親口跟我說妳在學校裡就愛黏著他，讓他很煩，不想看見妳，才會加入考古隊，卻沒想到妳跟來了！他一直認為妳消失最好！」

林茵頓時怔立在原地，一張有些圓潤的小臉蒼白無比。我甩手指向她身邊的修都王：「真正珍惜妳、愛護妳的人在那兒！妳醒醒吧，好好看看這裡，妳不但什麼都有，還有個好男人疼妳，供奉妳為聖女。妳看看我——」我指向自己的右眼：「這隻眼睛是掉下來時摔傷的，瞎了大半個月。至於這條手臂，以及這裡跟這裡——」我一一指向自己的傷處：「全在掉下來時摔斷了！我敢保證，妳只要踏出這裡半步，離開這個男人半尺，就會被外面的怪獸咬死、被食人花吞掉，或是被巨大的蚊子吸乾血！妳真的以為這個世界是穿越女的夢想天堂嗎？這裡是地獄！地獄！知足點吧！妳根本無法想像我是怎麼活下來的！」

一口氣說完後，我感覺神清氣爽。我從沒跟任何人這樣痛快淋漓地抱怨過，今天要不是林茵刺激我，我根本不會將心裡的話全盤托出。若是從前的我，想必只會躲在角落裡哭泣，希望有個男人能夠依靠，我再次鄙視從前軟弱的自己。

林茵完全聽傻了，呆呆看著我被眼罩蒙住的右眼。

聽到我的這番話後，修都王的眼中再也不見殺氣，看來應該是聽到我替他說話，說他才是默默愛著林茵的男人而不再對我有敵意。但我知道他心裡依然心疼我剛才打了她。

情勢平靜下來後，我望向外面的月色。當我和風鼇飛在高空時，銀霜般的月光灑在那片無邊無際的森林上，帶起一層熒熒綠光，如同森林的呼吸般飄浮在樹林間，微微擺動，如同輕輕的海浪。

我看向林茵：「我只是來這裡找人，很快就會離開。但我還是想勸妳，與其跟一個不愛妳的人在一起，不如珍惜眼前的他，女人追求的是幸福，不是男人那一句可以跟任何人說的『我愛妳』。」

修都王微微側著頭看我，若有所思。

林茵低下頭。她還是在學生，家世非常好，才能以一介新生之姿得到跟隨考古隊的機會。聽說她的父親是副校長，也是位非常厲害的考古界前輩。

第一次看見她，我就知道這是個受到百般呵護的女孩，不知人間疾苦，在家人妥善的保護中幸福快樂、無憂無慮地成長。

有人說，女人的成熟度與受過的傷有關，就跟沉香木一樣，越是受傷一分，香氣便越濃郁一分。然而女人們或許更想選擇讓自己幼稚一點，畢竟有誰喜歡受傷呢？

我朝修都王行了一禮，默默轉身，問一旁的拉赫曼：「有什麼地方可以讓我過夜嗎？」

拉赫曼看向我身後的王，似乎得到了應允。他微笑地說：「請跟我來，那瀾姑娘。」

我愈發覺得這是個和善友好的民族，怎麼會出現修那樣的角色？

身後很安靜，林茵再也沒有說話，我跟隨拉赫曼離開。回到人工電梯後，我問拉赫曼這裡有沒有三朝元老般的老臣，我想跟他們打聽一些事情，他說會幫我找人。

他帶我往下抵達有很多房間的那一層。一名太監接替他來迎接我，引領我至其中一間房間，裡頭

大得像三百坪的豪宅！每一樣家具都占據龐大的空間，還有陷入地下、正對一座廣闊陽台的浴池，陽台上同樣是花園草坪，遠遠遙望，四周沒有任何遮擋物，彷彿置身於半空中。

這金字塔到底是誰設計的，怎能如此高貴大氣？應該不是林茵，她不是設計師，連一張設計圖也畫不出來。而且這金字塔顯然有些年數，不是幾個月便能拔地而起的，豪華得即使是杜拜的帆船飯店在它面前也揚不起那張帆，只能自愧弗如。

第二天一早，我獨自上街。說是獨自，但總有兩個太監不近不遠地尾隨在後，讓我覺得有些奇怪，畢竟修都王和他的子民對我很和善，照理說不會派人跟蹤戒備，而且也沒人會差遣太監來戒備吧？

這裡的地面打掃得很乾淨，許多人打赤腳走在上頭，包括那兩個太監。他們多數穿著像是絲綢般的布料，相當光滑，很能展露身體曲線，尤其是女人，款式以長裙或長褂為主，近似希臘神話裡的服裝款式，露出雙臂。

我先造訪了一家食品店，想進行補給。來到這座城市後，風鼈便能定位，以後可以把這裡設為補給點。

我走進店鋪，裡面的食物品項很豐富——種類繁多的果子和肉類、奇奇怪怪的蔬菜，還有一條條像臘腸似的東西掛在橫梁上，卻是紫色的。

「老闆，這是什麼東西？」

我好奇地問，一邊想著可能是曬乾的茄子。

老闆是個大胖子，笑著回答：「哦，我認識您！尊貴的客人，您一定是那位尊貴的馴獸師。」

我一愣，反而更加不好意思，完全沒想到消息已經傳遍全城，難怪遇上的每個人都對我微笑。他們如此尊敬我，但我並非什麼馴獸師。

糟了，如此一來，我豈不是成了個大騙子？

恍神間，老闆開始介紹起來：「這是一種蟲子，我們稱作臘腸蟲，牠非常肥美，曬乾後的口感比臘腸還要好——」

「蟲、蟲子？」我有些傻眼。

「是啊，尊貴的馴獸師，我們這裡很多食材都是蟲子，因為牠們既大又肥美，有些烤來吃是非常美味的，您要不要試試？」

他一邊說著，一邊自櫃檯下方拿出一隻像天牛角般的巨大黑色鉗子！

這座原始森林裡到底還藏著多少神奇生物？讓我不由想起科幻電影《星艦戰將》。

「不、不用了！我吃素！」

我扭頭逃出店外，在門口傻傻站了一會兒，忽然想到自己進去做什麼？我又沒這裡的錢。

轉念一想，其實我們吃的螃蟹也像蟲子一樣有堅硬的殼，以及很多腳，只是我們將牠分類為動物。我一直覺得黃鱔很像大蚯蚓……

走出食品店，我又看到那兩個太監，他們匆匆低下頭，不敢靠近。

我疑惑地望著他們一會兒，繼續前行，來到一間打鐵鋪，走了兩步回頭，發現他們進去那家食品店了。我前腳剛進打鐵鋪，他們後腳隨即跟至，提著大包小包在門口鬼鬼祟祟。我又是困惑地瞥了他們一眼，這次他們倒是不躲，只對我傻笑。

這兩個太監長得很漂亮，比泰國人妖還好看，帶著一種介於男女之間的特殊陰柔美，卻又不會太做作。不過這種美，男人通常看不慣，只有我們這種腐女懂得欣賞。

「原來是尊貴的馴獸師啊！」

打鐵鋪裡的所有人都朝我看來，似乎是店長的年輕小夥子激動地走向我，他光著膀子，只穿著一件皮革圍裙，一身肌肉暴突而出，泛著閃亮的汗水光澤，格外性感。

「對不起，我……」我還沒說完，他已經激動地送上一顆水果：「請吃吧，尊貴的客人，我叫薛西斯，請問我能為您做什麼？」

在修都受到如此禮遇，我只覺得感動不已。

我拿出自己的劍：「我想打造一把漂亮的劍。你懂的，我是女人，更注重劍的外觀。」

「沒問題！能為貴客鑄劍是我們的榮幸！」他轉頭看著同伴們，打鐵鋪裡的三個青年都激動地點頭。

我尚未為修都做些什麼，卻已經被當成貴賓，一時只覺得有些手足無措，連忙拿出圖紙：「我帶了設計圖，你看能做嗎？」

我將圖紙遞給薛西斯，其他青年也停下手裡的工作圍上來，紛紛露出驚訝的目光：「好漂亮！」

我是網路遊戲的美術設計師，裡頭的兵器與升級後的模樣全都由我設計，所以我這次畫了一把看起來既拉風又秀美的劍，劍柄上有怒綻的蓮花，劍身上是鳳凰花紋，至於顏色要怎麼處理則正在思考中。

「恕我直言，尊貴的客人，您設計的這把劍不實用啊！再加上您給我的劍材質並非上乘，鍛造出來會不夠鋒利，也有可能斷掉。」薛西斯誠實地跟我說。

我點點頭：「我知道，不過我對劍的材料沒有概念，總之請你往上乘的選，鍛造時我會另外加入一些東西，讓它變得與眾不同，屆時請通知我一聲。」

「好。」

見薛西斯仍有些疑惑地看著我，我立刻說：「對了，這是訂金。」並掏出一些金飾。當初準備離開伏都時，我不敢直接向伏色魔耶要錢，只好順手牽羊了一些闍梨香的首飾。幸好它們幾乎沒被動過，但感覺實在很對不起她。

青年們看到我手裡的金飾，個個目瞪口呆。薛西斯匆匆將金飾推還給我：「太貴重了，我不能收！能為貴客鍛造兵器已是我的榮幸，我願意免費為您服務。」

「咦？可是我昨天剛到這座城市，你根本不認識我！」

這裡的人實在好得讓我慚愧不已。

薛西斯憨實地笑了起來：「尊貴的客人帶著那樣巨大的怪獸，我們整個王都的人都崇拜得不得了。如果可以讓我摸摸那頭怪獸，我就滿足了。」

我望著他純真的眼神。這裡的人實在過於善良，我有多少年沒見過這麼樸實無華的人了？他的請求我怎麼可能不答應？

我毫不猶豫地點頭：「好，跟我來！大家一起來！」

「哦——」整間打鐵鋪的人都歡呼起來。

我最後還是支付了一些金飾做為酬勞，薛西斯說可以融化它們裝飾我的劍。他還告訴我，因為受

到怪獸常年侵擾，修都人不敢走出那堵圍牆，礦業因此停滯，貴金屬和寶石之類的礦物越來越稀少，黃金更只有皇室擁有，普通人多半用石器，較為富有的貴族則擁有銅器、鐵器、銀器。鐵器和銅器有時必須上繳，用來打造兵器與士兵的鎧甲，修都人都能理解這點，也願意捐出，包括貴族們。

從這番話中可以感覺出修都人十分團結，無論是貴族還是平民，我喜歡這樣和睦一致的社會關係和環境。

我領著薛西斯和他的同伴走出打鐵鋪，更多人好奇地跟上來，青年們高聲吆喝：「快來啊！貴賓讓我們去看她的怪獸！」

「耶！」許多年輕人激動跟上，孩子們也大膽地圍在我身邊，好奇地看著我的右眼。

「您的眼睛真的是瞎的嗎？」聽見孩子天真無邪地問著，薛西斯和青年急忙趕開他們。大人避而不語的問題，卻被他們毫無顧忌地說出。

「沒關係，薛西斯。」我攔住薛西斯等人。孩子們再次好奇地圍上來，我神祕地笑著，一邊走一邊說：「不錯，一開始是瞎的。」

「是在跟怪獸的戰鬥中瞎掉的嗎？」孩子們更好奇了。

「哈哈哈！嗯……是的。」我故弄玄虛：「那是在一次非常慘烈的戰鬥中……」

「哦……」大人與小孩全都睜大眼睛。

「我失去了這隻眼睛，但神賜予我一隻新眼睛，讓我可以看出——」我摘下眼罩：「誰在說謊！」我作勢嚇唬孩子，他們嚇得捂住眼睛。

大人驚訝地看著我完好的右眼，我大笑起來，拍拍孩子們的頭：「騙你們的啦！我戴著眼罩只是因為比較拉風而已。」說完，我戴回眼罩，只在這片刻間，我已經看到許多未來的閃耀之人。

孩子們驚訝地望向我，隨即也哈哈大笑，大人們則是搖頭苦笑。薛西斯和青年們饒富興致地看著我，閃亮的眼神裡湧現更多好奇。

很快的，我們抵達城門，遇見了拉赫曼。眼前的城門緊閉，他正和士兵們認真地守城。

他有些驚訝地朝我迎來：「那瀾姑娘要出城嗎？」

我對他點點頭：「大家想看我的龍。你放心開城門吧，我的龍可以保護他們。」

拉赫曼先是猶豫了一下，隨後便準備打開城門。

「不要相信她──」

忽然傳來蒼老的聲音，只見一位老人拄著拐杖，步履蹣跚地走來，身後跟著許多同樣頭髮鬍子花白、彎腰駝背的長者們。

「不要相信她……」他走到我們面前，頻頻喘氣。

「赫馬長老，你們怎麼來了？」拉赫曼恭敬地看著那幾位長老。

「呼……呼……」好不容易平復呼吸的赫馬長老朝我恐懼地看來：「她是想把你們引出去，餵給她的怪獸吃──」

「什麼？」我一陣驚呼，人群也開始騷動，長老的話立刻讓跟在我身後的人蒙上一層恐懼的陰影。

我原以為修都挺美好，原來還是有反派的。新世界似乎總在與舊世界進行鬥爭，靈都是陳舊的神約，這裡則是長老宗族。

「一定是的——」赫馬長老以拐杖敲打地面，話音顫抖地說。

我疑惑地問他：「你明明沒試過，怎麼知道結果呢？是不是正因為你們連出去的勇氣都沒有，現在才會被困在高牆內，甚至不知道聖光之門，不知道別的國家？」

「聖光之門——」聞言，赫馬長老吃驚無比，其他長老也瞪大眼睛。與其他百姓的疑惑不同，看他們的神情顯然是知道聖光之門的。

「聖光之門？那是什麼？」

「我曾聽爺爺說過，那是一扇通往別國的神門。據說在修都輝煌的時期，這裡曾有通往聖光之門的大路，然而後來我們被怪獸圍困，路便被樹林再次覆蓋，找不到了。」

「對對對，我也聽奶奶說過那扇門！那是一百多年前的事了，我奶奶說她年輕時有幸見過一次，後來就……」

「我們怎麼都不知道？」

「因為你們太年輕，再過下一代可能就真的不知道了。」

原來他們真的是被圍困在這裡上百年，才使道路被茂盛的樹林覆蓋。

我高舉右手，大聲說：「我就是來自聖光之門的人！」

「咦！」

「她說什麼？」

「太不可思議了！」

「不過我們這裡確實從沒外人來過，除了聖女。」

「太讓人驚訝了。」

「我聽說她好像認識聖女，我妹妹在宮裡當侍女，她告訴我的。」

「什麼？那她難道也是神派來的？聖女不就是從天上掉下來的？」

眾人交頭接耳，長老們更是驚詫地看著我。

我再次說：「勇敢地跟我走出去吧！」同時轉身向拉赫曼示意。他顯得有些激動，立刻命令士兵打開城門，我往前邁開腳步。

見我跨出城門，修都的百姓一時仍不敢出去。

「我去！」赫馬長老拄著拐杖出來了：「如果她要用人來餵怪獸，我這把老骨頭犧牲了也沒關係。」

老人的這句話倒是讓我對他另眼相看。他似乎跟亞夫不同，亞夫雖然年輕，卻愚昧地守著舊約；赫馬長老雖然看似固守陳規，不敢越雷池一步，但此刻又勇於為大家涉險。

其他長老也跟在他身後，我帶領他們慢慢走向風鼇。

風鼇已經醒了，看見我便站起來。巨龍的一舉一動都能牽動周圍的一切，宏大的聲響讓眾人大驚失色，大呼小叫。赫馬和其他長老們也嚇得停下腳步，顫抖地指向風鼇：「牠牠牠牠想做什麼？」

我笑了：「牠只是想跟我打個招呼。」我轉頭看向風鼇：「風鼇，請你坐下，這裡的人很怕你，你能不能盡量不要動？」

風鼇看看我，再看看其他小小的人類，吐了口氣，緩緩趴下，似乎刻意放輕了動作，通人性的牠實在太可愛了。牠似乎怕趴下壓到樹枝又會發出巨響，於是仔細瞧了瞧，盡量回歸昨晚牠壓扁的原

位，不再壓垮其他樹木。

「怪獸趴下了！」

「牠真的聽那女孩的話！」

「那女孩太厲害了！」

城裡的人紛紛驚呼。我看向長老們：「你們要摸摸嗎？」

長老們齊齊看向赫馬長老，赫馬長老拿起拐杖，緩步靠近風鼇。我站在風鼇臉旁，牠針尖般的瞳仁隨著他的靠近而逐漸收縮。

赫馬長老並沒有完全靠近風鼇，而是站在遠處伸出拐杖輕輕戳了一下牠，見牠沒反應，他鬆了口氣，朝城裡的人喊：「沒事——這怪獸不吃人——」

「啊——」人們頓時歡呼著跑出來。我回頭拍拍風鼇的臉：「小心點，他們都想來圍觀你，你別亂動。」

「呼……」風鼇噴了口氣，百無聊賴地閉上眼睛，腦袋一歪，睡了，看來牠打算隨便讓人摸了。

當人們好奇地摸著風鼇時，我走向赫馬長老：「對不起，我的龍嚇到你們了。」

「不不不，我才抱歉，誤會了您和您的怪獸。」赫馬長老反而向我致歉：「我們這裡太久沒出現馴獸師，很久以前還遇上一個壞人，用人來餵養他的怪獸，所以今天我才會如此擔心。」

我心中駭然，真是什麼樣的人都有。此時我忽然想到要找修，立刻問：「對了，長老，既然您知道聖光之門，那您記得夜叉王修嗎？」

「修王！他已經上百年沒出現了，不過他的舊王宮還在，修都可是他父親的心血。雖然修王最終仍離開了我們，但我們始終銘記修王家族為我們帶來的美好生活和美麗王都。」

果然還是老人比較清楚情況，沒想到修還有座舊宅啊。

「那舊王宮在哪兒？」

赫馬長老伸長拐杖，指著遠方：「在離修都約百米左右之處，如果我沒記錯，大概是那個方向，現在也被樹木包覆住，再也看不到了。傳說修王還住在那裡，但從沒有人見過。」赫馬長老感嘆地搖搖頭：「唉，我也是聽我爺爺說的，他說修王當時還年輕，可能承受不住打擊，精神失常了，當他的父母和妹妹死後，人們就再也沒見過他了。」

咦，原來修還有個妹妹？

不過既然他不老不死，這位妹妹想必應該已經……

我頓時陷入沉思。

「呼！」風鼇突然伸長脖子，扭頭戒備地看向遠方，讓爬到牠身上的人紛紛掉下。我從牠警戒的眸中察覺到危險，立刻說：「大家快回去——有危險——」風鼇一定是發現了什麼。

聽到我這麼喊，眾人立刻奔回王城，士兵護送長老們離去。拉赫曼跑向我：「那瀾姑娘，出什麼事了？」

「風鼇似乎注意到有危險，你們快備戰！」

聽到我這麼說，拉赫曼立即領兵整隊。

此時，大地劇烈震顫，帶起狂風及沙石，讓我想起魔王領著魔獸衝出魔域的那天。

風鼇甩動觸鬚，捲起我放到牠頭上，我立刻看到遠處的樹林正在激烈搖擺！敵人的速度非常快，地面的震動也越來越強勁，我隨即聽到隆隆的跑步聲與野獸撞開樹林的斷裂聲。

「嗚——」城牆上方也傳來警戒的號角聲，當人們全部逃回城裡，城門隨即關閉，我瞄見了拉赫曼和修都王的身影。

「風鼇，快到城牆前攔住那些怪獸！」

風鼇瞬即躍起，「砰」一聲來到城牆前。前方樹林逐漸向兩側分開，一個巨大黑影倏然蹦出，宛如恐龍又像是史前犀牛的巨大怪獸群跟著衝出樹林。牠們一看到風鼇便急忙停住，後面的怪獸來不及煞車，連環撞上，場面頓時變得一片混亂。

這是一群巨大的原始怪獸，長得像龍，但有一根犀牛角，皮膚或是綠色，或是青綠色，身後長了條長長的尾巴，高度約與風鼇四肢著地時差不多，但對於人類而言已是龐然巨獸。牠們因為看到風鼇而不敢前進，紛紛看向最前方的威武巨獸，牠顯然是牠們的王。

巨獸瞪著蜥蜴般的綠色大眼緊盯風鼇。風鼇慢慢轉過脖子，因為牠的身體實在太長，無法在全是樹木的地方活動自如。

「嗷——」風鼇朝那隻巨獸大吼一聲，這是動物們打招呼的方式，誰吼得響，誰就厲害。牠巨大的吼聲讓怪獸們驚然後退，只有牠們的王仍站在原地不動。

「攻擊！」身後忽然傳來大喊，我立刻轉身，只見修都士兵們已經架好砲，蓄勢待發。

「住手——」

我朝他們大喊，但已經來不及了，「咚」的一聲，被點燃的砲彈飛出砲筒。

「風鼇，阻止那顆砲彈！」聽到我的指令，風鼇立刻轉向，朝那顆砲大吼一聲：「嗷——」看不見的氣波從牠口中衝出，砲彈像是被什麼拖住，懸浮在空氣中。城牆上的拉赫曼和修都王疑惑地看向我。

「咚！」砲彈自空中掉落，我再度轉身望著那隻怪獸，牠以綠色的眼睛凝視我一陣後，轉身帶領其他怪獸迅速撤離。

「哦——」身後響起熱烈的歡呼聲。

風鼇載著我來到修都王的面前，我認真地說：「修都王，在事情尚未釐清之前，請不要再攻擊那

些怪獸，那樣只會讓情況越來越糟。這段時間，風鼇將會保護修都。」

他愣怔地看著我，我遙望樹林深處：「風鼇，帶我去舊王宮。」

「呼！」風鼇吐了口氣，平地躍起，頓時又引來眾人驚呼。牠在空中「刷」一聲地張開翅膀，隨著高度提升，我發現在王都東面百米的密林深處隱約可見一座金字塔，它的金頂在日光中宛如寶石般閃耀！

看來那就是修的舊王宮，那裡一定有修用過的東西，只要找到其中一樣讓風鼇嗅聞，牠就能在千米內搜索修，我也不用像隻無頭蒼蠅般在這個世界胡亂尋找。

奇怪的是，當風鼇帶我飛向那裡時，一隊騎兵也自城門而出，急急飛馳在下方被樹林埋沒的路上，只為趕上風鼇的速度。我備感疑惑，從早上開始，身後就緊緊跟著兩個太監，現在換成一整隊騎兵？

我漸漸望見大片的斷垣殘壁，這裡顯然曾有座城池，只是被人廢棄了。現在端牆間是樹木，樹木間是端牆，整座舊城已和樹木融為一體。舊城規模比新城小了許多，難怪赫馬長老曾說要感謝修家族為他們帶來新生活。

當風鼇以觸鬚將我放在舊王宮的台階前時，拉赫曼也帶人抵達這裡。舊王宮無論是宮殿牆面上還是台階上都長滿青苔和藤蔓，幾乎無處落腳，我的劍已經交給薛西斯重新鑄造，身上沒有武器，正好見拉赫曼前來，我立刻向他伸出手：「借把劍。」

拉赫曼身邊的士兵馬上拿了把劍給我。我疑惑地問拉赫曼：「為什麼要跟著我？」

他面露尷尬，抿了抿唇，略顯窘迫地垂下頭，耳根微微泛紅：「王怕您離開。」

「咦？」

我手持寶劍，愣愣看他。

「王看得出您不會留在王城裡，但他希望您能留下來保護王城，您和……聖女有些不一樣。」他說到最後，聲音越來越小，似乎對這樣的強求有些不好意思，隨後抬頭好奇地問：「您跟聖女真的來自同一個地方？妳們到底是什麼關係？」

「這個嘛……」我皺緊眉頭：「我只是剛好認識你們的聖女，並沒有什麼深厚的關係。我大概知道王的想法了，放心，這段時間我還不會離開，風鼇會保護好修都的。」

「真的嗎？真是太謝謝您了，那瀾姑娘！」拉赫曼和士兵們紛紛以激動的目光望著我。我對他微微一笑，轉身看向舊王宮入口：「現在我要進去找些東西。」

「需要火把嗎？那瀾姑娘？」

我對他們擺擺手：「不必，我有東西可以照明。」

我從背包裡掏出手機，提劍走上長滿青苔的石階。舊王宮的門上爬滿藤蔓，一扇門被藤蔓鑽入，已然壓壞，我深入其中，打開手機的照明功能，眼前立刻大放光明。

「吱！」

有什麼東西竄過我的腳邊，我一陣僵硬，該不會是大老鼠吧？

我拿低手機，只看到了大理石地面。舊王宮外看起來雖然斑駁，裡面倒是相當乾淨。

我慢慢將手機往一旁移動，在牆邊找到一根拉繩，拉繩邊有一面巨大的銅鏡，像是以前拍攝電影時用的反光板。

我好奇地走過去，用力拉下拉繩，「喀拉」一聲，銅鏡突然轉動起來，緊接著傳出機械「隆隆」運作的聲音，光束瞬間自上方落下，在整座大殿頂上交織反射，大殿裡的壁燈倏然竄起火苗，周圍顯得明亮無比。

我驚訝地看著面前寬敞的空間，它彷彿舞廳般美麗，精美的石柱上全是精緻的彩繪，地面光可鑑人，銅人造型的燈架排列整齊，手中的燈盞齊齊點亮，像是在迎接遠來的貴賓。

我往前走去，發現一張純金打造的王座，感覺自己像是來到一處神祕的寶窟！

我相信修都人知道這裡有張純金王座，但他們沒有拿，因為這是祖先的遺物，一如赫馬長老所言，他們對修家族充滿感激。

大殿左右兩側各有一條通道，我關掉手機照明，往左側通道走去，看到牆上的掛畫，頓時愣在原地。

只見第一幅掛畫上是個深綠色長髮的俊美男子和黑色長髮的中國女人。男子英氣逼人，一頭直髮長及腰際，流線優美的眼睛讓人感覺溫柔似水，站在畫前的我也覺得他彷彿正溫柔地注視我，不厚不薄的唇帶著春風般和煦的微笑，一身綠色絲絨質感的長袍垂到腳踝，金色腰帶與王冠凸顯出他高貴的王者身分。那位道道地地的中國女人則坐在他身旁，一頭黑色的直髮蓬鬆編起，自左肩垂過膝蓋，直到裙襬，一身繡著銀線花紋的白色長裙讓她顯得優雅而高貴。

這兩人是誰？大概是以前住在這裡的王族吧。應該不是修的父親，修的性格那麼古怪，他父親怎麼可能長得如此溫柔似水？

我繼續往前走去，看到第二幅畫，畫裡多了個可愛的小嬰兒，胖嘟嘟的臉，紅潤的唇，睜著一雙宛如無瑕綠寶石般的眼睛，好奇地看著一切，大拇指吮在嘴裡，實在可愛得不得了！我忍不住拿手機拍下來。

「喀嚓」一聲，似乎有什麼東西劃過牆面，我定睛一看，發現畫上無緣無故多出一根花藤，有些奇怪，可能是從上面掉下來的吧。

第三幅畫裡，小嬰兒長大了，坐在母親懷裡，原來是個小男孩。他有著一頭和父親一樣的綠色頭髮，被剪成齊耳短髮，依舊可愛得難以言喻。雪白的皮膚和水汪汪的大眼在在顯示他未來必是個前途無量的美男子。

「嘶……嘶……」

身後忽然傳來像是蛇爬動時摩擦地面的聲音，我戒備起來，緩緩轉身，卻沒有看到蛇，只望見布滿花藤的牆面。

這麼舊的王城的確很有可能出現蛇，不過經過這幾天的戰鬥，我在遇到蛇時已不再驚慌。蛇是一種不太主動攻擊人類的動物，秉持人不犯牠、牠不犯人的原則，除非牠正在覓食，所以我現在的動靜不能太大。

我緩慢而仔細地檢查周圍，確定周圍沒有蛇後便再次前行。

下一幅畫裡，小男孩又長大了一些，綠色短髮可以紮起一綹小辮子。他母親的懷中多了個可愛的黑髮小女孩，長得十分美麗，似乎是小男孩的妹妹。

妹妹……等等！

赫馬長老說過修有個妹妹，所以我看到的這些畫，以及這個看起來可愛無比的小男孩難道是——

我大吃一驚，趕緊向前跑去，一幅又一幅畫描繪出小男孩的成長，他長高了，頭髮更長，學會騎馬、種花，以及製造各種小玩具。他喜歡笑，每一幅畫裡的笑容都充滿自信。這些畫同時記錄了他的生活，他喜歡看書、給妹妹講故事、帶她騎馬、為她做花環，可以感受到他對妹妹滿滿的疼愛與寵溺。

畫裡還出現了另一個家庭，裡頭的成員全是紅髮碧眼，父親一身鎧甲、母親腰佩寶劍，至於那個孩子……我已經看出是誰了，完全沒有變化的臭屁表情和比小男孩大上一圈的體格，絕對是伏色魔耶沒錯。

我不由倒退兩步，靠在身後的牆上，怎麼也無法相信這個讓人一見鍾情的小男孩，居然是變態的修。

有人說歲月是把殺豬刀，也有人說歲月是把豬飼料，但我現在覺得歲月是瓶精神藥，真是讓人越吃越神經了。

眼前畫裡的少年已是十六歲的模樣，但我實在無法相信那是修。記得第一次看見修時，他像是木乃伊復活一般，滿頭繃帶，幾根綠髮凌亂地鑽出，有著兩個大大的黑眼圈和一雙像是死人般空洞的綠眸，臉上還掛著詭異的笑容，足以讓人一眼斷定這個人百分之百不正常。

但畫上的修穿著一身淡金色長袍，看起來尊貴無比。白色腰帶上點綴各色寶石，與父親相同的及腰綠髮整整齊齊，整個人顯得修長挺拔，氣度非凡，散發出學富五車、滿腹經綸、無人能贏過他那顆高智商大腦的自信，帶著一種天才的神氣，格外迷人，讓人無法確定他到底是不是我後來見到的修，感覺完全是兩個人。

「嘶——」背後忽然像是有條蛇爬過，緩緩移動，我立刻握緊手中的劍，腳踝卻忽然被纏住，我驚訝地往下一看，居然是條花藤！我全身的汗毛頓時豎起，只見無數花藤在腳下蠕動，宛如成千上萬蜿蜒爬行的綠蛇，除了勾起我的密集恐懼症外，更多的是驚訝。花藤怎麼會動？難道我之前看到的花藤，還有以為是蛇爬行的聲音，全是它們搞的鬼？

又一條花藤纏上我的腳，沿著我的小腿緩緩捲了上來。我立刻想持劍揮落，一條花藤卻自身後急速竄出，瞬間纏住我的手腕，與此同時，另一隻手臂也被花藤緊緊捆住！

當花藤纏上脖子時，我無意間瞥到通道盡頭有個人影。然而當我想看清時，花藤已經徹底包覆住我的身體，像是做了個繭。

我被緊緊裹在花藤中，好在它們沒有刺，而且綁得並不用力，感覺得出沒有傷害我的意思。我從花藤的縫隙中再度望見方才的人影，他飛快地消失在走廊盡頭，花藤立刻帶著我朝人影消失的方向快速移動。

「夜叉王，是不是你？」

我放聲大喊。花藤的移動速度飛快，我像是飛了起來，如果沒有被它們包覆，此刻的我很可能會晃來晃去。

「夜叉王，我知道是你！不要跑，我有急事找你——」

光芒瞬間遮沒我的視線，射入花藤之間，我下意識閉起眼睛，好不容易適應光線後，花藤也慢慢停下。

我徐徐睜開雙眼，發現自己正被花藤緩緩放下，眼前是一片花園，因為無人打理，花枝茂密叢

生，斑斕鮮花或鋪在地面，或纏在藤架石柱上，反而顯得渾然天成，絲毫不感雜亂。

我踩在地上，發現腳下柔軟異常，低頭一看，上頭竟然鋪滿各色玫瑰花瓣，芬芳四溢，沁人心脾。纏在我身上的花藤也紛紛退去，沒入花瓣之中，我愣愣看著那用厚厚一層花瓣鋪成的巨大圓床。

「我父王說……」

熟悉的聲音忽然自身後傳來，我這輩子都無法忘記這個略顯嘶啞、像是被人掐住脖子般的聲音，於是立刻轉身，身後人影隨即晃過，消失在我右邊的視角。

「女人……喜歡玫瑰……」

同樣的聲音再次響起，我立刻拿下眼罩轉身，終於捕捉到一抹綠色身影，他躲在一根白色廊柱後方，微微露出深綠色衣襬，以及垂落耳邊的綳帶布角。

「所以……我今天為妳準備了玫瑰……」

這是在幹嘛？我可沒功夫欣賞玫瑰，大聲問：「夜叉王，是不是你？」

「是我……」他緩緩走出來，陰暗的樹藤幾乎擋住他的容顏，我只看到他身上的中式綢衫和那一頭綳帶。

他緩緩伸出右手，一根花藤隨即落下，將他提起。當他沐浴在陽光下時，那張如同喪屍般的臉、深得不能再深的黑眼圈，還有那抹比死人更令人戰慄的笑容頓時出現，我幾乎是本能地開始打顫，因為身體無法忘記那份恐懼，他已在我的潛意識裡留下不良紀錄，讓我一見他就渾身起雞皮疙瘩。

我同時清楚看到他頸上那宛如花藤般美麗的淡綠色花紋，真的沒想到這個變態的身上有著如此精緻的花紋，蜷曲的紋路甚至形成一朵美麗的淡綠色玫瑰，烙印在他耳下的皮膚上。

我再次戴起眼罩，看著他緩緩降落在我面前。他看起來很激動，一雙空洞的綠眼直直盯著我，雙手不停揉搓：「我沒想到妳會來找我……我以為妳永遠也不想見我了……」

他在花床前來回踱步。

說實話，我的確永遠不想見他！

我舉起劍：「我有事找你，但如果你敢再動我一下，我就殺了你！」

修圓睜著一雙綠色大眼，底下的黑眼圈面積顯得更廣：「妳要殺我嗎……好啊……快……我等不及了……」他激動地解開衣領的鈕扣，雙手微微顫抖，露出那蒼白得泛著一絲青綠的皮膚。他摸上自己的心口，目光空洞地望著地面，嘴角卻咧得越來越大，像是被人用刀緩緩劃開。

「我的身體一直記得妳賦予我的痛……」

我又起了一陣雞皮疙瘩，手中的劍差點掉在地上。

「那是讓人多麼激動的感覺……變成人王之後……我就感覺不到痛了……」他抬起那雙蒼白乾枯的手：「可是那天……我感覺到了……又有了身為人的感覺……父王……一定會高興的……母后……也不會再哭……妹妹……更不會再視我為怪物了……怪物……」

他忽然陷入沉默，定定地盯著一點，緩緩垂下腦袋，像是木偶人的線突然斷裂，一動也不動。

我提劍蹲下，戳了戳他的手臂：「喂！」

他眨眨眼，再次動了起來，咧嘴朝我笑著：「是妳……刺中了我的心臟……從那天起……我知道我的心……已經不屬於自己……」

他緊緊揪住心口。

我戒備地看他：「那屬於誰？」

「屬於妳——」他忽然做出捧心的動作，走到我面前：「它屬於妳了——」

我連連後退幾步，然而他卻追了上來，將手裡的那顆空氣心臟一再送到我面前：「收下吧——收下吧——做我的女人——好不好——」

「不好！」我大喝一聲。

聞言，他頓住腳步，緩緩低下頭，激動的表情瞬間淡去，嘴角抽搐了一下：「我明白了……是我嚇到妳……我再給妳更多玫瑰！」他急急揮動雙手，花藤頓時從四面八方而至，將一束又一束玫瑰放在我面前，紅的、白的、黃的、藍的、粉的，我徹底被各色玫瑰包圍其中。

修開心地摸著那些花：「以前……只要父王送給母后玫瑰……母后就會幸福地微笑……妹妹也喜歡玫瑰……女人看見玫瑰都會笑……妳為什麼不笑……妳不覺得它們很美嗎？」

我怎麼可能朝一個成天想解剖我、喝我血的人笑？

「做我的女人……我就每天送妳玫瑰……」他再次宛如祈求般的說。

我慢慢拿起劍，卻因為看到他期盼的眼神而有些愣怔。

由於過度恐懼他，我一直沒去深思他所說的話。他說他愛上了我，只是因為我刺中他的心臟，我決定試探一下。

「你要我做你的女人？」我問。

他頓時咧開嘴角，雙手發顫：「是啊……」一看到他的雙手有所動作，我就一陣心驚膽戰，像是下一刻馬上會被解剖。

我沉下臉：「那我不要玫瑰，我要你的心，你馬上挖出來給我！」

「好啊！」他毫不猶豫地點點頭，伸出右手，真的朝自己的心口挖去。我完全相信他會挖出來！

「等等，我不要了！」

聞言，他面露慌張，右手仍放在心口上，急忙問我：「為什麼又不要了……是不想做我的女人嗎？」

「不是。」我揚起手，推開面前的玫瑰：「你只要答應我幾件事，我就和你在一起。」

「好好好。」他立刻點頭，激動地弓起身體，緊緊揪住領口的鈕扣，低頭問我：「是什麼？」

我實在沒想到這變態真的想跟我在一起，那一刀真是沒白扎。

我昂首站在他身前：「一，我不是你的女人，你才是我的男人！」

「一樣……一樣……」他輕聲低喃著。

「二，不許再在我面前做出奇奇怪怪的事，一旦我叫你停下，你就得停。」

「可以……可以……我會忍住……用刀割就好……」他激動地望著自己的手臂。

「不准！」

他居然還喜歡自殘？大概是覺得不痛，再加上又能自我恢復，割著好玩吧。

慢著，他真的沒有痛覺嗎？我隱約記得他曾說自己不知疼痛，直到我在他心臟上捅了一刀，難道修的能力就是沒有痛覺，以及控制那些花藤？修都充滿植物，他的神紋也是綠色的，神力多半與植物有關。

造訪過那麼多國家後，我對人王的神紋有更深一層的認識。比方說靈都是水國，靈川身上的神紋

是藍色，對應的能力便是水；伏都是火國，伏色魔耶的神紋是紅色，對應的能力則是火；至於涅梵的神紋幾近透明，能力像是中國的氣功，抑或是控制風。

儘管玉音身上的神紋我還沒仔細看過，安歌和安羽的神力也與顏色關聯性不大，但基本上仍可根據神紋顏色推斷。

「三，你必須與我寸步不離，不能獨自亂跑！」

我加重語氣，修精神不正常，一來怕他亂跑嚇到別人，二來也怕他亂來。

我俯視面前顯得卑微的修，他不停揉捏雙手，抓著耳邊的繃帶：「好……好……沒想到妳願意讓我跟在妳身邊……好……那我們現在就結婚……戒指……對……戒指……」他匆匆揮手，目光依然不斷游移。

咦！還要結婚？我怔怔望著修半天，他居然還知道什麼是結婚？

算了，修精神不正常，先想辦法把他套在身邊再說，否則精神不正常的人說不見就不見，完全無法以正常邏輯判斷他的動向。

我再次看向他始終低垂的頭，他緊張地開始啃自己的手指，我完全無法把他和那個意氣風發、俊美神氣的少年聯想在一起，除了那頭綠髮之外。

畫上的少年雙目灼灼，神采奕奕，上知天文，下知地理，宛如世上沒有一件事可以難倒他；面前的修卻瘦削乾枯，佝僂低頭，眼神總是飄忽不定，嘴裡也常念念叨叨，神經兮兮，剛遇到他時更是讓人毛骨悚然。

就在這時，一根花藤朝我盪來，捲著一個雕花的戒指銀盒。

他以顫抖的雙手接過盒子打開，裡面是一枚如同花開般的鑽戒，除了鑽石比較大外，並無其他特殊之處。它在陽光下耀眼無比，光芒璀璨四射。

他側著頭將戒指拿到我面前，依然沒有看我：「這是母后的戒指……它可以儲存陽光……」

我一愣，儲存陽光是什麼意思？

「儲存陽光？」

「母后和妳一樣……是從上面來的……這是她帶來的……所以是神器……我送給妳……」

「什麼？」這回輪到我激動了，猛力扣住他的肩膀：「給我說清楚！你母親也是上面世界的人？」

「噓！噓！」他驚恐地豎起食指，示意我不要出聲，緊張地環顧周圍：「是祕密……祕密……不然母后會被別的王輪著玩的……」

我怒道：「當時還沒八王呢，只有闍梨香一個女王！」

他的神情變得有些呆愣，抓著自己的繃帶：「是啊……那時還沒有八王……是嗎？我……我不記得了……哦……我幫妳把戒指戴上……」他作勢要拉我的手，但我一看到那隻乾枯的手就害怕，於是一把抓過戒指：「我自己戴，你別碰我！」

他顫顫地收回手，微微遮住自己的臉：「知道了……知道了……不要對我……那麼凶……」

我微微一頓，心裡忽然產生了一絲歉疚感，但一想到他當初打算解剖我、吸我的血，便無法再同情他。

我冷聲道：「你現在是我男人了。我問你，你是不是收集了很多我們世界的醫藥品？」

他垂下雙手，緩緩轉頭朝我看來：「是啊……妳喜歡？」

我看著他發直的眼神，想了想，露出微笑：「是啊，我喜歡，如果你能把那些給我，我會比收到玫瑰更加開心。」

他的笑容頓時咧到最大，身體也稍微挺直了些：「好……好……我這就給妳……」他走下滿是玫瑰的花床，向我招手，我立刻提劍跟上。說實話，我覺得瘋子的話有時更可信，但因為修的精神狀態不穩定，我對他仍有些顧忌。

他走著走著，地上的花藤開始慢慢散開，出現一條道路。他帶我走出花園，來到一堵滿是花藤的牆前，轉頭對我一笑，抬手摸在花牆上，花藤立刻分開，出現一堵石門，門上有奇怪的圖紋和凹凸的石塊。只見他移動其中幾塊，石門便「轟隆隆」地開了，出現一座陰暗的殿堂，火焰熊熊竄起，照亮整個空間。

「噓——」他轉頭看我，悄聲說：「輕一點……不要吵醒他們……」說完，他走了進去。

聞言，我突然感到這地方有些陰森，完全無法理解瘋子眼中究竟看到了些什麼？

他輕輕走進殿堂，我隨他一起進去，陰濕的空氣頓時讓我全身寒毛豎起。殿堂裡有很多被花藤包覆的長方形物體，大小像棺材，一個個整齊排列，瞬間讓我頭皮發麻。

「那是什麼？」問完我就後悔了，萬一是他解剖的女人呢？

「是我的父王……」我只覺得渾身發冷，不用照鏡子也知道自己的臉此刻有多蒼白。

他指向其中一個，再指向另一個：「那是我的母后……還有我妹妹……她們喜歡玫瑰……說要葬在玫瑰裡……妳看……這樣多美……」他的雙手緩緩抬起，掠過面前的空氣，像是遠遠撫著那綠色的藤棺，一朵美麗的紅玫瑰忽然自花藤間綻放。緊接著，一朵接一朵玫瑰盛開，整座殿堂瞬間成為玫瑰海洋，芬芳的花香驅散了陰森的氛圍，這種特殊的安詳感讓人莫名感動。

「父王和母后喜歡花……所以他們把修都變成最美的王都……」修激動地將嘴角咧到最大：「我不想……讓他們對我失望……不想讓他們臨死也為我不開心……所以把他們葬在這裡……他們一定很高興……一定很高興……」

他雙手顫顫地作勢摸過那些花棺，似乎不敢用雙手親自觸碰，宛如那樣將會褻瀆他們。

我看著滿園玫瑰：「你剛才撒在外面的該不會是從這裡摘的吧？」

「不……」他愣怔地看向我，猛搖頭：「不……這些全都是屬於父王母后和妹妹的……妳要是喜歡……我給妳別的……」

我立刻揚手：「不用，你還是帶我去看醫藥品吧。」

「好……」他緩緩低下頭，往前走去。我提劍跟在他後面問：「你真的愛我？」

「嗯。」他點點頭。

「你之前明明要殺我的。」

「我錯了！」他忽然匆匆回頭，模樣顯得慌張無比，雙手不安地在身前揉搓，弓身低頭說：「我錯了……我愛妳……妳殺死我時……我就知道自己不能再失去妳……不能讓其他的男人傷害妳……可是……我的靈魂被身體囚禁了……無法阻止他們……不過……」他緩緩抬起頭，綠色的眼睛筆直地朝我看來，嘴角咧得極大，笑容詭異又帶點興奮：「我知道……他們沒辦法靠近妳……哈哈哈……」他的笑聲與其說像是唐老鴨，更像是被人切斷喉管發出的聲音：「他們不是妳的對手……所以我很放心

……妳是我的……」

修恍惚地笑著，我只覺得身體越來越冷。

他一邊笑，一邊轉身繼續往前走，我握緊手裡的劍，雙手也冰涼無比，但至少確定他不會再傷害我了。

「我一定要讓妳也長生不老……」他忽然這麼說：「一定要……對了……我可以把神力給妳……不行不行……」他又搖搖頭：「妳沒有被同化……不能繼承神力……我該怎麼讓妳也長生不老……一直做我的王妃……做王妃……我也有王妃了……母后……您終於不用再擔心我沒有妻子了……我也有王妃了……只是她有點凶……母后……不用擔心……她很善良……她跟您一樣很善良……」

我聽著他自言自語，緩緩放下劍，默默跟在他身後。曾經聰慧的少年變成現在這副模樣，難道不是一齣悲劇嗎？

我看著自己手上的戒指，這是他母親的戒指，他很清楚這是一件神器，並將它給了我。

「到了……」

聽到修這麼說，我抬頭一看，卻被眼前熟悉的景象嚇得打了個哆嗦——前方擺著長鐵桌、鐐銬、刀具，我瞬間感到一陣暈眩。

「王妃……妳怎麼了……」修扶住了我，然而我看到那雙幽幽綠眸，便下意識將他用力推開，他一個趔趄往後撞在鐵桌腳上，卻沒有露出絲毫痛苦的模樣，反而惶恐地問我：「是不是我讓妳不舒服了……」

我別開臉，不敢再看房間內的擺設：「沒錯，這個房間讓我很不舒服！」

「對不起，對不起，我忘記我們有不愉快的過去，我會讓它消失的……」

花藤忽然自我腳邊竄入，很快便淹沒那些可怕的地方，一朵又一朵牽牛花開滿整間暗室，頃刻間驅逐了恐怖，只剩下如同童話世界般夢幻而瀰漫花香的燦爛美景。藤蔓垂落而下，上頭怒放著五顏六色的牽牛花，宛如美麗的花簾垂掛在我面前，點綴著變得浪漫無比的密室。

「這裡是藥……」修的聲音將我拉回神。只見他走到一個櫃子前打開，各種熟悉的藥瓶、藥盒與藥箱立刻映入我的眼簾！我匆忙上前查看，還真的什麼都有——紗布、消炎藥，或是軍用的大號ＯＫ繃，這是最重要的！

我再打開一個最新的藥箱，裡頭藥的製造日期居然是２０１３年！由於上次的麵包和水都沒壞，看來上面的東西掉下來後便似乎不再受到保存期限影響，也就是說這櫃子裡的藥全部都能使用！

我激動地朝修伸手：「給我袋子，越大越好！」

「哦……哦……」

他匆匆拿來一個大黑布袋，我把櫃子裡的所有東西往袋裡一股腦兒地全丟了進去，最重要的是大號ＯＫ繃，可以覆蓋傷口的那種。接著，我一把拉住修的手，卻發現他的手如此冰涼。

他激動地看著我握住他的手，我對他說：「跟我走吧，從今以後你就是我的人了，不能離開我半步，知道嗎？不然我就不要你！」

聽到最後三個字時，他的眼神顯得有些迷離，臉上詭異乖張的笑容瞬間消失。他眨了眨眼，立刻低下頭，雙手緊握我戴著他母親戒指的手，我直接拉起他大步離開密室，遠離這滿是玫瑰的墳墓。

出來時，修忽然顯得相當緊張，甚至想逃跑。

「怎麼了？」

「人……有人來了……」他的手冒出冷汗，似乎很怕見到陌生人。

周圍的花藤飛舞起來，宛如陷入戒備。

「修，別使用神力，如果害怕就躲在我身後。」話一說完，花藤便緩緩垂落，修畏畏縮縮地躲到我背後。

我不太明白修為何這麼怕生，在我的認知裡，變態肯定不怕人，每支血腥恐怖片裡的變態不都提著電鋸、大刀，以及各式各樣的恐怖兵器追著人砍嗎？但修看來相當畏懼其他人。

此時，庭院入口處出現了幾個人影，是拉赫曼和他的親兵。他一見到我就目露喜悅：「那瀾姑娘，原來您在這裡？」

「你們找我嗎？」我拉起修走向他們，他們望見庭院裡由玫瑰鋪成的花床，有些疑惑。拉赫曼隨即收回目光笑看我：「是的，見您這麼久沒出來，我們相當擔心，才會進來找您。」

我燦爛一笑：「謝謝關心，我沒事。」

拉赫曼往我身旁一看：「這位是？」

「他就是我要找的人，我們回去吧。」

拉赫曼高興地說：「恭喜您找到了要找的人……」說到一半，他忽然顯得有些在意：「這麼說您要走了？」

我點點頭：「是的。」

拉赫曼與親兵們面面相覷，陷入沉默，看起來似乎不希望我太快離開，大概是因為需要風鼇保護他們的王都吧。

躲在我身後的修一直沒有說話，靜靜地跟我離去，始終以雙手緊握住我的手，他的手全是骨頭，我被他握得有點痛。

我們再次回到風龞面前。風龞好像不喜歡修，見我拉著修一起坐在牠身上，牠不太開心地「呼」了一聲，是因為不喜歡陌生人嗎？

我將取得的藥品放入大背包裡，打算找人通知涅梵，通報這裡的狀況，想來想去只能靠修都王的手下了。

我立刻叫風龞折返修都王城，拉赫曼和騎兵隊在下方奔馳。然而當我們越靠近王都，修便越來越坐立不安，手心不停冒汗，目光游移，神色混亂。

風龞停在王城前，我打算拉修下來，他卻拽住我遲遲不動。

「我不可以進去……不可以……」

他一直搖頭。我回頭看向王都，拉赫曼等人已在城門內疑惑地望著我們。

不過就是一扇城門，修在怕什麼？

「為什麼不能進去？」我好奇地問修。

他的臉色更顯蒼白：「父王說我……不准進去……進去……他會生氣的……會生氣的……」

我回想起舊王宮裡的掛畫，能明顯感受到那對夫妻對修的寵愛，每幅畫都滿溢著幸福快樂的感覺。修卻說父王不准他進入新王城，為什麼？

掛畫的內容只畫到修十六歲左右，後面便中斷了，現在的修看起來也差不多是十六歲，也就是說

他在十六歲那年參加八王叛亂，獲得不老不死的神力，從此將青春定格在十六歲，難道在修叛亂後又發生什麼事嗎？

「不可以……不可以……」他繼續低喃，緊張地搖頭。

「沒事的。」我拉住他：「我說可以就可以，你的父王和母后都已經去世了，現在我是你的王妃，在我的世界裡，男人都聽老婆的，所以你現在得聽我的。」

聞言，修的情緒終於慢慢平復：「對……我要聽王妃的……父王……不是我的錯……是王妃要我進去的……她很凶……我不敢不聽……您不要生我的氣……不要生氣……」

他還在自言自語，我已經把他拉進城內。我不能馬上離開，必須進行一些補給，前往靈都的路相當漫長，到海上可就沒地方買吃的了，而且我的劍也才剛送去鍛造，還沒做好呢。

拉赫曼牽著馬回到我身前，擔心地看著一旁的修：「那瀾姑娘，這孩子沒事吧？」

我輕輕一笑：「如果他沒事，你們就該有事了。」他顯得困惑不已，似乎不太能理解我這話的含意。

拉赫曼想得十分周全，替我們準備了馬車，一路通行無阻地回到修都王宮，卻在此時匆匆奔出兩個太監。

「那瀾姑娘！那瀾姑娘！」他們光著腳，一路小碎步跑下台階，黑色短髮在耳邊晃動：「不好了，聖女自殺了！」

「什麼？」

我高聲驚呼，一股莫名的怒火瞬間竄上腦門。我拉起修衝入王宮，拉赫曼趕緊跟上。

太監們領我來到天台下的樓層。在一間異常華麗寬敞的房間內，我看到一張沒有床腳的巨大圓床，純白的墊褥上是同樣素白的被單，躺在床上的人面色蒼白，眼神空泛地凝視上方，床邊是憂急心痛的修都王。宮女和太監靜靜站在牆邊，不敢出聲。

拉赫曼停下腳步，不再前行，他似乎無法隨意進出聖女的房間，我拉著修要進去，他卻突然攔住我：「那瀾姑娘，聖女的房間除了王之外，其他男子不得入內。」

聽到這番話，修忽然露出詭異的笑容，雙眼筆直地望著拉赫曼：「我不是其他男子……我是修都王……」

拉赫曼的神情瞬間定格，甚至可用僵硬來形容，像是看到美杜莎的眼睛，整張臉泛出一種彷彿石化的青灰色。

「呵呵呵……」修依然以那低啞得像是被人割傷喉管的聲音笑著：「這整座王宮……還是我設計的……是不是很美……」

「修，不要嚇到別人。」我阻止他繼續說下去，因為我發現幾個太監同樣臉色蒼白，像是活見鬼似的顫抖不已。

修咧著嘴低下頭，不再說話。我拉著他直接走到林茵的床邊，看到那副死人模樣我就來氣！

「那瀾姑娘！」修都王朝我走來，我正想推開他，修卻忽然站到我面前，陰沉地說：「不要靠近我的王妃……」

修都王一愣。我望著床上的林茵，怒火中燒：「我在這裡活得有夠辛苦，妳卻鬧自殺？妳到底在想什麼！」我憤然掀開她的被子，一把拽住她的手臂。她的臉色顯得異常蒼白，雙目依然無神。

「妳明明吃得好、住得好，還有個男人疼妳愛妳，搞什麼精神崩潰？妳是萬中選一的幸運兒，換做是我才該精神崩潰！」

「失去學長我只想死！」她突然朝我發瘋大喊，我直接揚手打向她，手卻忽然被扣住——是修都王！他有些生氣地看著我：「請不要再打她了！」

我一愣，眼前卻掠過手影，左臉被重重摑了一掌，修都王的目光頓時顯得驚詫無比，周圍的溫度也漸漸轉為陰寒，充斥著殺氣！

「就算死也要打回來！」林茵咬牙切齒地說。

修都王神色恍惚地慢慢放開我的手，看來林茵打我的這件事讓他驚訝萬分，受到一定的衝擊。我不知道林茵在他心中的形象到底有多美好，但我想此刻的他可能得重新認識這位聖女了。

我轉頭看向林茵，她恨恨地望著我：「要不是陪妳取材，學長怎麼會跟妳走？我們怎麼會落單？怎麼會困在這個鬼世界回不去？今天的一切全是妳害的！」她忽然朝我重重推來，一根花藤卻陡然竄過眼前，揚起我臉邊的一絲短髮，林茵頓時消失無蹤，只餘下尖銳無比的喊叫聲：「啊——」

好快的速度，讓我想起以前安羽推伏色魔耶也是這樣眨眼間就不見人影。

我往左邊一看，只見林茵被一根粗壯的花藤緊緊纏住脖子，懸吊在半空中，痛苦地踹著雙腿，抓住那越纏越緊的花藤。此時我注意到她腕上的紗布竟然泛出血色，她還沒被同化！看來大概是對明洋的痴愛讓她沒有產生留在這個世界的想法。

「啊——啊——」尖叫聲此起彼落，太監和宮女們嚇得紛紛逃出去。

修都王立刻回神，舉劍要砍，一根花藤卻猛然竄向他，拉赫曼見狀立刻衝進來，舉劍砍向花藤。

「修，給我住手。」花藤頓時停在緊張的拉赫曼身前，我轉頭望向身後的修，他陰森詭異地笑著。粗壯的花藤是從陽台外面出現的，數條花藤在他後面緩緩擺動，宛如一群可怕的綠色蟒蛇吐著舌信。

「她不是想死嗎……」修慢慢仰起頭，伸長脖子，興奮不已地望向半空中的林茵：「我可以成全她……看……她的血是紅的……我可以吸乾她……」

我擰擰眉：「說實話，我跟她不熟，她真的想死我不會攔著。」

「那瀾……妳這個死賤人！」上頭仍傳來林茵被掐住脖子的嘶啞聲音。

我繼續對修說：「但我要你不要再傷害其他人，那些都是修都的子民。」

修緩緩低下頭，嘴角咧到最大：「好……妳說什麼是什麼……我聽妳的……」

「嗯。」我轉身仰視著林茵：「妳不是想自殺嗎？我這就成全妳。我身邊的傢伙一直想喝人血。」

林茵的娃娃大眼登時圓睜，臉色蒼白：「妳……」

「哼！」我冷冷一笑，終於感受到我當初的恐懼了吧！臉上被她打的地方仍火辣辣地疼：「看在妳和我同鄉的份上，我可以讓妳死得痛快點。」

「妳這個變態！」她驚聲尖叫。

「那瀾姑娘！」修都王著急地看我，眸光複雜萬分，然而拉赫曼握劍要上前卻被他攔住，他並沒有求我放下林茵，也不打算殺我，只是站在那裡，陷入猶豫，拉赫曼對此似乎相當疑惑。

見修都王沒有阻止我，我揮揮手：「修，放她下來。」我其實沒打算吊死她，我又不是殺人狂。

花藤漸漸落下，林茵艱難無比地大口呼吸。

我冷冷地說：「在這裡，大家奉妳為聖女，尊敬妳、愛戴妳、守護妳，妳成了穿越劇裡最讓人欣羨的女主角，得到最好的待遇，卻不思珍惜，傻傻地為一個不愛妳的男人自殺，蠢不蠢啊！妳好好看看，修都王長得有比明洋差嗎？」

修都王抿了抿唇，臉上神情有對林茵的心疼、被我說他帥的害羞，以及一些理不清的情愫。

林茵緩緩倒在雪白的床上，輕鄙地斜睨我：「只有妳這種膚淺的女人才會以貌取人，我的愛妳不懂！」

「哼。」我不禁覺得有些好笑，連打她都像是降低自己的層次：「是，我不懂，既然我們活在不同次元，妳就最好別再來招惹我，不然我不保證妳能不能活著。最後，看在我們是同鄉的份上，我好心提醒妳一句，不要被同化，讓血保持紅色。」

「同化？」林茵疑惑地望著我。我看向修都王與拉赫曼：「你們誰砍自己一刀？」兩人同時愣住。

「我來……」

修忽然興奮地來到我身邊，我還來不及阻止，他便伸出左手，一條有著倒鉤的花藤猛然抽下，手心頓時被硬生生抽出一條血痕，看得我怵目驚心，全身發抖。

金色細沙流出修的手心，他興奮地將嘴角咧到最大：「看……等妳同化……血就會變成這樣……不要被同化……妳的血我要……」

「啊！」床上的林茵在修筆直的目光中嚇得花容失色，驚恐地在雪白的圓床上不斷後退：「不要過來！怪物！怪物！」

「咯咯咯咯！」修顯得更加開心：「好玩嗎……全是沙……我要在妳同化前抽乾妳的血……」他還真的朝林茵伸出手，我終於受不了地一把推開他。比起林茵，修這副模樣更加讓我難以忍受：「我說過什麼？我要你不准再玩自殘！」

修緩緩低下頭，斂起笑容，收回手垂在身旁，靜默無聲。

「還有不准碰她！你居然當著我的面看上別的女人，是想造反嗎？」

修驚然抬頭：「不……不是的……我只愛妳……只愛妳……」他轉身摟住我的腰，貼著我的身體慢慢跪下：「我的王妃……我的愛……我的愛……」

他一邊嘶聲表示，一邊以臉磨蹭我，所有花藤也像是邀寵的蛇般貼上我的身體，我立刻起了陣陣雞皮疙瘩，看來面對一個瘋子的愛，我必須將心鍛鍊得更加強壯。

我鬱悶地回頭，卻看見無論是床上的林茵還是站在床邊的修都王與拉赫曼，全都僵在原地。

我淡定地望著林茵：「如果不想被同化，不想讓身體裡的血變成沙子，就不要產生留戀這裡的情感。當然，如果妳真的愛上這裡的人，我想妳也不會介意被同化。還有，想死記得跟我說一聲，妳的血對這傢伙很有用。」

說完，我一把拉起修，在林茵驚得呆滯的目光中走出房外。經過修都王和拉赫曼身邊時，我歉疚地說：「對不起，嚇到你們了。」

修都王緩緩回神，驚詫地望著我們：「你們到底是什麼人？」

我沉默片刻，抬眸看他：「我和你們的聖女來自同一個地方，至於他——」我指向身邊：「他是

人王，你們不用害怕，我會看住他。」

「人王？傳說中的人王？」修都王驚詫地看向仍蹭著我手臂的修：「難道他就是傳說中真正的修都王？」

「嗯。」我點點頭，在修都王和拉赫曼傻愣的目光中帶修離開。花藤慢慢退出房間，修一直抱住我的手臂，嘴裡不停叨念：「我的王妃我的愛……」

今天感覺實在很累，主要是精神上的疲憊，除了修帶來的刺激外，還有林茵。我沒想到她會因為明洋不愛她而自殺，對此我無話可說，也無力吐槽，我們註定不是同路人，今後也不會有交集。

我回房休息，卻看到裡頭擺滿東西，正是我早上造訪過的食品店裡的商品，有肉乾、蔬菜、水果，沒有蟲子，那兩個太監想必有向店家好好打聽過。

陽台外的天空已步入黃昏，修跑到陽台上，遙望遠方的落日，乾瘦纖細的身體宛如被風一吹就會折斷，頭上纏繞的繃帶似乎從沒換過，泛黃陳舊。

「家……家……」他激動地啃起手指，我走到他身邊，他指著下面：「是我畫的設計圖……我畫的……美不美……」同時充滿期待地看著我。

我俯視整座王城，倏然發現一間間小屋排列出花瓣的形狀，璀璨的陽光灑下，平滑的屋頂反射金光，一朵巨大的金色玫瑰就這樣慢慢綻放。

「母后最喜歡玫瑰……妹妹也喜歡玫瑰……女人都喜歡玫瑰……都喜歡……喜歡……喜歡……」

修不停地呢喃，我靜靜望著他，他垂在耳邊的繃帶在和煦的晚風中輕揚，露出纖細青白的脖子。

我緩緩摘下眼罩，綠色的玫瑰神紋在他的頸上綻放，一個能設計出如此美麗的城市的少年，為何變得瘋瘋癲癲？他到底經歷過些什麼？

好不容易適應修的一舉一動後，我發現他其實很安靜，因為他幾乎都沉浸在自己的世界裡，並不會干擾我。

我住的樓層也算高，視線可以越過城牆看到風麔。我想起要通知涅梵，於是大喊：「風麔——」風麔的聽覺非常靈敏，瞬間朝我飛來，並小心地懸在陽台前，頓時引來下方百姓的圍觀和驚呼。我撫上牠滿是鱗片的臉：「去通知你的主人，告訴他我已經找到修了，接著會去靈都救靈川。」

風麔點點頭。我爬上牠的頭，將行李和帳篷卸下，扔上陽台。

「砰！砰！」的聲音驚動了修，他朝這邊看來，立刻咧開乖張的笑容：「風麔……好久不見……剛才忘記打招呼了……」

沒想到風麔全身的鱗片竟一片片張開，當我躍下後，牠頭也不回地跑了。我僵立在陽台邊：「修，連風麔都怕你，你到底是有多變態啊？」

「咯咯咯咯——」

我的耳邊響起修破鴨嗓子般的啞笑聲。

風鼇的離開讓小小的修王都陷入一陣慌亂，像是保護他們的神離開了。拉赫曼在我準備用晚餐時匆匆前來。

「那瀾姑娘，那瀾姑娘，王想問您的神獸要去哪裡？」他焦急地問我。

雖然我打了修都王的女人，但他很冷靜，知道我能保護修都，依然相當尊敬我，是個能權衡利弊的王。說起來我還不知道他的名字，一直沒去關注他。

「拉赫曼，你不必擔心，現在有修在，光憑他一人便能守護整個修都。」

拉赫曼略帶懷疑地瞄了一眼修，然而似乎礙於我的面子，倒沒多說什麼。

「對了，拉赫曼，你們的王叫什麼？」

他頓時變得畢恭畢敬：「王的名諱我們不可隨意提起，視為不敬。但既然那瀾姑娘想知道……」

他左顧右盼了一陣，隨後輕聲道：「王叫諾卡菲爾塔，全名是吉格布……」

「不用了……」我阻止他繼續說下去：「我向來只能記住三個字的人名，這樣就夠了。」

拉赫曼一愣，我尷尬地笑笑：「我要去吃晚餐了。」

「哦，那瀾姑娘請。」

他依然相當尊敬我，同時又偷看了一眼我身旁的修。修的口中仍念念有詞，但無論到哪裡都會跟緊我。

我們坐人工電梯下樓，我問修：「這也是你設計的？」

「母后……」他的視線並沒有聚焦在我身上，而是散亂地看向別處：「是母后……她說……上面由……我設計……她很喜歡……」

修似乎很愛他的母后和妹妹，常常掛在嘴邊。真沒想到一百五十多年前就有電梯，修的母親真是走在流行尖端，當時的中國還沒有呢！電梯是外國人發明的，如果明洋在，想必就能說出具體年份了。

「那瀾姑娘。」拉赫曼湊在我右耳邊小聲說：「他真的有一百多歲了？」

因為右眼看不見，我於是轉頭看他。他繼續問：「我問過王關於人王的事了，是真的嗎？他們活了一百多年？」

我點點頭，拉赫曼更加好奇地打量著修。

電梯還沒停下，飯菜香已然飄來。當我們走出電梯時，赫馬長老在兩個太監的攙扶下走來，眼眶泛淚。

「是沁修斯殿下嗎？」

修往我身後躲了躲，開始喃喃自語：「沁修斯……沁修斯……」

「沁修斯殿下！」赫馬長老激動地說：「您終於回來了！」聲音竟然有些哽咽。

拉赫曼困惑地站在一旁，我疑惑地詢問赫馬長老：「沁修斯殿下？赫馬長老，您在說誰？」

他感慨地看向縮在我身後的修：「唉，看來殿下的病越來越嚴重了。」

「是指修嗎？」我驚訝地指向身後，他沉重地點點頭。我立刻問：「您知道他為什麼會變成這樣嗎？」

赫馬長老皺起眉頭，遙望遠方，宛如陷入漫長回憶：「我也是聽爺爺說的，請跟我來。」他轉身走向餐廳邊的長廊，我隨他過去，修立刻拉住我的手跟在身後，拉赫曼也好奇地追來。

長廊裡鋪著紅色金邊的地毯，兩邊的牆上依然掛著精美的油畫，畫的仍舊是修的父王和母后。

「父王！」修忽然激動地撲向其中一幅畫，貼在巨大的畫面上磨蹭：「父王……母后……」

整條長廊裡都是修的父王、母后，還有妹妹的畫，卻再也沒有修。即使他的妹妹長大後結婚生子，孩子長大後再結婚生子，卻終究不見修的身影。最後是現任修都王的畫像，推算下來，他似乎和修有些血緣關係。

修的妹妹結婚後，這位駙馬成為修都王，生了三個小王子，一個小公主，其中一個小王子繼承王位，卻只生了女兒，於是便由他弟弟的兒子繼承王位。

幾任下來後，我混亂了，這輩分好複雜，原來修都王位由人類繼承是這麼來的。

「這位就是沁修斯殿下的父親，霍普斯陛下。」赫馬長老指向畫裡修的父王，我點點頭：「我知道，但為什麼這些作品裡不見修呢？」

修又抱住他母后的畫像蹭了起來。赫馬長老看著眼前的景象，感慨地搖了搖頭：「我的爺爺是霍普斯陛下的親衛隊，所以我多少知道一些。他說沁修斯殿下誕生時，霍普斯陛下相當高興，當時的長老曾預言殿下會成為這個世上最聰明的人。」

我看向修，他既能設計如此美麗的王宮，又精通醫術，怎麼可能不聰明？

「事實也證明沁修斯殿下的確聰慧過人。」

赫馬長老的聲音迴盪在安靜的長廊裡。菲爾塔自長廊盡頭走來，身穿一襲簡單的白色圓領長袍，直順的長髮鋪蓋其上，整個人顯得器宇軒昂。

他安靜地看著我們，也加入聽故事的行列中。

拉赫曼恭敬地站到菲爾塔身旁，如同當年赫馬長老的爺爺站在霍普斯陛下身邊。

「爺爺說沁修斯殿下三歲已經熟背圓周率──」

什麼？不僅是我，菲爾塔和拉赫曼也震驚無比地看向那個扒著畫的乾瘦少年。

「七歲已經能背誦《荷馬史詩》、《孟子》和《論語》，甚至精通各種語言，成為當時修都的神童，九歲開始遊歷各國。對了，當時聖光之門是開啟的，但現在已經找不到了。」

菲爾塔點點頭：「現在的年輕人多半不清楚聖光之門的存在，以及真正的修都王究竟是誰。其實今天如果不是親眼看到修都王及那瀾姑娘，我也一直懷疑聖光之門和人王的存在。」

眼見為憑，很多事如果一直無法親眼證實，便會漸漸成為傳說，引人疑竇。

「那後來呢？」我繼續追問。

赫馬長老擰起眉：「在沁修斯殿下十六歲時，八王叛亂發生，當時伏都王請霍普斯陛下參戰，但陛下拒絕了，因為他的婚禮是闍梨香女王主持的，但他和伏都王又是至交好友，於是選擇中立。」

從舊王宮牆上的掛畫可以看出修與伏色魔耶的父親關係良好，否則不會出現兩家人的全家福。

「爺爺說當時沁修斯殿下非常痴迷中西醫術，對長生不老非常好奇，儘管霍普斯陛下不准他去，他還是偷偷去了。然後──」

赫馬長老看向修，無比感慨。

「然後怎樣？」這次換成菲爾塔好奇追問，我嘆了口氣：「修獲得人王的力量，從此不老不死。」我看向修乾瘦的背影與那頭泛黃的繃帶，此刻的他像是從棺材裡爬出來的埃及木乃伊。

「沒想到這卻讓霍普斯陛下大怒，他認為沁修斯殿下是魔鬼，即使別人為了獲得神力而謀殺闍梨香女王，他的孩子也不行，所以他從此不允許沁修斯殿下踏入新王城，殿下只能回到舊王宮，沒有人去探望他、照顧他，他獨自在舊王宮住了五十年。陛下到死都沒有原諒沁修斯殿下。據爺爺說，他即使生病也沒有通知沁修斯殿下，沁修斯殿下醫術精湛，理應沒有無法治好的病，但陛下堅持不讓殿下診治，直到他病逝那天，沁修斯殿下才知道這件事，在王城前整整跪了七天七夜，不吃不喝，後來就瘋了，之後便再也沒人見過他。」

說完，赫馬長老低下頭，慨嘆不已。

菲爾塔和拉赫曼齊齊望向修，目光有著惋惜、困惑，以及對這段往事的一絲惆悵。

「如果我的父王死前仍不原諒我——」菲爾塔輕聲說：「我想我會失去活下去的勇氣。」

此刻我忽然明白為何修看起來像是行屍走肉，因為他的心在一百年前已經徹底枯萎了。

「父王……父王……我知道錯了……我知道錯了……我可以變回人的……我可以的……」修激動地在霍普斯陛下的掛畫前說著，目光筆直地看著肖像俊美的臉龐：「只是……我還需要一顆心……一顆……從另一個世界來的……」他朝我看來。

我對他的同情之情瞬間熄滅，冷冷問他：「怎麼，你還想殺我這個王妃嗎？」他的目光顫了顫，看向菲爾塔，我立刻用身體擋住他的視線：「林茵的也不行，預言中的心根本不是指活人的心！」

他的神情頓時變得晦暗無比，眼神更加空洞：「那是什麼……那是什麼……」

赫馬長老心疼地看著修，眼眶濕潤：「沁修斯殿下怎麼會變成這樣？」他難過地哭了起來。

「拉赫曼，送長老回去休息吧。」

寧靜的長廊裡響起菲爾塔略帶感嘆的聲音，拉赫曼默默護送哀傷的赫馬長老離開。

赫馬長老發自內心的哀傷讓我更加喜歡這個民族，他從沒見過修，卻為了修哭泣，這是人性最單純真摯的一面。

當赫馬長老經過修身邊時，似乎想跟他搭話，但他立刻躲到我身後。

赫馬長老難過地搖搖頭，在拉赫曼的攙扶和兩個太監陪伴下，緩緩離開這條歷史長廊。

我轉頭望著修，他緊緊抱住身體，不讓任何人碰觸自己。

「修，赫馬長老是在關心你，你懂嗎？」

他要是不明白，我也不會責怪他，因為他神智不清。

「不能碰……」菲爾塔靜靜站在原處看著修。修緩緩望向自己的雙手，接著抬起頭愣愣地說：「父王說過……我是魔鬼……不能碰他任何一個子民……我是魔鬼……是怪物……咯咯咯咯……」

他咧開嘴，痴痴笑了起來。

我的心一陣揪緊，一把摟住他。菲爾塔面露驚訝，修在我的懷中詭異地笑個不停。

「修，別這樣笑，也別這樣說話，既然你說我是你的愛，是你的王妃，請你為了我正常起來。」

「正常……」他在我的懷中變得呆愣。

「沒錯，正常。」

我放開他，認真地打量他的臉，儘管前一刻的我還沒有勇氣面對他那張乾瘦蒼白、眼圈青黑的臉，但此時我想真心接納他，不是只為了利用他救靈川而敷衍他。雖然我無法愛他，卻也想好好對待他。

「正常是什麼……」他傻傻地看著我。

我沉下臉色：「就是好好說話！如果你和我在一起還用這種像是被切斷喉管的聲音說話——」我加重語氣：「我就不要你，因為我不喜歡！」

修頓時圓睜雙眼，忽然又撲了過來，緊緊抱住我：「拜託別不要我……我……正常……我正常……哈……哈……」

他開始調整自己的語氣，我輕輕拍拍他的後背，看向一旁愣怔的菲爾塔：「我帶他去餐廳吃飯，沒問題吧？」心中對於他人的指指點點有些不安，怕會刺激到修。

回過神來的菲爾塔對我搖搖頭：「走吧，我帶你們過去，餐廳會清場。」

「謝謝。」

雖然不知道菲爾塔對我打他女人有何想法，但我不打算道歉。

他走在我們前方，直順的黑髮讓我不由自主地聯想起另一個男人——亞夫。

我非常擔心靈都百姓的安危，國家落在那麼偏執的人手裡，真為他們捏一把冷汗。

一路上菲爾塔顯得格外沉默，似乎心事重重。

當他進入餐廳後，太監們便開始清場，在餐廳裡用餐的人好奇地看著我，對我恭敬地行禮後才紛紛離去。我明明對這裡毫無貢獻，卻受到所有人尊敬，心裡備感慚愧。

我忽然覺得自己應該為修都做些什麼，以回報他們對我的禮遇。

餐廳供應的是宮廷式自助餐，中央有著一張精美長桌，附近則整齊擺放著數張圓桌，上頭還有仍未收拾的器皿，長桌上的餐具則無人動過。

太監為菲爾塔拉開長桌一側的座椅，並由另外兩人為我和修拉開菲爾塔右手邊的兩張椅子。

自從來到這個世界後，我從沒守過規矩，加上每個國度的禮儀不盡相同，也不知道修都有些什麼規則？不過之前經過餐廳時曾看到用餐的人穿著得體，看來應該還滿講究的。

修坐在一旁開始看著面前的銀盤發呆，咧開嘴傻傻笑著，卻沒有發出笑聲，一動也不動，像是一尊古怪的人偶般坐在我身旁。

我替他鋪好餐巾，回頭發現菲爾塔正以不解的目光看我。

太監們開始為我們盛裝佳餚，放在長桌上，每樣精緻的菜色都只有一小口。

「你在看什麼？」我不由問道。

菲爾塔齊整的瀏海下有著一雙狹長如埃及豔后般的眼睛。他並沒有回避我的目光，而是困惑不解地看著我：「茵兒說那瀾姑娘以貌取人，我在想她是不是錯了？因為如果妳以貌取人，為何要和修殿下結婚？對不起，我並沒有貶低瘋子的意思，但——」

「我明白。」我看著他：「你們的聖女沒有說錯，我的確是個以貌取人的傢伙，我不愛修。」

「那為什麼要——」

他疑惑地看向我右手上的婚戒和身旁一動也不動的修。

我低下頭，望見自己倒映在銀盤中的慚愧臉龐：「我之前的確沒想過要愛他，然而知道那些事情

後，我決定以真心對待他。雖然不可能愛上他，但還是會盡己所能地好好與他相處。」
我轉頭看向修，伸手摸著他被繃帶包裹的頭，回頭笑著對菲爾塔說：「其實我也不是馴獸師。」
意外的是，菲爾塔並不顯吃驚，反而半垂目光：「我知道。」
「你知道？」我有些驚訝。
「茵兒在認出妳之後就跟我說了，她說妳是個騙子，根本不是馴獸師。」
「那你們為何還這麼尊敬我？」
我疑惑地問，既然林茵已經拆穿我，他應該把我一腳踹出城門才對。
他蹙起眉頭，神色顯得無比複雜：「因為我不得不相信自己的眼睛，我確實看到一條巨龍對妳言聽計從，受妳馴服，我想茵兒對妳的評價更多是出於私人恩怨。」
「你這個王很開明嘛！」我不禁稱讚他。他微微一怔，露出淡淡笑意，抬頭看著我：「如果妳願意留下來做修都的馴獸師，我依然會禮遇妳。」
我笑了：「雖然我並非馴獸師，但我願意為了報答大家的敬意而試一下。」
「試？」菲爾塔似乎有些困惑：「所以妳真的不是馴獸師？」
我點點頭。
「那麼那條巨龍……」
「是梵都王的。」
「梵都王？」他的眼神既驚訝又疑惑。
「即使我沒有馴獸成功，也會在離開前打開通往其他世界的大門，讓你找到真正的馴獸師！」

「離開？那瀾姑娘要去哪裡？」

我望向陽台外寂靜的夜色：「靈都，這個世界的另一個盡頭。」

外面的夜色在月光中變得朦朧夢幻，不得不承認在修都的王城裡，我見到落入這個世界後最美麗的夜色。

「那瀾姑娘真的去過很多地方呢，令人好生羨慕。」

我和菲爾塔的對話就這樣結束在這聲欽羨的感嘆中，誰也沒有再提起我打林茵的事情。儘管我對他懷著一份歉意，但就打林茵這件事來說我並不後悔，更何況她也已經打回來了。

修什麼都沒吃，一直像個人偶般坐在原位，呆呆地望著面前越堆越高的食物，那些都是我放的，因為我覺得他實在太瘦了，需要多吃點，但他一口也沒吃。

回去時，他獨自在前方跑著，時不時摸摸牆上的壁紙、壁燈和掛畫，漫長而不見盡頭的走廊總會給人一種特殊的時間感，難以言喻，我的眼前赫然出現一位身穿淡金色華服的少年，也在長廊上奔跑著，飄逸的綠色長髮在燈光下閃爍光澤，他的身影漸漸與修的背影重疊。

菲爾塔送我們回房，他大概也想進一步觀察他的祖先——真正的修都王吧。

「謝謝您送我們回房。」我站在房門前向他道謝。

修趴在房內的地毯上，再次像小狗般用臉蹭著：「多美麗的地毯啊……又柔軟又暖和……」他的聲音已經好多了，不再像是被切斷氣管，儘管仍有些沙啞，不過聽起來已經不會讓人覺得不舒服，更像是少年清冷的嗓子因為吃太多辣椒而暫時被破壞。

「妳真的跟茵兒很不同。」沒想到菲爾塔似乎比較在意我？我疑惑地用一隻眼睛看他，他問我：

「妳真的曾和茵兒活在同一個世界裡嗎？」

我愣了愣，笑了：「修都王，你只是沒有走出自己的世界。我們中國有句俗諺，叫『一方水土養一方人』，修都女人對你來說已不算新鮮，所以當林茵出現時，你才會對她的一舉一動感到無比新奇，一旦你走出這個世界，便會看到更多不同於我和林茵的女人。」

聞言，菲爾塔的目光閃耀，我看到一種求知欲，宛如舊王宮裡那張修的肖像，看起來對所有事物都充滿好奇，渴望探索這個世界的最深處。

「那我可要拭目以待了！」他有些激動地說。我忍不住揶揄道：「不是為了探究更多不同的女人吧。」

他頓時愣住，向一旁撇開的臉倏然紅透，雙手負在身後，窘迫地輕咳一聲：「那瀾姑娘，我是很認真的，我想走出自己的世界，一如我的祖先，遊歷其他傳說中的世界。」他轉身以認真的目光盯著修的背影。

我微笑點頭：「好，我會幫助你，畢竟魔王也已經甦醒，我同樣希望得到修都王的力量！」修都王的神情頓時有些訝異：「魔王？」

我凝重地點點頭：「這件事晚點再說吧，你該回去休息了。」

感覺菲爾塔在我房門口待得有些久，我站得有點累。

他倏然回神，略帶歉意地對我頷首一禮。

我微微一怔，截至目前為止見過的王裡，從來沒人對我表示過任何敬意，菲爾塔卻和拉赫曼一樣對我彬彬有禮。

「對不起，那瀾姑娘，打擾妳這麼久，妳先休息吧，明日我再來找妳。」

他轉身離去，修長挺拔的身影讓我有種看到當年的霍普斯陛下的錯覺，一樣身材勻稱，一樣英姿非凡。

太監們也紛紛隨他離去。關上門後，我總算鬆了口氣，舒展一下筋骨，隨後走到修身邊，蹲下來問他：「為什麼不吃？」

他趴在地上，緩緩抬頭看我：「吃飯……就會活下去……」

「不吃你也死不了，你多久沒吃飯了？」

他呆呆地跪坐在地毯上算了起來：「昨天……我好像沒吃……上個月……一年……我忘了……我忘了自己多久沒吃了……」

赫馬長老曾說過修在父王病逝後，曾跪在城外七天七夜不吃不喝，該不會是從一百年前就沒吃飯了吧？也難怪眼下的他會長得像乾屍了。

我擰起了眉：「修，從今天開始你要吃飯，我不喜歡這麼瘦的你，全是骨頭讓我看著非常不舒服，你給我吃胖點！這是你的王妃，也就是我的命令，聽見了沒？」

他眨了眨掛著兩輪黑眼圈的眼睛，空洞而慌亂地環顧四周：「好……好……我馬上吃……我馬上吃……」

發現下午太監送來給我的食物，他撲了上去，像狗狗一樣叼住一塊啃起來。

看到他終於肯進食，吃相什麼的又有誰會去在意呢？而且他按住麵包從中間開始啃的模樣，其實還滿可愛的。

靠在柔軟的床上，我凝望遠處閃亮的星空，腦中空空如也，彷彿靈都北方的蒼茫雪地。

靈川，我終於找到修，可以回去救你了。

我閉上雙眼，溫軟的床舒服得難以形容。

「滋——滋——」

什麼聲音？

「滋——滋——」

宛如殺人鬼弗萊迪以鋼爪撓過牆般恐怖的聲音讓我全身寒毛豎起，同時感覺房間的溫度正在降低。

我緩緩以手肘撐起自己的身體，赫然發現修正像個人偶似的站在床尾床柱旁，以右手手指從上而下地抓撓，兩隻綠幽幽的眼睛正筆直地看著我，嘴角咧著駭人的笑容，神情宛如死盯著自己的寶物一般，只差沒流口水而已。

我頓時倒抽一口氣，這小子雖然瘋了，但該不會還知道洞房花燭夜之類的事吧？那怎麼行！

我抽了抽眉：「怎麼，你想上床？」

「不……」他嘶啞地表示，這個回答讓我安心一半，後面的話卻讓我再度心驚。他說：「我從不睡覺……只要這樣看著妳就好……」

從、從不睡覺？難道他在那七天七夜之後也沒再睡過覺了嗎？

好吧，現在他那黑眼圈的謎底也解開了。

但他像鬼一般站在床尾看我睡覺，配上那猶如弗萊迪般的撓牆聲，我哪裡睡得著？

我按了按太陽穴，做出一個自己也覺得大膽到可以用「大義凜然」、「從容赴死」來形容的決定。我向修伸出手：「過來，睡我旁邊。」

「不……我看著就好……」

他居然不過來！

我立刻沉下臉：「你站在那裡盯著我，我要怎麼睡？你馬上給我滾過來睡我旁邊，你必須給我睡覺！」

他驚慌失措，視線不斷逡巡飄移，甚至流露出一抹委屈神情：「我……我……我不會睡覺……」

「你是想讓我生氣嗎？」總覺得現在嚇唬他的方法很管用。

「不……不……我的愛……妳千萬不要生氣。」他匆匆從床柱後走出，身上還是那身中國式的綢衫綢褲：「我睡……我馬上睡……求妳……不要對我那麼凶……」

他低下頭，畏畏縮縮地爬到我身邊，蜷縮成一團，看都不敢看我一眼，像是隻受驚的小鹿。

我也不想對他這麼壞，但要讓他正常起來，應該需要從作息規劃開始調整。

「嗯，這才乖。還有以後不要稱呼我為『我的愛』，或是『我的王妃』，要叫我『女王大人』！」

「是……是……我的……女王大人……」

他完全不敢動，眼睛眨也不眨。

我心知他一下子睡不著，畢竟一百多年沒睡覺了，沒那麼容易進入狀況。

我走下床，從帳篷裡翻出一本筆記本和一枝鉛筆，床上的木乃伊微微抬頭看我，卻在我回到床上

時又匆匆躺下，一動也不動。

我坐回他身邊，開始在每一頁的右下角畫火柴人。

沒過多久，我畫完了，將筆記本放到他面前：「我知道你睡不著，所以為你畫了好東西。你仔細看，看完後閉上眼睛，開始一遍遍回想看到了什麼，好嗎？」

他無神的眼睛裡浮現一抹好奇，點點頭。

「看好囉！」

我輕柔地說著，筆記本的書頁在我的拇指下飛速翻過，右下角的小人開始跑起來。跑啊跑，跑啊跑，一直向前奔跑，如同那個我在長廊上看到的少年幻影。

「啪！」

最後一頁落下，修閉上眼睛。我不知道他的腦中是否在重複那幅奔跑的簡單影像，也不知道這麼做有沒有催眠效果，但是不久之後，平穩的呼吸聲便從身旁傳來。

修睡著了。

睡著後的他少了那份戰戰兢兢和慌慌張張，面部表情也鬆弛下來，不再顯得詭異。

我輕輕放下筆記本，熄滅所有燈火，只有月光悄悄灑在這張足夠睡四個人的奢華大床上，修睡在我身邊一點也不擠。

我替他蓋好被子，躺下後卻忽然感覺那頭繃帶讓人毛骨悚然，於是伸手輕輕拆開上頭打的結，一頭與畫像中少年一模一樣的柔順綠髮散落而下，在月光中泛著猶如碧綠湖水般的光澤，鋪蓋在那張乾瘦的臉上。

雖然長髮蒙頭同樣有些懾人，但比那頭繃帶讓人容易接受多了。我安心地閉上眼睛，從沒想過自己有一天會主動和修睡在一起，而且睡得如此安心。

明天該給修梳個什麼髮型呢？我的唇角不由上揚，修可真聽話呢。

收服修之後，我徹底感受到他的各種優點——他的聰明、他的神力、他的服從。除了精神狀態不太穩定外，他比涅梵等人好上一百倍，對我言聽計從，不敢忤逆，光就這一點，我便能忍受他的瘋瘋癲癲。

第二天我起來時，修仍在沉睡，畢竟一百多年沒睡了，也難怪他會睡得這麼深，甚至連姿勢都沒有任何變化。

淡淡晨光灑在他纖細的身軀上，綠色的髮絲染上一絲璀璨金芒。那頭長髮依然覆蓋在他酣睡的臉上，看不到那蒼白的面頰，只有纖柔的髮絲隨著他平穩的呼吸輕輕顫動。

睡吧，修，你能睡多久就睡多久，做個沉睡的小王子也不錯。

我站在陽台上伸懶腰，閉上眼感受陽光的溫暖，忙碌的一天又開始了，今天依然有很多事情要做。

忽然迎面撲來一陣熟悉的暖風，我一笑，風麁回來了。

我緩緩睜開雙眼，望見牠布滿鱗片的臉：「風麁，你回來啦。」

「呼。」牠對我點點頭，我伸手摸上那張巨大的臉，牠臉上的鱗片是軟的，摸起來不會覺得不舒服。

風麁側頭往我的手心蹭了蹭，隨後從我面前飛離，下方已聚集許多修都百姓，紛紛歡呼起來：

「哦——哦——」

看來修王都的百姓真的很需要風麁，牠在這邊可說是非常受歡迎。

風麾感受到群眾們的熱情，瞬間竄上天空一陣翻飛，我還是第一次看到牠做出這種宛如表演般的動作，感覺到牠的喜悅與自得。

不要以為動物們都很呆傻，牠們也是會有得意洋洋的時候的。

我今天要去找薛西斯視察寶劍的鍛造進度。我一邊走著，一邊望著自己的手腕，心中開始猶豫，割脈取血應該很疼吧？

修設計的王宮對我來說就像座迷宮，裡面有很多條長得一模一樣的長廊，只能靠牆上的畫來分辨是不是自己走過的。

我在走廊上隱約聽到侍女們的談話聲。

「聖女的脾氣實在沒有那瀾姑娘好。」

每一層有四條主通道，這些通道寬敞挑高，一根又一根粗壯的廊柱矗立在此，中間則有一帶非常美麗的鮮花區，宛如每一層的中央花園。

聲音就是從那裡傳來的。我走到長廊出口，看見幾個侍女正捧著洗衣籃，站在花圃邊聊天。

「不要這麼說，那瀾姑娘只是不怎麼說話，若是相處久了，說不定脾氣比聖女更差呢！她才住在這裡三天，沒人跟她說過超過三句話，除了王和拉赫曼將軍之外。」

什麼？我一直以為拉赫曼只是個小小的騎兵隊長，沒想到居然還是位將軍？

我這個白痴，修王都才多大？人也很少，拉赫曼明顯與菲爾塔關係匪淺，官拜將軍並不奇怪。

「可是那瀾姑娘感覺很好相處啊，也沒什麼脾氣……」

「那瀾姑娘沒脾氣？哦，我的神啊，妳只是沒看見而已，昨天那瀾姑娘知道聖女自殺簡直氣壞

了，還帶來傳說中的修都王，情況實在可怕得不得了，植物們突然像是有了生命般攻擊聖女和王，我當時嚇得腿都軟了。」

「真的嗎？我也聽太監們說了，可是王還是對那瀾姑娘很好……」

「會不會是王害怕那瀾姑娘？」

幾個侍女驚恐起來，我也陷入沉思，畢竟我真的打了菲爾塔心愛的女人，如果是個正常男人早就該揍我了。昨天他的確也曾試圖阻止我，卻被修的花藤擋住。

從某個角度看，我挑釁了菲爾塔身為王的尊嚴，但昨晚他可沒在飯菜裡下毒。

「有可能吧。」侍女們的對話忽然變得非常小聲：「那瀾姑娘明明打了王心愛的女人，王卻沒處死她……」

「王是不可能處死那瀾姑娘的！那瀾姑娘是馴獸師，是我們的希望，她或許可以帶我們走出那堵圍牆！但聖女來了之後為我們做了什麼？只是因為她的血跟我們不同才奉她為聖女的。」

對了，我可以用林茵的血啊！

我立刻走出長廊，向她們熱情地打招呼：「妳們好。」

既然她們當中有人挺崇拜我，認為我好相處，我可不能讓她們失望。

侍女們有些驚慌失措，對於我的突然出現感到非常意外。

我依然笑看著她們：「請問聖女自殺時沾有血漬的東西還在嗎？」事隔一天，也是有被扔掉的可能性的。

她們一怔，立刻低頭要跪在我面前，我扶住她們：「別跪我，我只是個普通人。」

她們又是一愣，神色總算稍微放鬆了些，但依然低著頭緊挨著彼此，隨後推派其中一位代表發言：「回稟尊貴的那瀾姑娘，因為聖女的血漬特殊，所以王收起來了。」

什麼！林茵的血還會被收藏？

那她每個月都要來一次月經，難不成菲爾塔也會把用過的衛生棉收藏起來？倘若真是如此，我絕對相信菲爾塔跟修有血緣關係。

我笑了笑：「謝謝妳們告訴我，請問王現在在哪裡呢？」

「現在這個時間，王應該在第九層的議事廳。」

「謝謝。」

我含笑點頭，準備離開，卻忽然像是想起什麼而停下腳步：

「對了，請通知幫我打掃房間的人，今天不用整理了，因為沁修斯殿下睡在裡面，我擔心去打掃會有危險。」

聞言，幾個女孩的臉色明顯蒼白了一分，相信她們已經聽過修的傳聞了。

好不容易找到一個太監帶路，我才找到議事大廳，宏偉的議事大廳金碧輝煌，氣勢磅礴。

我站在門口，望著裡頭正在商討國事的修都官員，他們分成左右兩排站立，從衣著上可以判斷是一邊文一邊武。

「王！那瀾姑娘到底何時會教我們馴獸？」

說話的是個文官。文官的打扮很統一，一身淺黃色長袍，腰間繫著絲帶，同樣都是長直髮，頭上戴著一個小小的銀冠。

「眼下修王城的面積已無法負載總人口，要是占據耕地面積，我們會面臨饑荒的！」

「王，我們必須儘快走出圍牆！」

我在那殷切焦急的聲聲盼望中感受到菲爾塔的壓力，也看見他擰緊的雙眉。

我終於明白他為何在我打了他心愛的女人後依然沒有怪罪我，不是因為懼怕我和修，而是屈從於修都人現在面臨的生存壓力！

人類的繁衍性很強，如果不像我們的世界那樣實行生育計畫，其實是很能生的。

無論修王都再大，範圍依然有限，如果一再縮小耕地面積，農作物的產量便會開始減少，之後引發的一系列連鎖反應讓人難以想像。

「王，那瀾姑娘的龍回來了，不如請她幫我們殺死那些怪獸吧！」

說話的正是拉赫曼。我驚訝地看他，發現他的神情有些無奈，似乎並不想發動戰爭，然而眼前人類的生存壓力讓他這個將軍不得不出此下策。

「不可以，絕對不可以！」文官中有人反對：「不可以因為我們要生存下去而屠殺別的生靈，這是絕對不允許的！」

我的心被這個善良的民族徹底震撼，也為人類在上面進行一連串只為圖謀利益，迫害其他族群的行為感到羞恥。

我抬起腳步，大步跨入廳內，朗聲說道：「今天就讓我們去見見那些怪獸吧。」

所有人在此刻全都轉身朝我驚訝看來，高高在上的菲爾塔也不由自主地站起身，有些詫異地俯瞰我。

我向他伸出手：「跟我走吧，菲爾塔。」

他站在高高的台階上，愣怔地望著我，兩旁的文武官員也有些困惑。

拉赫曼立刻回頭看向菲爾塔，金色的陽光從議事廳一側的陽台宛如瀑布般傾瀉而下，灑落在菲爾塔身上。

「今天就去？會不會太危險了？」

「那瀾姑娘是馴獸師，神龍也回來了，她一定能保護我們的王。」

「是啊，我們的王是修都裡最聰明的人，只要他學會馴獸，也就成了修都的神！」

拉赫曼急忙奔上台階：「王，這太危險了，不如——」

菲爾塔忽然抬起腳步，走下台階，在璀璨的陽光下朝我走來。見狀，拉赫曼不再說話，轉身靜靜地看著他的王。

菲爾塔不再猶豫，堅定地跑到我面前，一把握住我的手，雙目灼灼地盯著我：「妳曾說過自己不是馴獸師，但願意一試，我想了很久，決定和妳一起涉險，找到馴獸的方法！」

他的話鏗鏘有力，充滿身為一位王者的責任感，令我深受鼓舞，十分敬佩他。

「那就跟我走吧。」我拉起他直接走向陽台。

文武官員立刻跟上，面露疑惑。

「那瀾姑娘這是要去哪裡？」

「怎麼會往陽台走？」

儘管菲爾塔的眼中也浮現一絲疑惑，但他沒有過問，而是堅定地跟在我身後。

我站在陽台邊大喊：「風鼇——」

這一刻，菲爾塔的疑惑消除了，拉赫曼露出格外羨慕的神情。

「呼！」風鼇巨大的身體滑翔而下，帶起一陣巨大的風，揚起我的短髮和身後所有人的衣衫，同時傳來文武官員的驚嘆聲。

「哦！」

菲爾塔激動地看著停在陽台外的風鼇，我拉著他躍上風鼇頭頂：「騎坐飛龍是有技巧的，你初次搭乘，還是抱住風鼇的犄角比較好。」

我適應了很久，才學會如何在風鼇飛行時站在牠頭上。

菲爾塔站到風鼇左側完好而巨大的犄角邊，上頭有我做的安全帶，是在牠疾飛時使用的。

我伸手環過他的身體，他的胸膛明顯起伏了一下，顯得很緊張。我對他一笑：「不用緊張，風鼇不會飛太快。」

他愣怔地點點頭。

我想林茵算是為他的世界開了扇窗，讓他見識到別的世界的人，現在我要做的則是替他打開一道門，帶他看看外頭廣闊的天空和無窮的世界，不再只是困在那巨大的城牆之後。

替他繫好安全帶後，我拍了拍風鼇的頭要牠飛升，菲爾塔不由大叫：「啊——」

伴隨文武官員的驚呼，我們飛到修都上空。菲爾塔總算安靜下來，靜靜俯瞰整座王城。

「我們被困在圍牆內數十年，沒想到離開卻這麼容易。」他看著腳下，輕嘆一聲：「茵兒……」

我順著他的目光往下一看，發現林茵正獨自站在王宮屋頂的花園裡發呆。

「打了你的女人，我深感抱歉。」

我正式向他道歉。菲爾塔朝我看來，我雙手環胸，靠在風鼇另一側的犄角上，雖然這邊的角被魔王削斷了，但這幾天似乎又開始生長。

「你是王，我在你面前打你的女人確實不對。」男人是很好面子的，挑釁他們的尊嚴等於向他們宣戰。菲爾塔微微垂眸，陷入沉默，我繼續表示：「但我不後悔打了林茵，今天只是想向你道歉。」

「那瀾姑娘，妳不必——」

「下次我打林茵時會注意場合。」

聞言，他的話頓時哽在喉頭，再也說不出半個字。

「對了，林茵自殺時沾上血漬的東西聽說你收起來了？請給我，那很有用處。」我的語氣並非請求，而是命令。

菲爾塔有些困惑，但還是點了點頭。

我看向風鼇：「風鼇，帶我們去找那天的怪獸。」

「嗷——」牠立刻往前疾飛。

雖然不知道該如何馴獸，但我已經不再是那個總是戰戰兢兢的那瀾了，我願意一試，而且我在跟動物的交流上還是有些經驗的。

我認識了白白，認識了小龍，現在又認識了風鼇，所以想了解那些怪獸攻擊人類的原因。

菲爾塔認真地瞭望下方景致，我想今天這次飛行將會讓他永生難忘。

初來乍到這個世界時，我也遇到過一些巨大飛鳥，牠們不是普通大，體積與翼龍有得比，彩色的

羽毛宛如金剛鸚鵡，非常漂亮。

牠們最喜歡吃那種大蚊子，但相當溫順，曾有幾隻落在風鼇身上。我試著去摸摸牠們，發現牠們並不排斥人類，還露出一種非常舒服和愜意的神情，該不會是以為我在服務牠們吧。

當我開始回憶起自己過去與飛禽走獸相處的一些經驗時，眼前出現了一片廣闊平原，原始森林裡有塊平原倒是很少見。

平原中央有座大湖。風鼇停了下來，不再前進。

我正疑惑牠為什麼停下，之前遇到的四腳怪獸忽然從森林裡小心翼翼地走出來，一開始只有一隻，像是在偵查什麼，然後牠回頭叫了一聲，一群小怪獸立刻飛快地竄了出來。

「是牠們的孩子！」

菲爾塔也驚訝地看著小小的四腳怪獸，牠們大概跟小狗差不多大，非常可愛。

緊接著，幾隻大怪獸跑出來守護小怪獸們到湖邊喝水吃草，這些大傢伙居然是草食動物？

此時此刻，我們看不到那些怪獸攻擊人類時的氣勢洶洶，只剩下小心謹慎。

「呼！」風鼇忽然戒備了起來。與此同時，另一側高大的樹木搖動起來，躍出了巨大的怪獸，宛如自海洋裡忽然躍出的鯨魚，頓時讓我和菲爾塔驚訝不已。

從高空往下看，整片原始森林像是一片綠色的海洋，卻在此時突然冒出一頭龐然大物，這場面是何其壯觀！

巨獸的脊背上有著一根根巨大芒刺，像是骨頭從後背裡刺出，尖銳的牙齒也讓人膽戰心驚。牠的出現登時讓原本巨大、但在牠面前什麼都不是的怪獸們緊張起來！

「嗷——」

牠們開始嚎叫，保護自己的孩子退回樹林。龐然大物躍上平原，打算一口吃掉逃跑的小怪獸。

「風鼇！」

我還沒下指令，風鼇已直直朝那頭巨獸撞去！

風鼇要是蜷縮起來，和巨獸的體型應該相差無幾。

「砰！」牠直接撞開巨獸，站在所有小傢伙的上方，其他怪獸訝異於牠的出現，一時忘記離開。

巨大的衝撞讓菲爾塔劇烈搖晃了一下，我抓住風鼇頭頂的毛髮，勉強站穩。

巨獸的臉有些類似霸王龍，但扁了一點，我想算是這裡的恐龍吧。

牠對我們的出現非常憤怒，鼻孔不斷噴氣。菲爾塔解開安全帶，走到我身旁，驚訝地說：「居然還有比那些怪獸更大的生物！」

「我忽然覺得應該帶修來。」

我終於明白修都需要神力守護的原因了，菲爾塔應該慶幸這種怪獸生活得離修王都較遠，沒發現他們，抑或是人類太小，不夠牠塞牙縫，牠看不上。

「呼——呼——嗷——」

巨獸忽然朝我們咆哮，一時地動山搖，強大的氣流撲向我們，還帶著一股腥臭的血腥味。

我受不了地揚起手，力量開始在胸口翻騰，湧上手臂。手心發熱之時，我將巨獸狠狠甩了出去：「不許叫！」

手心裡的金色光芒像鞭子一樣甩向巨獸的嘴，正好抽中牠那大得不得了的獠牙，獠牙頓時灰飛煙

滅，化作一片金沙淌落牠的嘴角。

巨獸一愣，菲爾塔也呆住了。

我吃力地收回手，這份力量相當危險，也很耗費氣力。

上次化去塞月手中的弓箭後，我開始練習控制自己的力量，然而截至目前為止，只能運用到這種程度。

我對著怪獸慢慢揚起手，高聲厲喝：「回去！」風龗同時緩緩上前，巨獸立刻後退了一步。

「回去！」我再度大叫，怪獸又後退一步。

氣極的我沉沉瞪牠：「給我回去！」

牠扭頭跑入樹林，大地因為牠的狂奔而震動不已。失去力量的我全身發軟，卻被一隻手匆匆扶住。

——是菲爾塔。

「那瀾姑娘，妳沒事吧？」他憂心忡忡地看著我。

我搖搖頭：「風龗，讓我下去休息。」

風龗緩緩彎下身，趴在地上，菲爾塔扶我走了下去。我立刻撲到湖邊狠狠喝了幾口水，接著靠在風龗的臉邊曬太陽：「啊，總算活過來了！好累……」

「呼……」風龗朝我噴了口氣，似乎也在擔心我。

菲爾塔愣愣站在我身旁，雙目裡滿是疑惑。

此時那些怪獸緩緩走來，菲爾塔立刻陷入戒備：「那瀾姑娘，牠們過來了！」

我擺擺手：「沒關係，和我一樣坐下來放鬆吧。」

菲爾塔猶豫地望著我，但最後仍聽從我的話坐在一旁，手卻始終沒有離開佩劍。

我有些乏力地閉上眼睛：「不必擔心，牠們一定不會攻擊我們。在我睡著的這段時間，請你好好跟牠們相處。」

「睡？那瀾姑娘，妳要睡覺了？請別睡啊！我到底該怎麼跟牠們相處？」耳邊傳來菲爾塔焦急的聲音，他同時緊緊抓住我的肩膀。

我的臉開始往一側歪去：「用心……去跟牠們相處……從……不設防開始……」

「那瀾姑娘！那瀾姑娘！那瀾……那瀾……」

菲爾塔的呼喚越來越遙遠，我在充滿陽光的金色世界裡享受著那份溫暖。

睡了一陣後，我忽然隱約覺得有人摸上我的腳踝，於是疑惑地睜開眼睛，發現自己仍處在這個金色的世界裡。那隻手已然摸上我的小腿，觸感如此真實，我立刻戒備地望向金光，一頭黑紫色的長髮卻突然斜披而下，摩恩的臉像是從時空裂縫中穿出，漸漸浮現在我面前！

我呆呆地看著他，那透著詭魅的俊美臉上是邪惡的笑容，狹長的眼睛與細小的下巴讓他看起來宛如蛇妖一般，一頭黑紫色長髮在他臉部兩側披散而下，讓他的臉看起來更小了。

「有沒有想我？」

他勾起一抹笑意。透著紫色的唇和古銅膚色讓他像是《魔●世界》裡的夜精靈……的確，他本來就是暗夜精靈嘛。

但我發現一件奇怪的事——我居然不能動！

我想起身卻動彈不得，只能眼睜睜看著他用雙手按住我的大腿，緩緩朝我爬來。

「是不是很想動？」

他的雙手壓在我的大腿上，我在夢中依然呈現靠坐的姿勢，感覺像是鬼壓床，連聲音都發不出來。

這照理說是夢，不是真的，但我怎麼會夢到摩恩？我沒有任何理由夢到他。

摩恩低下頭，輕輕撫摸我的大腿，我頓時全身僵直。

他冷冷一笑，抬眸朝我看來，目光中忽然流露出一絲狠意，嘴角的笑容愈發詭魅：「緊張了？別怕。」他摸向我的大腿內側，我害怕得全身緊繃，他卻笑得越來越陰狠：「我還記得妳當初是怎麼拿走我的精靈之元，又是怎麼羞辱我、折磨我的。」

不好，他來報仇了！

他一把握緊我的大腿，將臉欺近我面前，當那頭黑紫色長髮掠過我的頰邊時，那泛紫的唇也停在我的唇前，他的雙眸裡燃起了火焰，帶著憤怒、怨恨，以及男性本能的欲望！

「這次妳逃不掉了！」

火熱滾燙的唇狠狠壓在我的唇上，幾乎成為牙齒間的碰撞，感覺如此真實！

我再也無法告訴自己這是個夢，因為這個吻既熾熱又猛烈，像是要索命般的來勢洶洶，他滿腔火熱的氣息頓時噴吐在我的嘴裡。

摩恩侵入我的世界，貼近我的身前，雙腿跨坐在我的腿上。

他狂熱地吻著我，我瞋目怒瞪，伸手欲打，無奈卻不能動彈，想喊也發不出聲音。他忽然用力咬在我的唇上，斜睨著我：「沒聲音實在沒意思，來吧，我想聽妳的叫聲。」

「啪！」他忽然打了個響指，我立刻呻吟了一聲：「嗯！」

「哈哈哈哈！」他高聲狂笑，我憤怒地說：「摩恩，你只是我的夢！」

「是夢嗎？」他抬起右手，以指腹輕輕抹過我被他吻得紅腫發麻的唇：「這裡是不是很熱？嗯？是不是很麻？我告訴妳——」他緩緩湊到我的耳邊，以滾燙的手掌撫過我的脖頸，壓住我的後腦杓：「這些都是真的！我們暗夜精靈有入夢的能力，一旦入夢，裡頭的狀況就是我們說了算！是不是很開心啊？」

他一邊咬牙切齒地說，一邊緊緊抓住我柔軟高挺的胸部。

酥胸被人緊握，我只想一掌拍飛眼前的摩恩，狠狠踩扁他！

「哼哼！我可不像笨蛋伊森那麼聽妳的話，完全不敢碰妳。對了，妳是因為覺得對不起伊森才不跟他睡吧？」摩恩譏諷地說：「還是靈川其實比他更好？」

他一口咬住我的耳垂，像是在替伊森抱不平。

「看到妳身邊的男人老是換來換去，真讓人憤怒！」

他的手開始在我的胸部大力揉捏，一邊發著牢騷，一邊吻著我的脖子，彷彿在替伊森報仇。

我的身體因他的挑逗而逐漸發熱，滿腔怨懟無處發洩，只能任他隨意侮辱。

「你現在做的這些就對得起伊森了嗎？」

他停下動作，笑問：「我為什麼非對得起他不可？」

「你不是在替伊森打抱不平，覺得我對不起他嗎？」我冷冷一笑：「看來你對伊森是真愛，既然你那麼愛他，他又那麼愛我，你今天對我所做的一切豈不是在傷害他？」

摩恩愣怔了半晌，忽然噁心地撇開臉，一陣乾嘔：「嘔！誰喜歡那個娘娘腔？本殿下喜歡的是女人！」他憤怒地回頭，一把揪住我的衣領：「妳的話真讓我倒胃，就用身體來彌補吧！」

「嘶！」衣領頓時被撕開，我頓時傻眼，摩恩居然來真的？

他看起來真的不像是在開玩笑，隨後緩緩脫下自己身上的衣服，露出那身古銅色中泛著一絲紫色的精靈肌膚，健碩的身體毫無保留地暴露在我面前，一塊塊漂亮的肌肉也裸露在空氣中。

他一手壓住我的肩膀，直接低下頭吻上我的鎖骨，我嚇得回神大叫：「摩恩，如果你敢動我，我絕對會殺了你！」

「哼！裝什麼？如果妳對伊森一心一意，又怎麼會跟靈川發生關係？」他嘲諷地說著，軟舌舔過我的肩膀：「妳身邊的男人老是換來換去，妳這個女人可真夠花心的！」

我的憤怒在胸口聚積。他緩緩舔下我的胸口，在我的雙乳間來回舔弄，留下濕濕的痕跡：「我還沒嘗過上面的女人是什麼味道，妳們會的姿勢應該比較多吧？」

他忽然擠入我的腿間，抬起我的大腿，我感到下身被硬物抵住，大腦立刻被憤怒的火焰完全占據，像是爆炸般產生巨大的轟鳴，一股力量自身體裡衝出，眼前瞬間被一片金光淹沒，耳邊縈繞著摩恩的慘叫：「啊——」

我傻傻地看著前方，金光完全吞沒這個世界，隨後隱約看到一個人影，聽到模糊的呼喚：「那瀾姑娘……那瀾姑娘……那瀾姑娘！妳到底怎麼了？那瀾姑娘，妳沒事吧！」

一隻手掀開我的右眼眼罩，我恍然回神握住那隻手，突然覺得有些暈眩，好不容易才看清面前的人——是菲爾塔。

他正擔憂地望著我：「那瀾姑娘，妳沒事吧？妳突然兩眼發直地醒來，把我嚇壞了。」

我揉揉仍有些迷濛的眼睛，腦袋脹脹的，隨後趕緊摸摸身上，居然還殘留著摩恩挑起的熱度，但衣服倒是很完整，沒像夢中那樣被撕碎。

「那瀾姑娘，妳的右眼……」

「摩恩！」

我憤怒起身，以右眼掃視四周，不放過任何一個地方。

然而周圍卻非常安靜，怪獸們或安靜地趴在地上，或靠在風鼇身邊，平原上的綠草在微風中輕輕擺盪，掀起一陣又一陣草浪。

沒看到摩恩，這傢伙一定是躲起來了。

「那瀾姑娘？」身後傳來菲爾塔擔心的聲音，我轉身表示：「我沒事。」卻忽然在菲爾塔身上看到兩條花紋！

儘管有些神紋和人本身的花紋可以分離，算是兩條花紋沒錯，但通常都是單一成型的。

然而現在我卻在菲爾塔的脖子上看到兩條花紋，一條是服貼在他肌膚上的黃綠色花紋，正閃爍著耀眼光芒；另一條則懸浮在上頭，是黑紫色的，和摩恩身上的花紋顏色相同。

我立刻瞇起眼睛。

摩恩既然有能力入夢，說不定也有附身的本事！

我走到菲爾塔面前：「菲爾塔，脫掉衣服。」

「什麼？」他頓時怔立原地，我直接揪住他的衣領：「對不起，可能會有點疼，不過是為了你好。」我扯開他的衣服，在他赤裸的胸膛上看到另一條完全沒有貼合身上花紋的錯亂紋路。

「那瀾姑娘，這樣不好！」菲爾塔焦急地扣住我的手，我望著他，那雙黑色的瞳仁猛地收縮，整張臉瞬間紅透。他尷尬地撇開臉：「這樣不好，請妳不要這樣。」

「放開！」我擰眉看他，他也皺起眉頭，神情堅定無比，認真地對我說：「對不起，那瀾姑娘，我不喜歡妳，我們不可以——」

「我對你沒興趣。」我直接打斷他的話，

他難道以為我在求歡？趁他因為這句話而呆住時，我掙脫他的手，毫不猶豫地一把抓住那紫色的神紋，怒喝：「你給我出來！」

我狠狠拽著那神紋，與此同時，一聲痛呼忽然傳出：「啊！」

摩恩被我直接從菲爾塔體內拖了出來，看來他的神力似乎受到嚴重影響。見狀，菲爾塔驚訝得睜大眼睛。

「混帳！你以為躲在別人身體裡我就找不到你了？」

我一把扣住他的脖子，他痛得全身打顫，臉色蒼白，身體發軟。

由於摩恩是精靈，我提在手裡並不覺得重，以前伊森也給我這種感覺。

我冷冷地說：「看來當初不該把精靈之元還給你！哼！正好我也沒電了，就拿你充電吧！」

我將他的身體拉近，用力吻住他的唇，狠狠一吸，那雙黑紫色的瞳仁緩緩圓睜，回過神來的他立刻以雙手重重推開我，接著趔趄地後退幾步，跌坐在地。

他撫住胸口，咬牙切齒地瞪著我，黑紫色的長髮鋪散在他身上，模樣看起來異常狼狽，再也不見剛才想上我時的囂張。

我深吸一口氣，感覺胸口有了力量。由於摩恩的精靈之元有一部分在我體內，再加上我現在吸人的經驗豐富，自然可以輕易地吸取他的力量。

他憤恨至極地指向我：「妳這個變態……」

「呼！」

「砰！」

「啊！」

他還沒來得及罵完我，就被風鼇狠狠一腳踩在草地裡。

我微微閉上眼……好慘，整個過程可說是快如閃電。

我的氣瞬間消了。

風鼇不屑地看著被踩在腳下的摩恩，「哼」地噴了口氣，紫色光芒從牠爪下爆發，隨後又慢慢減弱。當牠抬起腳時，摩恩已經恢復成小精靈般的大小。

「居然是精靈！」

菲爾塔目瞪口呆地看著被踩扁的摩恩，這下摩恩可說是徹底破功，連身為人類的菲爾塔也能看到

他了。

我提起他的翅膀晃了晃，但他已經不省人事。我瞇起眼，這就是想上我的下場！

哼，活該！

我看到戴在右手的手鐲和戒指，靈機一動，取下手鐲。我知道靈川的這件東西是寶物，因為戒指戴在手上時會自動配合指圍收縮，我猜手鐲也可以。

我試著將手鐲套上摩恩的脖子，它果然瞬間縮小，摩恩就這樣被我拴在手指上。

「這是暗夜精靈。」

我開始向菲爾塔介紹摩恩，然而不知為何，菲爾塔此刻的目光裡多了一絲恐懼，之前就算我打了他的女人，或是用花藤攻擊他，他也從來沒露出這種眼神。

「暗、暗夜精靈……不是掌管亡靈的嗎？」他臉色蒼白地看著我。

我點點頭：「是的。」

「他、他怎麼會在我的身體裡？」

菲爾塔顫顫地摸向自己的身體，發現領口仍然大敞，連忙動手整理。

我望著手裡的摩恩：「因為他想躲我，知道只要被我抓住就是這個下場。你很幸運，照理說普通人看不見精靈，他是因為被我打殘了才會讓你看見。」

說完，我放開摩恩，手鐲上的鍊條緩緩收起，他頓時懸在我的手指上。

菲爾塔一邊整理衣服，一邊嚥了口口水，望著被我吊在手上的摩恩：「他……不會死吧？」

「不會。」我拍了拍手：「他是未來暗夜精靈王的繼承人，也是個不老不死的傢伙，所以你不必替他擔心。」

我搖搖手，摩恩立刻在空氣中晃了晃，像個玩偶。

「那瀾姑娘。」總算穿好衣服的菲爾塔尷尬地問我：「我……我覺得妳是個善良的姑娘，為什麼對他那麼殘忍？」

菲爾塔居然可憐起摩恩來了？

我冷冷瞪著摩恩：「這就是好色的下場，我不會再讓男人隨意碰我，沒讓他做太監已經很仁慈了！男人就是好色！」

我憤憤地抬起頭，看見菲爾塔的神情變得更加窘迫。他匆匆別開羞紅的臉：「原來他……」

「沒錯，別以為精靈們都很善良，這傢伙可是十足的流氓！」

想到他剛才在夢裡對我做的一切，我真想一把掐死他，但那樣太便宜他了，不如把他拴起來做我那瀾一輩子的奴隸！

「既然他這麼壞，妳剛才為何又要親他？」

菲爾塔小心翼翼地問。自從我把摩恩打殘後，他一直和我保持一段很大的距離。

「那不是在親他，我很難解釋原因，總之簡單來說，我可以藉此獲得力量。你剛才也看見我用特殊力量擊退巨獸了吧？我可以從精靈身上得到那種力量。」

聞言，菲爾塔點點頭，神情終於放鬆下來。

我環顧周圍，四腳怪獸們似乎被剛才的騷動驚醒，但並未躲藏或是戒備我。

其中一頭怪獸朝我走來，我認出牠是那天帶領怪獸們攻擊人類的首領。

「看來你跟牠們相處得不錯嘛。」我笑著對菲爾塔說。

「是啊，我們現在和平相處，但還是不知道為什麼牠們要攻擊我們。」

菲爾塔看向走到我身前的怪獸之王。

我抬頭詢問牠：「為什麼要攻擊人類？」同時伸手摸上牠布滿傷痕的腿。

牠伏下身體，和風龍一樣趴在我面前，我知道這是動物示好的方式，牠在向我表達敬意，因為我擊退了牠們的天敵，救了牠們。

「嗚！」牠對我說著，可惜我聽不懂。

「他說高牆內有水源……」

氣息微弱的聲音從我的手掌處傳來，我低頭一看，發現摩恩醒來了。

他閉著眼睛，意識朦朧地摸摸自己的頭：「好痛啊……」

菲爾塔驚奇地湊過來看。

摩恩接著又扭扭頭：「怎麼……這麼難受……」他伸手抓向自己的脖子，卻碰到那枚手鐲，他頓時睜大雙眼，僵硬地懸掛在我的手上。

一秒。

兩秒。

三秒。

「啊——妳這個變態的女人對我做了什麼？」未來的暗夜精靈王摩恩，此刻居然像個女人般歇斯底里，他一手抓著脖子上的手鐲，一手憤怒地指向我：「快把這東西從我脖子上拿掉！居然敢拴住本殿下？本殿下想上妳是妳的榮幸！不知道有多少女人想服侍本殿下，本殿下都看不上，妳居然敢這樣對待本殿下？」

「咳！」菲爾塔尷尬地握拳咳嗽一聲：「那瀾姑娘，我忽然覺得妳沒做錯。」

我抽了抽眉：「你知道就好。」

「你們在說什麼？慢著！難道本殿下現形了？」

注意到菲爾塔正直直盯著自己，摩恩的臉頓時變得蒼白：

「居然讓一個凡人看到本殿下，絕不能讓你活下去！」

暗紫色光芒從他身上迸發，他又漸漸變大，那拴在頸項上的手鐲也開始變大，花紋變得更加清晰，倒是成為一個非常漂亮的銀色頸環。

長長的銀鍊自他頸前掛落，延伸至我戴著的戒指。

黑色斗篷覆蓋住他的身體，鐮刀顯現，他陰冷地對呆立在他身前的菲爾塔揮起鐮刀：「凡人，受死吧！」

我一把將菲爾塔拉到身後，沉聲道：「你敢？」

鐮刀落在我的脖子上，菲爾塔高喊：「那瀾姑娘！」

摩恩靜靜地飄浮在我面前，彼此間掛著那條銀色鍊條，像是死神成了我的奴僕，與我訂下終身契約。

「妳居然敢維護這個男人？」被黑色斗篷掩蓋的摩恩咬牙切齒地說。

我憤然看他：「他哪裡惹到你了？不過就是發現你嘛！你被女人看到時怎麼不殺了她們？」

「妳身邊每次都有不一樣的男人，讓人看了心煩！」

「我花心你管得著嗎？給我放下鐮刀！不想讓人看見就隱身！」

「真想馬上殺了妳！」

他握緊手中的鐮刀，憤怒轉身，再次慢慢縮小，化成迷你版精靈飛到我的肩膀上，雙手環胸，沉著臉坐下。

「消失了！」菲爾塔驚訝地看著我手上的戒指：「他現在待在妳的肩膀上嗎？」

看來鍊條出賣了隱身的摩恩。

「煩死了！」摩恩心煩地喊了一聲，鍊條頓時流過一抹暗紫色光芒，菲爾塔揉揉眼睛：「鍊條也看不見了。」

他對此感到驚奇不已。

摩恩坐在我臉旁，拉著我的耳垂說：「人類有什麼好！妳不覺得跟精靈玩更刺激嗎？」

我皺起眉頭：「你想再被拍死嗎！」

「哼！」

他狠狠甩開我的耳垂，坐在我的脖子上，不再說話。

這傢伙還真是犯賤討打。

菲爾塔滿懷好奇地看著我：「那瀾姑娘，妳真是不可思議，如果可以，妳能跟我聊聊自己的經歷嗎？」他的表情顯得無比期待。

我點點頭：「可以，不過現在我們得先跟怪獸們談和。」

菲爾塔立刻看向怪獸之王：「你們是因為想獲得水源才襲擊人類的嗎？」

怪獸之王點點頭。

菲爾塔低下頭，陷入沉默，寂靜的風吹過這片平原，旁邊的湖面上蕩起層層漣漪。

「沒想到我們如此相像。」他伸手摸向怪獸之王的臉，牠似乎也覺得惺惺相惜地垂下臉。「你們是因為這片水源危險，所以才想到我們那裡喝水吧……」

怪獸之王點點頭。

「原來如此，一切都是為了活下去啊……你們的生存遭遇巨大威脅，我們也是，不如讓我們一起解決眼前的難題吧？」

聽到菲爾塔認真地這麼說，怪獸之王的神情也變得柔和許多。

我不由感嘆：「看來你才是真正的馴獸師，只是之前沒有嘗試跟牠們溝通罷了。」

他點了點頭：「我從沒想過只要彼此放下武器，溝通原來是如此簡單的事，以前只是不敢嘗試而已。謝謝妳，那瀾姑娘，是妳給了我這個機會。」

他感激地說，我對他點頭微笑，忽然想到自己之所以和人王們處不來，也是因為缺乏溝通。他們以人王身分直接剝奪我溝通的權利，視我為奴隸，絲毫不尊重我，才會使我們之間的關係越來越惡化。

如果涅梵當初對我好一點，像現在這樣把他的龍借我一用，我想自己和這些王會相處得很好。

菲爾塔凝視著我，我疑惑地望向他，正想開口，耳邊卻傳來不協調的乾嘔聲：「嘔！這種眼神真讓人噁心！」

我微微瞇起眼睛，下定決心回去就把摩恩端去煮了，絕不手軟！

我戴上眼罩，菲爾塔困惑地問我：「那瀾姑娘，妳的右眼明明沒有缺陷，為什麼要戴眼罩？」

「這樣看起來比較拉風啊！哈哈哈！」

我扠腰大笑，不打算多做解釋。

聞言，菲爾塔先是愣在原地，接著搖頭笑了，隨即卻又目露憂慮：「然而面對巨大的怪獸，我們又該如何抵禦牠們？」

我想了想：「人類的歷史上也有過騎士跟惡龍鬥爭的傳說，一旦決定跨出圍牆，就必須面對那些強大的敵人，想打敗那種巨獸，你需要一把鋒利的聖劍！」

「聖劍？」他感到有些無法理解，我勾唇一笑：「不錯，我能造出聖劍，只要你——」我指向他的臉：「把林茵的血給我。」

他頓時怔立在風中，王冠下的黑色長髮輕輕飄揚。

「嗷——」怪獸之王忽然大聲呼號，像是在對這一線生機吶喊。

當菲爾塔和我一起造訪薛西斯的打鐵鋪時，裡頭的青年們無不激動起來。

「陛下來了！」

「陛下！」

「陛下和那瀾姑娘一起來了！」

整座鋪子瞬間變得熱鬧非凡，連爐裡熾熱的溫度都比不上青年們的熱情。外頭也圍滿人潮，激動地看著菲爾塔和我。

由此可見菲爾塔是位和藹可親的國王，百姓們並不畏懼他。

「薛西斯，我的劍呢？」

「哦，在這裡！」

薛西斯激動地領我來到巨大的火爐邊，我發現自己的劍已經澆注在模具裡，灼熱的熔漿散發金紅光芒。

我轉身看向菲爾塔：「菲爾塔，把你的劍也拿來熔了吧。」

他先是愣了愣，隨後將劍交給薛西斯，薛西斯顯得有些激動：「陛下，您真的要熔化這把寶劍？」

菲爾塔點點頭：「照那瀾姑娘說的去做。」

「好！快，給爐子升溫！」

隨著薛西斯一聲高喝，打著赤膊的小夥子們開始拉起風箱爐。

「我們真是太榮幸了！」

「不僅能替那瀾姑娘鑄劍，還要為陛下鑄劍！」

菲爾塔疑惑地問我：「這樣就能鍛造出聖劍了？」

我笑了笑：「鍛造聖劍還需要聖女之血，你等等就知道了。」

「聖女之血……」他輕聲低喃。

方才我們回城後，菲爾塔便派拉赫曼去取林茵的血，根據我的猜測，她說不定還是個處女；在眾多神話傳說裡，處女之血總是最好的。雖然林茵很討厭，但她既然對明洋那麼痴情，應該不至於花心濫交，明洋應該是她的初戀吧？

我記得她曾經說過自己看不上其他男生，畢竟她的條件也不錯，那些幼稚的男生想必入不了林茵公主的眼。直到上了大學，她對明洋一見鍾情，偏偏明洋不喜歡她。

在我們的世界裡有句愛情名言：「喜歡你的你不喜歡，你喜歡的不喜歡你。」命運總愛捉弄人。

當薛西斯把菲爾塔的劍熔化後，拉赫曼捧著一只精緻的金盒回來了。菲爾塔將金盒遞到我面前，有些不捨地說：「茵兒的血就在裡面。」

我感到彆扭不已，從菲爾塔珍藏林茵的血這點來看，他跟修絕對有血緣關係，兩個人都那麼喜歡「血」，看在我眼裡只覺得有些變態。

即使再愛對方，一般人會珍藏他的血嗎？還好是自殺的血，如果是經血，我肯定不會再跟菲爾塔搭話。

打開金盒，裡面是一塊染血的床單。

「這是……真正的血！」

摩恩激動地飛到金盒邊緣，銀鍊拖在他的翅膀之間。

原來他也有興趣嗎？看來真的是物以稀為貴。

我抓起床單，走向火爐，摩恩忽然飛到我的手背上，緊緊抓住我的食指：「妳要做什麼？那可是神血，有神力的！」

「哼哼！」我淡淡一笑：「所以我要拿它來做神器。」

我隨即轉身對眾人說：「你們最好離得遠一點，我不知道會發生什麼事！」

拉赫曼立刻護在菲爾塔身前，高喊：「大家後退！」

薛西斯和其他圍觀的百姓馬上遠離打鐵鋪，拉赫曼也護衛著菲爾塔退到門外。

我把染血的床單放在火紅的熔液上，摩恩望著這一切，擰眉搖頭：「太可惜了，這麼高檔的神器居然要給一個凡人和一個變態女人用。」

我撇撇嘴，提起他的翅膀，他開始掙扎：「妳又要幹什麼？快放開我！我要告訴伊森妳有多麼變態！」

他像是被欺負的小孩，大喊著要回去告狀，讓我想起當初也被我欺負過的伊森。心裡一陣刺痛的我放開摩恩，垂下目光：「你跟他說吧，讓他越討厭我越好。」

我對伊森的愛只能放下，因為我配不上他的愛。

聞言，摩恩陷入沉默，懸停在熊熊熱氣中看著我。

我手中的床單緩緩滑落，染有血漬的雪白布料飄落在點點火光之中。

當血漬落入熔漿時，一股強大的氣流倏然衝出，熾熱的熱鐵熔漿瞬間濺起，我還以為自己會被潑到，摩恩卻拿著鐮刀在我面前飛舞，為我擋下噴灑而出的滾燙熱鐵熔漿與火星。

我只對這個世界的神力及魔力免疫，普通的火焰依然可以傷害我，儘管我會自癒，然而被燙到還是很痛的。

摩恩放下鐮刀，單手扠腰站在我面前，身後的銀鍊與我緊緊相連：「妳跟伊森的事得自己處理。」

他緩緩旋轉手掌，鐮刀頓時消失在空氣中。

「我沒告訴他妳跟靈川的事，因為——」那雙黑紫色的瞳仁邪惡地瞇起，他微勾唇角，壞壞地看著我：「見到妳生活在謊言中，內心陷入痛苦糾葛，本殿下非常開心！哈哈哈！哈哈哈！」

我愣怔在原地。他竟然沒有將我和靈川的事告訴伊森！我想借他的嘴坦白真相，但他沒有讓我得逞！

這才是他對我最大的報復吧？

刺目的金光自他身後迸射而出，幾乎吞沒了整座打鐵鋪。我低下頭，想不到摩恩又把這個難題丟還給我，一旦面對伊森，我將再次陷入愧疚和自責之中，這傢伙真陰險。

金光漸漸散去，菲爾塔立刻跑到我身邊，擔憂地看著我：「那瀾姑娘，妳沒事吧？剛才的爆炸沒傷到妳吧？」

我緩緩回神：「沒有。來看看劍變得如何了。」

我們往爐裡一看，發現兩把劍竟然瞬間成形，閃耀金光，爐裡的火焰再也無法將它們熔化。

「成形了！」

菲爾塔驚詫地望著那兩把劍，拉赫曼與薛西斯也圍上來，驚奇地看著它們。

我對自己那把劍的造型感到相當滿意。

「把劍拿出來。」

我命令摩恩，但拉赫曼和薛西斯以為我是在對他們說話，匆匆拿起鐵鉗要把劍夾出來。

摩恩白了我一眼，揮起手，精靈之力瞬間纏上兩把聖劍，使它們緩緩飛升。

見狀，拉赫曼、薛西斯與所有圍觀的百姓們無不瞠目結舌。

「真的是聖劍！」

「是神的劍啊！」

「今天可真是個大日子！聖劍出世，我們得好好慶祝一下！」

「對！快去通知其他人，讓我們慶祝陛下與那瀾姑娘獲得聖劍！」

「嘩——」

如雷掌聲響起，但菲爾塔依然震驚地望著自己的聖劍。

摩恩飛到我的聖劍上方，摸摸下巴：「目前這把劍的溫度很高，可以在上頭鑲些東西。」

說著，他從腰間取出一塊紫寶石，隨意地扔向我的劍。

「這劍太難看了，讓我加工一下，提升妳的品味，反正那只是一塊垃圾，就施捨給妳吧。」

他的神情故作隨意。我覺得他很奇怪，一會兒說討厭我，一會兒又送我寶石，雖然他把它形容得一文不值。

寶石墜落而下，立刻被劍身吞入，鑲嵌在劍柄之下，整把聖劍瞬間被暗紫色光芒籠罩，變成一把藍中透紫色的劍，華麗而神祕。

我愣了片刻，忽然想到修母親的戒指也是神器，而且可以儲存日光能量，這不正是我所需要的嗎？我立刻拔下它，輕輕放在紫色寶石下，摩恩立刻驚聲尖叫：「不要隨便亂放！很危——」

他的話還沒說完，戒指的指環已然嵌入聖劍表面，璀璨的光線立刻迸射而出，瞬間震開摩恩和我身邊的菲爾塔。

「啊——」

摩恩被震飛到我臉旁，一把拽住我的頭髮，才沒有被強大的氣流沖走；菲爾塔也拉住我的手，掩面遮擋前方猛烈的氣流。

所有物體都在氣流中震顫，我卻穩穩地站在其中。這股氣流對我而言如此溫柔，更像是母親溫柔的呼吸與觸摸，鑽石中綻放的光芒讓其他人無法睜開眼睛，對我而言卻宛如母親溫柔的目光。

光芒中浮現一位美麗的黑髮女性——是修的母親！她憂傷地俯瞰我：「姑娘，請妳垂憐沁修斯，他是個好孩子，拜託了……」

一滴淚水自她的眼角滑落，瞬間化作一顆冰涼的淚石落在我心上，激起令人酸楚的層層漣漪。

我怔立在她面前，心靈受到難以言喻的衝擊，無法直視修的母親眼中的憂慮和擔心，以及那苦澀心痛的淚水，難道她的靈魂因為掛念修而一直寄宿在這枚戒指裡？一直陪伴著修整整一百五十多年？母愛如此偉大，頃刻間化解了我對修的所有怨恨，只剩下他母親那如同祈求般的話語，要我垂憐修……她居然說了「垂憐」二字。

我的心沉重無比，一種難以言喻的苦澀梗在我的心頭。

修的母親身影漸漸回到那枚已然鑲嵌在聖劍上的鑽石裡，整把劍因為這枚鑽石的加入而變得晶瑩剔透，猶如紫色的水晶之劍。

我執劍於手，感受到一股特殊的暖意，令人感動落淚。

這是修母親的溫度。

「妳這樣太危險了！」當光芒消失後，只聽見摩恩怒吼：「妳差點害死所有人！如果剛剛那光芒能讓人灰飛煙滅，我們這下全死了！」

然而菲爾塔聽不到他的抗議聲，也取下聖劍，激動地轉身高舉，眾人的歡呼與如雷的掌聲頓時響徹雲霄。

「嘩——」

「陛下萬歲！陛下萬歲！」

林茵對這座都城總算有點貢獻，她的血鍛造出兩把聖劍，將會徹底改變修都一百五十年來圍牆內的生活。

整個修王都因為聖劍誕生而沸騰不已，大家都在為晚上的狂歡準備著。

我和菲爾塔拿著各自的劍回到王宮，他顯得相當激動，不停摸著手裡的劍，非常高興。

沒想到林茵正站在聖殿中央，她身穿白色長裙，站在空曠的大殿裡，一頭長髮編成複雜而美麗的髮型，白色的珍珠點綴在髮間，讓她看起來聖潔無瑕。

太監和侍女低著頭，敬畏地站在她身旁，菲爾塔興奮地走向她。

手腕上仍纏著紗布的林茵，在菲爾塔走近時不屑地望向他：「哼，男人果然是花心的，還說有多麼愛我，現在卻跟別的女人在一起。」

菲爾塔頓時愣在原地，手中的劍慢慢垂下，雙眉也開始擰起。

這女孩還真奇怪，明明不喜歡人家，為什麼還要在意他跟誰在一起？

說完後，林茵看向我：「學長在哪裡？我要去找他！」

我一呆，林茵實在有夠痴情，就這點而言真該給她一百個讚。

「他已經變成魔王了，妳貿然去找他會有生命危險。」

我看到菲爾塔握緊手中的劍，他拿到聖劍後愈發有王者的威嚴。

林茵朝我揮舞手臂：「我才不管！我愛他，無論他變成什麼樣子，我都要和他在一起！」

我的頭開始痛了。

「嗯？居然有人想去送死。」摩恩饒富興致地飛到我面前：「妳可不能告訴她，她的身體現在和妳一樣，如果讓魔王占據，會加強他的力量。」

我大吃一驚，趕忙表示：「妳大可放心，即使妳不去尋找明洋，他也會打過來。魔王的野心很大，遲早會來到這裡。」

林茵的眼中頓時流露喜色，隨即憤恨地盯著我：「那妳為什麼不救學長？如果我知道學長被魔王控制，一定會救他！」

「妳當我是神嗎？」我憤怒大吼：「妳到底是怎麼看出我能跟魔王較量的？妳的學長自願和魔王融合，要統治這個世界，他已經不再是妳認識的那個明洋了！」

「不會的！學長才不會自願跟魔王在一起，一定是被魔王迫害的！我要救學長！我要去救他！」

說完，林茵提起裙子，大步往門外走去。

我無語地轉身，一點都不想攔住她。就讓她死在外面好了！說不定她經歷過外面的一切後，能成為一位女戰士，那樣我也為她高興。

她忽然停下腳步，轉身對菲爾塔說：「菲爾塔，你怎麼不跟我一起去？我要你派兵跟我去找魔王，救學長！」

聞言，菲爾塔立刻拿起劍，我有些吃驚，這傢伙也是個痴情種，還真的要跟林茵一起胡鬧？

他卻將劍緩緩插入劍鞘，沉聲道：

「我的士兵是要守護修都的臣民和整個修王城，不是陪妳去送死的。妳要去救妳的男人？請便，

但我不會陪妳去，更不會派兵陪妳去！」

他轉身離去，站在大殿裡的太監與侍女也紛紛低頭，匆匆跟在他身後。

林茵呆站在大殿裡，眼神空洞。

我對此感到相當傻眼。我錯了，不該把那些血燒掉的，它們就像是前女友的照片，一旦被燒掉後，男人心底的某些存在也隨風而去了。

「這才是男人！」摩恩在我面前飛來飛去，忽然轉身陰沉問我：「他該不會是喜歡上妳了吧？沒想到妳橫刀奪愛的本事還挺厲害的！」

我受不了地看他：「你才來多久而已，知道什麼？」

「哼！」他斜睨我一眼，抬手劃過我的臉：「我曾經附身在菲爾塔身上，他的事情我都知道。」

我立刻揚手拍開在我臉上搔撓的他，回去絕對要燉了這傢伙！

「你們真的以為我非靠你們不可嗎？我才不需要你們——你們都去死吧——」

林茵忽然歇斯底里地大吼，轉身跑出大殿。

我望向筆直向前、毫不回頭的菲爾塔，再看看跑出大殿的林茵，聳了聳肩，她八成連城牆都出不去。

我看著手裡的劍，長舒一口氣，這下終於可以回去休息了。

我回到房裡，發現修仍在夕陽中沉沉熟睡，長髮鋪蓋在他的臉上，隨著呼吸起伏。

他的姿態沒有任何變化，如果不是因為他還在呼吸，真的會以為他死了。

「這個變態為什麼在妳的床上？」摩恩朝我興師問罪：「難怪妳越來越變態！」

我冷冷瞪他，毫不猶豫地拔下戒指，握住修的手，卻忽然愣住——修的手胖了！他原來瘦癟的手有了肉感，像是乾枯的植物又喝飽了水。

我頓時無比喜悅，修在修復！

我開心地將戒指套在他有了點肉的手指上，摩恩登時驚叫：「不要把我跟這個變態拴在一起，他會分屍我的！不——不——」

他抱住我的手，憤然大吼：「快拔下來！本殿下命令妳拔下來！」

我慵懶地瞥了他一眼，甩開他，他掉在修的臉邊。

我起身離去，他連忙飛起朝我追來，銀鍊卻倏然繃緊，使他無法再繼續向前，他像隻被拴住的甲蟲般亂飛：「妳這個瘋女人，我要殺了妳！我要殺了妳！我要殺了妳！」

我淡定地望著他怒氣沖沖的臉。瘋女人……多麼熟悉的稱呼啊！摩恩一再撇清自己和伊森的關係，卻沒有發現他們有時候是那麼地相像。

我在他的怒喊中走向陽台，下面的百姓已經穿上盛裝，在王宮前集聚。聽說修都在狂歡慶祝時，百姓可以進入王宮大殿，和貴族們一起歡歌笑舞。

此時我看到林茵氣呼呼地回來，忍不住暗自竊笑。沒有菲爾塔的命令，沒有人敢放林茵出去。但林茵的身體對魔王是有用的，我得叫菲爾塔好好看住她，不能讓她跟明洋相見。以她那股痴愛的傻勁，很有可能會不顧一切地撲向明洋，最終被魔王吞噬到體內。

輕輕的腳步聲忽然自我身後響起，一名侍女對我說：「那瀾姑娘，這是禮裙。」

我轉身看向她，發現她正有些崇拜地看著我。注意到我的目光，她匆匆攤開手中的禮裙：「那瀾

姑娘，狂歡活動快開始了，請您快穿上禮裙，您穿上之後一定會很美的！」

我望著那件質料宛如雪紡紗般的銀色長裙，上頭的縷縷銀線織工細密，精緻得讓人驚嘆。

我笑了笑：「妳拿走吧，我不需要。」

目前的我實在沒有參加舞會的心情，靈川還等著我去救他呢！等修醒來，我就準備動身前往靈都。

「不、不好看嗎？」侍女緊張地問我。

我搖搖頭：「不會不好看，只是——」

看著她慌張的神色，我實在不忍心表示自己沒心情參加他們的狂歡活動：「——妳覺得我適合嗎？」

我指指自己的右眼，再指指自己的短髮，那種裙子穿在我身上會顯得不倫不類。

她頓時有些失望地低下頭：

「但我們還是很想看那瀾姑娘穿上美麗的裙子，雖然姑娘打扮得像個男孩，但我們都覺得您其實是個美麗的女孩。陛下也這麼覺得，知道您沒有禮裙，還特地挑選了一件讓我們送來，如果那瀾姑娘不穿，陛下會覺得自己怠慢了修都的恩人。在我們心裡，您更像是天上派來的神使，將我們從高牆中解救出來……」

這番真誠的話語令人感動，我接過禮裙：「知道了，我會穿的，但願不會讓你們失望。」

侍女立刻激動地抬起頭：「請讓我幫您穿吧！不知我有沒有這個榮幸？」

她看起來是那麼地期待，讓我無法拒絕。

「好吧，請幫我穿上。」

侍女開心地替我脫下那件已經有些殘破的冒險服，為我穿上禮裙。

「臭女人——妳不要把我一個人留在這裡——我不要跟一個變態在一起——」房內再次傳來摩恩的嘶喊。

穿好禮裙的我微笑地望著侍女：「請在外面等我一下。」

她目露欣喜，崇拜地看向我：「那瀾姑娘果然很美麗，穿上這件裙子就像女王一樣！」

她激動地雙手捂心，一邊深呼吸，一邊輕巧地退出我的房間。

我提裙走入房內，厲聲道：「叫什麼？修又看不見你！」

聞言，摩恩頓時愣在半空中。

我昂首闊步地直接踏上床，俯瞰呆滯的他：

「一切都是你自作自受！在我們的世界有句話叫『沒事找事』，要不是你對我做出那種事，我現在或許會很高興能再次見到你，甚至給你一個熱情的擁抱！我真後悔自己有那麼一刻把你當成朋友！」

我憤然說完，猛一甩裙就要下床。

此時我的腿忽然被一雙正常大小的手抱住：「我錯了，求妳不要把我跟這變態拴在一起！」

我覺得有些好笑：「高傲的摩恩王子殿下居然也會求人？你是精靈，修又看不見你！」

「不！不！」那雙手立刻加重力道：「那變態不一樣，他擁有控制植物與讓植物再生的神力，是唯一能感應到我們精靈存在的人王，他會殺了我的！他一直對我們精靈感興趣，甚至還解剖過，他真

的解剖過！」

我一怔，彷彿從現在的摩恩身上看到當初那個畏懼修的自己。如果修沒有愛上我，讓我確定自己不會再受他傷害，我相信自己依然會害怕他。

記得修跟風鼇打招呼時，風鼇也逃得飛快，看來他的變態程度果然不同凡響。

「哼，你以為我會相信你的鬼話嗎？你陰險狡詐，我才不會放過你！」

我提起裙子，從他手中抽出自己的腿。

「妳這個賤女人——我要殺了妳——」

身後頓時湧現殺氣，我轉身傲然站在他面前。他手中的鐮刀朝我用力揮來，卻在靠近我時化作暗紫色的點點星光。

「砰！」他跪在我的裙下，抱住自己的頭，十根細長蒼白的手指深深插入暗紫色的長髮之間，情緒顯得無比低落：「他們都錯了……妳才是魔王！妳才是！」

我瞪了他一眼，轉身躍下床，身上的裙子垂墜感十足，直垂我的腳背，帶來沁涼絲滑的觸感。

哼，碰我者殺！任何一個男人都別想再隨意接近我！

今晚的王宮被歡樂的氣氛包圍，愉快而極具西域風情的樂音響徹整座宮殿。我還沒抵達，就已被這愉悅的氛圍感染。

寬敞的王宮大廳裡滿是快樂地跳著舞的修都百姓，大廳位於金字塔最下端，面積非常廣闊，一根根粗大的石柱絲毫沒有帶來擁擠感，反而更加襯托出這裡的宏偉壯麗。

數張長桌擺放在一旁，美味的食物陳列在大殿兩側，看起來十分盛大！正散發誘人香氣的美食令人垂涎欲滴。

上頭的樓層也站滿了人，他們似乎是貴族，穿著顯得更加華麗。他們靠在圍欄邊，或一起跳舞，或歡快地彼此交談。

「那瀾姑娘，請跟我們一起跳舞吧！」

侍女激動地把我拉入正圍著花圃跳群舞的女孩們中間，她們頓時騷動不已，停下動作。

「是那瀾姑娘！」

「天啊，我都不好意思站在她身邊了！」

「她今天真美，像個女王！」

我被說得有些不好意思，趕緊拉起她們的手：「跳舞，我們跳舞！」

「好——」

她們開心地高呼，拉起我繞著花圃跳了起來。

舞蹈讓我徹底忘卻心中的憂慮，使我的心靈得到片刻放鬆，我喜歡這個快樂而善良的王國。

手心忽然傳來一陣刺痛，我猛然抽回手，匆匆摘掉眼罩一看，發現閃爍的金紋正緩緩消逝。

我不禁有些悸怕，有多久沒產生這樣的預警了？為什麼一定要讓我活得如此提心吊膽，絲毫無法鬆懈半分？

「那瀾姑娘，您沒事吧？」

「那瀾姑娘怎麼了？」

女孩們停了下來，紛紛擔心地看著我。

我笑著揮揮手：「沒事。」色彩斑斕的花紋頓時映入我的眼中，它們覆蓋在每個人的身上，看得我眼花撩亂，有些暈眩。

「那瀾姑娘！」

耳邊忽然響起熟悉的聲音，我往前一看，發現女孩們紛紛讓開，拉赫曼擠了進來，身上不再穿著盔甲，而是一件華美的淺綠色長袍，淡淡的銀色花紋覆蓋在這件直筒長袍上，古老而饒富埃及特色的紋路讓他像是一位尊貴的古埃及貴族。

「您沒事吧？」

他擔心地看著我，我發現他的眼睛上也戴著眼罩，於是疑惑地問：「你這是……」

「哦，這是跟那瀾姑娘學的。您看！」他有些得意地拉下眼罩：「怎麼樣，是不是很神氣？」

見拉赫曼憨憨地笑著，女孩們也笑了起來。

「那瀾姑娘，其實也有女孩學您戴眼罩呢！」

她們指向在另一邊跳舞的女孩，真的有好幾個學我戴眼罩，在大殿裡跑來跑去的孩子們更是人手一個小眼罩，手裡還拿著一把小木劍。

此時舞曲忽然換了。拉赫曼一聽，激動地說：「那瀾姑娘，不知我是否有幸請您跳一支舞？」

他朝我伸出右手。

在旁邊跳舞的男孩們也圍了過來——包括薛西斯和他的夥伴們——開始向我身邊的女孩提出邀請。

女孩們的臉有些羞紅，嬌笑著把手放上男孩們的手，接著歡快地跳了起來，是簡單的群舞。

我笑了，也將手放上拉赫曼的手：「好。」

「謝謝！」

他有些激動地執起我的手，我們站到大殿中央，面對面跳了起來。

伴隨著歡快的舞曲，拉赫曼將雙手負在身後，邊跳舞邊激動地說：「那瀾姑娘，我從陛下那裡聽到我們和怪獸講和了，您看我能成為一位馴獸師嗎？」

我學著女孩們揮舞雙手，想了想：

「那得看哪隻怪獸跟你有緣了。對了，我們不能再叫牠們『怪獸』，需要為牠們取名字，畢竟做朋友是從互相知道名字開始的。」

「對啊！」他恍然大悟：「只好問問陛下了。」

拉赫曼和我的手挽在一起，轉圈時，他環顧四周，目露惋惜：「看來陛下沒能請到聖女來跳舞，陛下真是痴情。」

「你很忠於你的王呢。」我在他的身前轉了個圈，後退三步，卻忽然撞到人。

拉赫曼欣喜地看向我身後：「陛下，您終於來了！」

我轉身望見菲爾塔略顯煩惱的臉，雖然掛著笑容，但看起來仍有些勉強。

他換上更加輕便的淡金色華服，款式依舊是圓領直袍，淡金色絲線覆蓋在他的衣服上，款式和我身上穿的禮裙有點相似，淡淡的金色像是陽光染上了他的長袍。

菲爾塔的突然出現讓所有人驚訝不已。他微笑地看著拉赫曼：「能讓我跟那瀾姑娘跳會兒舞嗎？」

拉赫曼有些不好意思：「陛下真是客氣了，那瀾姑娘的舞伴本來就該是陛下。」說完，他恭敬地讓開，和另一位姑娘跳了起來。人們偷偷朝我和菲爾塔看來，竊笑中夾雜著絲絲曖昧。

菲爾塔輕輕牽起我的手，我們隨音樂再次翩翩起舞，大家也隨即跳了起來。

「妳看起來並不高興，那瀾姑娘。」菲爾塔看著我：「我在上面看了妳很久，有什麼心事嗎？」

我有些意外地望向他，他在上面看了我很久嗎？我抬頭一看，發現上頭貴族的女孩正羨慕地朝我看來。

我收回目光，對他說：「你也是，笑得有些勉強。」

「呵。」他搖頭笑了笑，雙手背到身後，湊近我：「我還是不明白妳和茵兒明明同樣來自天宮，為何會有那麼大的差別。」

我隨著舞曲後退：「菲爾塔，我要糾正幾件事。第一，我和林茵都不是神女，只是普通人，自然各有不同，和你身邊的女孩們一樣。」

「但我身邊可沒有騎著飛龍前來、手持武器擊退怪獸、教我和獸王溝通、協助我製造聖劍，還是個獨眼龍的女孩。」

一口氣說完後，他愣愣地看著我，那雙瞳眸中浮現驚訝及疑惑，像是赫然察覺到什麼而讓他陷入深思之中，情緒隨即緩緩平復。

我有些感動，儘管彼此相識才不過幾天，但菲爾塔把和我相處的每個細節都記在腦中，他會是個不錯的朋友。

★宅腐系畫家
那瀾
「瑪麗蘇女神啊，
請賜給我不死不傷、
美男不管怎樣都會
愛上我的純潔光環吧——」
十王一妃
台灣角川
© 張廉 Illustration：Chiya

我繼續說道：「第二，我們住的地方並非天宮，而是另一個可以直接接觸陽光的世界。你們生活的這裡是個獨立的世界，只是不能接觸陽光。」

我不想說這其實是個受到詛咒的世界。菲爾塔和他的臣民活得自在快樂，對他們來說，這裡就是正常的世界，我也無須為了什麼是正常而煩惱糾結。

然而菲爾塔見我有些猶豫，擰起了眉：「難道傳說是真的？我們事實上是生活在一個被詛咒的世界裡？」

「菲爾塔。」我打斷了他的話：「只要你們現在生活得快樂自由，這裡就是你們的世界，不要為那些傳說煩惱。」

他一愣，我笑著扯開話題：

「你為我挑的裙子很好看，謝謝。」

他凝視著我，最後也豁然地笑了起來，愁容散去，開始享受音樂和舞蹈帶來的快樂。

「林茵不願過來嗎？」我問。

菲爾塔點點頭：「有時我覺得女孩真的很難懂。」

他緊擰雙眉，像是遇到一個比想辦法走出圍牆更加困難的話題。

我笑道：「女人如果好懂就不是女人了，別說你們男人，連身為女人的我有時也看不懂女人。別想了，這世上只有兩種女人，一種是你愛的，一種是你不愛的，就這麼簡單。」

他微微垂下目光，再次深思：「我愛的……和我不愛的……」

今晚我的話似乎總能引起他一陣尋思？

我們在音樂中交換位置，眾人的舞步卻忽然換了，女孩們往右移，男孩們往左移，舞伴隨即替換。

一個女孩激動地移動到菲爾塔面前，他卻恍然回過神來，走到我的新舞伴旁，面無表情地注視著他，看起來有些陰沉，與沒有笑容的修有點神似。

男孩的臉色在他不發一語的盯視中變得蒼白，低下頭灰溜溜地自我面前離開。

菲爾塔笑看我：「對不起，今晚我想和妳一直跳下去。」

我微微一愣，卻看見身邊的人逐漸變換隊伍，圍成一個圈，將我和菲爾塔圍在正中央，如此一來便不會再有男人和菲爾塔互替，我也不會再挪往他處。

「那瀾姑娘，這幾天妳讓我知道了很多東西，徹底拓展我的視界，如果可以，妳能不能多留幾天？我還有很多問題想向妳請教！」

他有些激動地看著我，雙頰不知是因為跳舞還是激動而微微泛紅。

我低下頭：「對不起，菲爾塔，我明天就得走了。」

「這麼快？」

他著急的語氣中流露出一絲失落。

「嗯，因為我必須去拯救某個人。」我停下腳步，失去繼續跳下去的心情：「對不起，我不想跳了。」

我默默走出人群，菲爾塔靜靜跟在我身旁。

走出大殿後，我抱膝坐在台階上。今晚的王宮外不見人影，十分安靜，兩旁陷在水中的花園在月光下染上童話般的夢幻浪漫氣息。

菲爾塔靜靜坐在我身邊，雙手垂放在膝蓋上。

「那個人對妳而言一定很重要。」他輕輕地說。

「是我害死了他。」我低下頭：「而且拯救這個世界需要他。」

「對了。」菲爾塔轉頭問我：「之前妳和茵兒爭吵，一直在說茵兒的學長變成魔王，到底是怎麼一回事？我能幫上什麼忙嗎？」

「能！」我鄭重地說：「請你看住林茵，別讓她去找明洋！」

菲爾塔眨眨眼，神情顯得認真而猶豫。

我繼續說道：「你們長期被困在圍牆中，不知道外面發生了什麼事。這個世界的魔王已然復甦，需要集結八位人王的力量才能將其鎮壓，否則這個世界將會落入他的魔掌中！」

「什麼？」菲爾塔瞪大雙眼，顯得非常緊張。

我輕輕一笑：「不必太緊張，我相信以人王們的力量足以打敗魔王，你和你的臣民絕對可以繼續快樂地在修都中生活下去。」

在我看來，菲爾塔的王城像是世外桃源，儘管資訊受到隔絕，但這裡民風淳樸而善良，是支高尚的民族。

在原本的世界裡，我都已經快忘記「高尚」這個詞語了。

菲爾塔依然直直地望著我，我疑惑地看了看自己，問：「怎麼了？」

他回過神來，有些感慨地說：「那瀾姑娘，妳是我見過最特殊的女孩！妳的身上似乎充滿傳說與

冒險，我想跟妳在一起！」

說到這裡，他忽然一愣，整張臉瞬間漲紅。他匆匆別開臉，做了個深呼吸：「我是說我想跟妳一起去冒險，想看看外面的世界，看看其他人王和魔王長什麼樣。否則等魔王被消滅，我就看不到了。」

「噗嗤！」我忍不住噴笑：「我明白你對魔王的好奇心，不過這樣太危險了。請你務必幫我看住林茵，因為魔王正在尋找從上面掉下來的人。」

菲爾塔立刻回頭：「真的嗎？那我一定幫妳看好茵兒！」

他格外慎重的語氣令我安心。我抬頭看看夜色：「我先去睡了。」

「不狂歡了嗎？大家正在為妳慶祝。」

他有些失望地站起來，歡快的樂音與靜謐的月光形成一種特殊對比，讓這個世界顯得朦朧。

我搖搖頭：「對不起……我真的沒心情。」我起身拎起銀色的裙襬，向上走去。

「那瀾姑娘！」

菲爾塔喚住我，我轉身望向他。

「明天我想推倒城牆，能幫幫我嗎？」

我看著他那張在月光下俊美得宛如埃及王子般的臉，點了點頭。他微微一笑，笑容與皎潔的月光融為一體。

菲爾塔送我到房間門口，隨後懷著一絲失落離去。我知道他希望我能留下來講述一些冒險經歷，我能感覺到他那顆渴望冒險的心，這應該是遺傳，源自修的家族。

修當年也是為了冒險探究長生不老之謎而參加八王叛亂，嚴格來說其實不算參加，純粹是跟著伏色魔耶去圍觀，結果這份好奇心卻讓他背負長達一百五十多年的詛咒。

更殘酷的是，他的父親到死也不願原諒他。

當時的他只有十六歲，即使有多麼聰慧過人，心智依然尚未成熟，父親的不諒解讓他生活在愧疚和痛苦之中，最後徹底崩潰。

與八王相處越久，他們身上的故事便讓我越覺悲哀。除了好戰的伏色魔耶之外，每個人都開始後悔當年的叛亂，反省自己的錯誤。

闍梨香最後的笑容想必是因為她解脫了，她為自己的解脫而笑，同時也在嘲笑這些自以為是的男人們。

「嗚……咳咳咳咳……」

寧靜的房間裡傳來嚶嚶的哭泣聲。我疑惑地輕輕走回房間，卻看見摩恩小小的身影坐在修的身上，悲戚地哭著。

摩恩居然在哭？

我呆站在床邊。小小的摩恩坐在修的肩膀上，月光淡淡照出他的輪廓，穿過那雙略顯透明的小翅膀，染上一層淡淡的紫色。

翅膀隨著他的啜泣聲一顫一顫，憐惜之情油然而生。

我還記得第一次見面時，他那副囂張跋扈的嘴臉，一下子就撲倒我，想嘗嘗我這個從上面掉下來的女人，卻反倒被我吸走精靈之元，狼狽逃離。

然而就算失去精靈之元，他也沒哭，下回再見面時仍一臉邪魅，絲毫不把我和伊森放在眼裡，即使後來受制於我，依然未曾哭泣。

今晚的他卻在哭。

我是不是做得有些過頭了？

我輕輕坐在他身後的床上，猶豫了一下，伸手戳戳他的後背：「你哭什麼？」

「我憤怒！」他扭頭大聲地說。

「憤怒為什麼會哭？」

「氣哭不可以嗎？」他回頭，一頭暗紫色的長髮在月光中如同美麗的蛛絲：「我是堂堂的暗夜精靈王子摩恩殿下！是未來的暗夜精靈王！現在卻受制於一個女人，還被拴在這個變態身上，感覺什麼尊嚴都沒有了。」他提起掛在脖子上的銀鍊：「妳知道我有多害怕嗎！」

他再次扭頭，銀白的月光勾勒出他精緻小巧的側臉：「我曾在這個變態那裡看到我們暗夜精靈族人的標本，他是個比死神更可怕的魔鬼！」

一行淚水從細長的眼角滑落，在月光中閃過一抹光痕，匯聚在他尖尖的下巴上，如同一顆剔透的水晶，霎時染上迷人的光輝。

我的心頓時軟了。

「妳怎麼可以這樣踐踏我的尊嚴？」

當這句話自他口中哽咽而出時，我彷彿看到當初被人王們踐踏尊嚴的自己。

沒想到我今天居然踐踏了別人的尊嚴，我怎麼能繼續下去？

我立刻抬起修的手，從他手上取下戒指。摩恩轉身看我，無辜的小臉上帶著淡淡的淚痕。

我伸手點上他脖子上縮小的手鐲，手鐲「叮鈴」一聲鬆開，落在我的手心上。我有些歉疚地看著他：「對不起，我不該這樣對你。」

他摸了摸自己的脖子，嘴角忽然揚起一抹熟悉不已的邪笑。這一刻，我強烈感覺到自己上當了！

「真是個蠢女人！」

他在月光中逐漸變大，隨後朝我撲來，扣住我的手腕，將我壓倒在床上！

「砰！」他狠狠扣緊我的手腕，將我的雙手壓在臉邊，盛氣凌人地笑著，同時瞇起詭魅的雙眸，射出陰冷的寒光。

「妳們女人就是容易心軟。」他緩緩俯下，將唇貼上我的臉，冰涼的觸感帶著死亡的氣息：「連死神的眼淚都相信，妳真是蠢。」

我就知道自己上當了！

這傢伙實在有夠擅長撒謊演戲加詐欺！

我憤怒地掙扎：「摩恩，你想找死嗎？」

「哈哈哈！別以為我不知道只要不用神力就能制住妳，我現在使用的是一個正常男人的力量，雖然不能用神力好可惜啊！本來還想帶妳到空中享受最興奮的時刻，但現在只能在這裡湊合了。」

他忽然伸出舌頭，緩緩舔上我的臉。

「你敢再碰我一下試試看！」

我試圖用力掙脫，只要讓我揪住神紋，他就完了！

「妳以為我會放開妳的手嗎？」他貼到我的耳邊，將熱氣吹上我的耳垂，聲音嘶啞：「我觀察妳很久了，發現妳只要不拿下眼罩，不讓雙手碰觸身體，就發揮不出神力。」

我一怔，居然被他注意到了！

「哼！雖然還不知道妳到底用的是怎樣的神力，不過現在看來我猜對了！今晚，我要好好享用這份美味，順便一雪前恥！」

他咬牙切齒地說完最後四個字，一口咬在我的脖子上，痛得我哀嚎連連：「啊！摩恩！」

「哼哼！妳再叫啊，妳越叫我越興奮！」

他鬆開口，又伸出舌頭舔在咬我的地方，膝蓋忽然擠入我的雙腿間，占據重要位置。

「嗯，先從哪裡開始才好呢？今晚我要讓我的齒痕遍布妳全身。」

他的臉慢慢往下移去，咬住我的領口，但始終沒有鬆開我的雙手，因為他不敢。

「嘶啦！」他直接用牙齒扯開我的衣領，雪白的襯裙登時暴露在月光下，我的胸部被擠壓在一起，高聳鼓起，深溝沒有因為平躺而消失。

我開始發急，卻無力抵抗沒有使用魔力的摩恩。

「摩恩，你會後悔的！」此刻輪到我恨恨看他。

他叼起銀色的衣服碎片，勾唇一笑：

「前兩次讓妳逃脫，我後悔得不得了，今晚妳就好好享受吧！」

他吐掉碎片，將臉埋在我身上，我立刻專注凝神，試圖運用自己的力量把他炸開！

此時胸口忽然一陣疼痛，讓人無法集中注意力，他居然咬在我的心口上，我甚至感覺到他牙齒的尖銳！

我望向身旁的修，大喊：「修，快醒醒！快……嗚！」雙唇卻突然被堵住，摩恩灼熱的目光映入我的眼簾。

他微微瞇起眼，視線有些迷離，深深吻入我的唇，睫毛在月光下顫動。他顯得越來越投入，我毫不猶豫地一口咬住他伸進來的舌。

他睜開雙眼，狠狠地看著我，我也怒瞪他，結果他竟然繼續以舌頭來挑弄我的舌，一縷細沙在彼此的舌間摩擦游移，我無法再咬下去，他知道我不會心狠地咬斷他的舌。

可惡，既然他那麼喜歡吻，我就再充電一次！

我立刻深吸起來，他的目光卻流露出笑意。我繼續吸，卻發現好像沒什麼反應，頓時疑惑起來。

他收回舌頭，緩緩離開我的唇，邪邪而笑：「是不是吸不出來了？哼哼！第一次之所以被妳吸，是因為我想吸妳的而打開通道，反而讓妳趁機吸走精靈之元。」

我緊盯著他，卻忽然發現一道細長的黑影掠過摩恩身後，但他似乎沒有發現。我微微一愣，忽然有些寬心。

「今天白天被妳吸，是因為陽光增強了妳的能力，不過晚上只要沐浴在月光中，我們暗夜精靈就是最強——」

當他說到高潮處，一條粗黑的花藤猛然襲來，直接捲住他的脖子，將他直接甩了出去！

「砰！」被重重扔在牆上的他狠狠朝我瞪來，我嘲諷地望向他。他張著嘴，脖子被花藤越圈越緊，說不出半個字。

「吵死了！」

修從我身邊坐起，披頭散髮，綠幽幽的眼睛在髮間燃燒著綠色的火焰：

「本王在睡覺，你給我滾！」

我訝異地看著修，他第一次說出這麼像正常人的話！

他憤然揚起手，黑色絲綢的袖子劃過夜空，花藤直接把摩恩甩出陽台外。

我起身看向空無一人的陽台，明月正好與它位在同一水平上，將我們的房間照得格外明亮。

四周變得寧靜無比，甚至到了有些詭異陰森的程度。一個變態，一個死神，兩人究竟會撞出什麼樣的火花？

黑色斗篷慢慢浮現在陽台邊緣，手拿鐮刀的死神飛懸在明月之下。

修也從我身邊站起來，張開雙手，綠色的長髮瞬間飛揚，樹根與花藤自摩恩身後穿出，形成一張巨大的網。

我立刻下床去拿劍，必須盡快控制事態才行，他們一個是人王，一個是精靈王子，打起來是要拆房子的！

花藤飛向摩恩，他揮舞鐮刀一根根砍碎，更多的花藤卻隨即竄上，纏住他的手腳，鐮刀頓時脫手。他揚起斗篷下的臉冷冷一笑，鐮刀立刻自行揮落，在摩恩身旁繞了個圈，宛如寵物般靈活聽話地回到他手中。

摩恩懸浮在空中，傲然地俯瞰修：「夜叉王，你只有這點本事？」

修的長髮披散，幾乎遮住了他的臉，讓他看起來像是月光下的惡鬼，綠幽幽的眼睛在綠髮間若隱若現，染上冷酷陰森的笑意：「哼，好久沒活剝你們精靈了，正好拿你做標本——」

見修的綠眸睜圓，咧到最大的恐怖笑容出現在臉上時，我立刻大喊：「都給我住手！」

修頓時一怔，轉動視線朝我緩緩看來。他的脖子沒有動，只有那雙眼睛在動，在夜裡看起來相當懾人。

我持劍站到他面前：「你給我回去睡覺！」

他有些茫然地看著我，像是一下子變得不認識我了。

我看著他呆滯的雙眼，沉下臉：「睡糊塗了嗎？連自己的王妃都不認識了嗎？」

我舉起劍，指向劍身上的戒指，鑽戒在月光中閃爍耀眼白光。

修立刻睜大眼睛，慌忙低下頭跪坐回床上：「我……我的王妃……我的愛……我的女王大人……我這就去睡覺……」

「哈哈哈——」身後赫然傳來摩恩的大笑聲：「女王大人？哈哈哈！堂堂人王居然跪在一個女人面前，哈哈哈！」

修放在膝蓋上的雙手立刻攥緊，殺氣再次湧現。別說他了，我現在也想好好修理一頓後面那個混帳！

我緩緩扯下眼罩：「摩恩，我今天要讓你也跪在我面前！」

我扔開眼罩，將力量匯聚在聖劍上，轉身一劍揮向摩恩，金色光束由劍尖射出，擊中他的一縷長髮，那縷長髮頓時化作金色細沙，飄飛在空氣中。

摩恩徹底僵立在原地。我直接躍上陽台，冷冷看他：「你以為你真的瞭解我的力量嗎！我很樂意

把你燒成沙！」

說完，我毫不猶豫地躍下，直接撲向摩恩！

隨著我一聲大喊，花藤已然飛過來捲住我的腰，讓我在空中宛若飛翔般的追上摩恩！

「修！接住我——」

摩恩驚訝地望著我，我要讓他知道一而再，再而三惹怒一個女人的下場！

我撲到他身前，直接揪住那布滿暗紫色花紋的脖子，憤怒地說：「是想死還是做我的奴隸？」

我用力掐緊，他立刻裝模作樣地笑著：「不要啊，那那！我只是跟妳鬧著玩——」

「我現在可沒心思跟你鬧著玩！」

我掏出靈川的手鐲，摩恩的視線立刻緊張地鎖定它。

「我曾經相信你，你卻又一次欺騙我。你說得對，死神的眼淚不能信，你的話更不能信！我本來想直接把你趕回精靈國，但那樣太便宜你了！你就做我的奴隸吧，等我滿意了再放走你！」

我拿起手鐲，準備扣上他的脖子，他立刻伸手抵抗，神情變得正經無比，著急地大喊：「我是真的擔心妳才回來的！」

儘管望見那雙紫眸裡的認真，我仍舊瞇起雙眼，沉聲冷笑：「我會相信你才怪，死神殿下！」

他連忙抓住我的手：「我答應不再碰妳，只要妳別給我戴這個東西！妳放心，我不會走，會留在妳身邊。」

我斜睨著他：「我憑什麼相信你？」

他以鐮刀指向我身後：「那變態醒了，妳以為我還能靠近妳嗎？」

我順著鐮刀方向回頭，望見修正披頭散髮地站在陽台欄杆上，一雙綠幽幽的眼睛在月光中泛著殺氣，綠色玫瑰般的花紋在他的脖子上盤繞，渾身芒刺，散發出妖冶恐怖的氣息。

我再回頭看看摩恩，發現他身上的花紋正慢慢消退，可以看出他對我已然放下敵意。

我收回手鐲，放開他的脖子。他徹底鬆了口氣，收回鐮刀，並隨著暗紫色光芒綻放而恢復成迷你精靈大小，在我面前翻飛。

「那那，月光讓我的精靈之力變得無比充足，妳要不要來一些？」他朝我嘟起有些泛紫的嘴，拍馬屁似的要提供精靈之力給我。

我對他揚唇一笑：「好啊。」

那雙邪魅的眼睛頓時笑咪咪地拉長，我卻在此時看到花藤從摩恩身後再次出現，充滿殺氣。莫非修吃醋了？他不是瘋了嗎，居然也會吃醋？

摩恩朝我的臉緩緩飛來，那些花藤也保持一定距離跟隨，看來沒我的命令，修也不敢攻擊摩恩。見摩恩即將抵達我的面前，我以迅雷不及掩耳之勢拿起手鐲往他頭上一套，手鐲瞬間縮緊，再次鎖住他的脖子。

他驚詫地看我，拉住鎖住他脖子的手鐲，紫眸瞪到最大：「妳居然騙我？」他憤怒地拍動略顯透明的紫色小翅膀，在我面前翻飛大吼：「妳這個該死的女人！」

我雙手環胸，對他冷冷一笑：「我有承諾過什麼嗎？我剛才有答應不把項圈戴在你身上嗎？像你這種陰險狡詐的騙子，我怎麼可能再毫無戒心地相信你？我最多不會把你和修拴在一起。」

摩恩恨恨凝視我，隨後慢慢別開臉。

我把戒指套在自己的手指上，拉了拉，摩恩的身體立刻被我扯動。他忿然看我：「夠了，別把我當成寵物！」

「哼。」我好笑地看他一眼：「你現在是我的俘虜，還有什麼資格討價還價？」

我指指自己的右眼，這可是對他最大的威脅。

「妳！」

他咬牙切齒地瞪著我，我轉身對修揚揚手，隨著他轉身躍下扶手，花藤也把我輕輕帶回陽台。

我緩緩落地。披頭散髮的修蹲在床上，陰森森地望著飛在我身邊的摩恩，問道：「我能剁了他嗎？」

我對修搖搖頭：

「不可以，他還有用。你睡吧。」

我走到床的另一側，邊走邊脫掉被摩恩咬壞的禮裙。

修低垂目光：

「那……妳還睡我旁邊嗎？」

「不睡床上難道要我睡地板？」

我躺回床上，摩恩飛快地竄到我身邊，隔著我的臉戒備地盯著修。

安靜了片刻後，修直挺挺倒上床，我拉起毯子蓋在他身上，他忽然轉身撲抱住我的腰，貼在我的手臂旁。

「你們這樣太過分了！」摩恩憤怒抗議。

我沒看他，厲聲表示：「閉嘴！再吵就把你和修拴在一起。」

摩恩立刻噤聲。

修的胸膛起伏了一下，呼吸漸趨平穩，我也逐漸放鬆身體。

感覺到修的身體有了肉感，顯得柔軟而溫暖，真是不可思議的改變，像是枯萎的植物再次恢復生機。

然而讓他再次飽滿的養分僅僅只是睡一覺嗎？

或許還有其他我所不知道，或是我沒有察覺到的存在吧。

修都曆蒙特三世六年九月三十日，這一天成為修都歷史上最重大、也最具象徵性的日子，那堵圍住修都一百五十餘年的圍牆，將在今天被推倒。

所有百姓聚集在廣場、道路，或是自家的屋頂觀看這一盛事。

當神聖的號角吹響時，我仍躺在床上。

不用再擔心修解剖我，也不用再擔心摩恩偷襲，讓我安心了不少，睡得特別安穩。

也許是因為身體知道接下來又得度過一段漫長旅程，於是對床格外依賴。

「嗚——嗚——」

我在號角聲中醒來，愣愣看了一會兒帳幔，隨後猛然驚醒！我明明答應菲爾塔要幫他推倒圍牆的。

我揉揉眼睛，看向左邊，修仍然睡得香甜；再看向右邊，摩恩睡得很自在，他是小精靈，枕頭對他來說大得像泳池。

我摸上右眼，發現自己沒戴眼罩，於是再次看向修，綠色長髮正散落在他的臉上，露出修長的脖子，肌膚不再像乾屍般蒼白無光、甚至透出一種死人的青綠色。此刻他的膚色正常，帶著十六歲少年特有的白嫩，隱隱透出一種恰似花瓣沾上露水的珠光。淡綠色的玫瑰神紋也收斂芒刺，溫柔地貼合在他的頸項上，朵朵綠色的花苞羞澀地躲在領口處，在陽光下含苞待放。

我輕推他：「修，起來了，我們今天要走了。」

他睜開眼，緩緩坐起，長髮滑落頸項，在晨光中劃過一道道迷人的流光，接著或垂在身上，或散在大腿上，他低著的頭在綠髮後方若隱若現。

我將戒指脫掉，起身下床，這樣就不用拖著尚在熟睡的摩恩。

「準備一下吧，今天我們要離開修都，前往靈都。你有行李嗎？」我一邊走到更衣室一邊問。

「行李……行李……哦，有，有，我有！」

他看起來依然有些恍惚，但已經比剛找到他時好上許多。當時的他渾渾噩噩，瘋瘋癲癲，總是沉浸在自己的世界裡，狀況佳時會答個兩句，狀況差時則完全沒有反應，今天他卻能跟我正常對話了，雖然仍顯得有些遲鈍。

我脫下襯裙，再次換上冒險服，俐落的短髮在戰鬥中不會成為累贅，戴上眼罩後，我再次化身叢林女俠！

我將聖劍繫在背後，高度剛剛好。走出屏風後，我望見修仍呆坐在床上，於是隨手從化妝台上拿起一條綠色髮帶和梳子，走到床邊朝他伸手：「來。」

修不敢抬頭看我，顯得有些膽怯而自卑，遲疑地將手放上我的掌心，看見那白皙飽滿的手指，我頓時寬心許多，握住他有了肉感、不再像骷髏般的手，把他拉到晨光下的陽台上。

修比我略矮一些，十六歲的少年並未發育完全，長生不老的詛咒讓他的身體永恆地停在那刻。

我替他梳頭，滑順的長髮垂落腰際，多年未經修剪的長髮參差不齊，我將他腦後與左鬢邊的長髮

編成簡簡單單的一串長馬尾，以髮帶束住尾端，掛在他身前。

接著，我把他剩下的右側長髮慢慢編成辮子，東張西望地想找樣東西固定髮型，腦海中隨即浮現一個想法。我有些激動地對修說：「捏緊，別讓辮子鬆了。」

修聽話地捏著自己的辮子，始終沒有抬頭，真是個乖孩子。

我跑回房內，從華麗的帳幔上剪下金色的絲條，它精緻得像是現成的中國結。我回到修身邊——他仍維持捏住辮子的姿勢——將漂亮的絲條繫在他的辮子上。

絲條中央有著一個金色小繡球，非常可愛，和他的綠髮也非常相襯。

我開心地轉過他的身體，想看看替他梳妝後的效果，卻瞬間怔立在陽光下。

那幅畫上神氣的美少年回來了！

雖然修仍低垂臉龐，但他的肌膚變得粉嫩而不再蒼白，臉上也不再掛著濃濃的黑眼圈，微帶一絲不安的表情讓他像隻惴惴不安的小鹿。儘管態度與從前差不多，然而氣色恢復後感覺便完全不同，之前是乖張可怖，現在是楚楚可憐。

「我、我、我、我看起來還好嗎？」他抬頭看了我一眼，又匆匆垂下臉，緊張地搓著雙手。

我微笑地說：「很好看。」

他的神情放鬆下來，開始自言自語：「我要去見父王母后……我要去見父王母后……」

說完，他走到陽台邊揚起手，花藤自上方垂落，捲起他的身體。他匆匆瞥向我，抬起右手：「我去拿行李……等我……等我……」

「好，我等你。」他飛快地朝城外而去。

我立刻轉身收拾行李，吃的用的加起來又是一大包，幸好風鼇夠大，什麼都能帶上。

「唔……」房內傳來某人懶洋洋的聲音：「嗯……嗯……」

我皺起眉頭，這混帳醒來時的聲音還真夠騷包！

「嗯……那那……嗯？那瀾！那瀾！」

聽到摩恩高聲吶喊，我朝房內看去，發現他正拖著銀鍊翻飛尋找，最後終於看見我，紫眸中浮現一絲安心。我瞬間有種他像是怕被我拋棄的錯覺，不過混帳如他應該不太在意這點才對。

「快去準備一下，我們要出發去靈都了。」我說。

摩恩飛到我身邊，甩起掛在脖子下方的戒指：「這麼急著去見靈川？我看妳的真愛是他吧？」他的口吻有些陰陽怪氣。

我取回戒指，套在手上：「我在這個世界不會愛上任何一個男人，你不用再亂猜了。」

摩恩一愣，我提起包袱朝他扔去：「拿好，寵物。」

「妳！」他提著幾乎跟我一樣大的行李，憤怒地瞪大雙眼。

我走上陽台呼喚風鼇，風鼇飛了過來。摩恩將我的行李放到帳篷裡，隨後飛到我的肩上。

「我們去城牆吧。」我說。

風鼇頓時飛起，迎面而來的風揚起我的短髮和眼罩的繫帶，摩恩像以前的伊森那樣抓住我的頭髮。

「我已經告訴伊森的父王，說他愛上了一個凡人，所以妳放心，他的父王一定不會讓他再離開精靈之域了，這方法比讓伊森知道妳和靈川的事更好！」

感激之情頓時在我心中油然而生，但僅僅針對這件事。

「謝謝，你這麼為伊森考慮，是不想讓他傷心嗎？你很愛伊森？」

「我才不愛他！」摩恩鬱悶地大喊：「不要把我跟那個娘娘腔扯在一起！只是因為等他醒來還要很久，我沒耐性！」

「你急著做什麼？」

「當然是——」他話鋒一轉，故作隨興地飛到我面前說：「我可是死神，得忙著收亡靈，要不是修都這裡有動物死去，我怎麼能過來？」

我納悶地望著他，他轉頭整理自己的長髮。

眼下已是修都高高的城牆，耳邊傳來修都百姓的呼喊聲。

「那瀾姑娘——」

「那瀾姑娘——」

他們在下面朝我揮手，我同時看到高站在城牆塔樓上的菲爾塔和拉赫曼。

風鼇飛到他們面前，菲爾塔激動地朝我看來，拉赫曼興奮地說：「那瀾姑娘，快請您的龍幫我們推倒城牆吧。」

正說著，城牆外的樹林忽然晃動起來，並傳來熟悉的奔跑聲。菲爾塔面露喜悅，拉赫曼卻緊張不已，士兵們惶恐地盯著樹林，牆內的百姓也有些害怕。

「嗷——」怪獸之王從樹林裡竄出，重重落在城牆下，後頭緊跟著一隻隻巨大怪獸。

城牆上的所有人都畏懼地看向他們的王。我朝菲爾塔伸出手：「菲爾塔，證明給大家看！」

「嗯！」他鄭重地點點頭，走上風鼇，拉赫曼見狀也趕緊跳上來。

見風鼇緩緩降落，怪獸之王低下頭。菲爾塔伸出右手放在牠的眉心上，溫柔地看著牠的家族：「歡迎你和你的家人加入我們這個大家族。」

「嗷——」這一聲長吼代表對他深深的感激，一旁的拉赫曼以崇拜的目光望著他們的王。

「快幫牠們取個名字吧。」我高興地對菲爾塔說。

菲爾塔點點頭：「其實牠們早有名字，只是我們因為懼怕而稱牠們為怪獸。我這就把名字還給牠們——巨木獸！」

「獸？不如就叫龍吧，聽起來比較威猛，也象徵你們的新開始。」我笑著建議。菲爾塔看了我一會兒，也激動地說：「好，就叫龍！巨木龍，牠們叫巨木龍——」

他轉身對自己的士兵和臣民大喊。

巨木龍王忽然前腳半跪，我立刻推了推菲爾塔：「快，龍王邀你坐到牠身上！」

菲爾塔驚訝得呆立在原地，我笑著把他往巨木龍王推去。

他小心翼翼地騎在龍王頸項上，龍王隨即站起，拉赫曼欽羨地看著菲爾塔，忽然大喝：「王——萬歲——」

菲爾塔高舉聖劍，崇敬的呼喊頓時響徹雲霄！

「王！」

「王！」

「萬歲！」

「萬歲！」

他收回聖劍，向我道謝：「謝謝妳，那瀾姑娘，我永遠不會忘記妳帶來的這一切！」

「真受不了！」摩恩以單手撐著我的臉，受不了地直翻白眼：「吃著碗裡想著鍋裡，他這麼快就忘記那個聖女了？」

可惜沒人能聽見摩恩的話，所以我也沒有搭理他，只是看向城牆：「要是讓風龘推倒城牆，會砸壞這裡的建築物；然而牠的身體過於龐大，也無法站在城內往外推。」

「那該怎麼辦？」菲爾塔看向那堵高大的圍牆。

我猶豫地問：「菲爾塔，你確定要推嗎？其實不推也沒關係。」

「不，一定要推！」他異常堅定地說：「歷經一百五十多年後，這堵牆已經不再只是牆，它成了修都百姓心裡的一道阻礙。唯有推倒這堵牆，我的臣民才能勇敢地走出去，不再躲在圍牆後。」

我總算明白推倒這堵牆的意義，並非在眼前，而是存於修都人的心裡。

「沙……沙……」

樹林裡突然傳來奇怪的聲音，宛如樹葉被風吹起的浪聲，但此刻沒有風。

一旁的巨木龍顯得惴惴不安，連風龘也陷入特殊的緊張情緒。

「怎麼了？」菲爾塔問。

我看向四周，總覺得這股感覺相當熟悉，該不會是——

「那變態來了！哈哈，有人要倒楣了！」耳邊傳來摩恩幸災樂禍的聲音。

「不好，你快後退！」

我立刻轉身警告菲爾塔，然而他還來不及反應，一根巨大的毒藤已經連同他和巨木龍王一起高高捲起。

「王！」見拉赫曼拔劍打算衝上前，我立刻大喊：「修，把人給我放下！」

捲起菲爾塔的毒藤慢慢落下，眼前的樹林隨即向兩側打開，斜背藥箱的修緩緩出現，低頭走到風鼇面前。風鼇緩緩伏下，我一躍而下，與此同時，菲爾塔也被放在地上。

我看著沉默不語的修，一時不知道該如何反應。

「對、對不起……」他小聲輕喃，為了藏起臉上慌張的神色，頭壓得更低了，同時不安地搓著手，視線又開始四處游移。

我嘆了口氣，伸手抱住他，他依然有些不安，宛如失去親人的小鹿。

「下次不要襲擊我身邊的男人，我只是在跟他們談事情。」

「嗯……嗯……」他輕輕允諾。

「沁修斯殿下！殿下！」見赫馬長老開心地遠遠跑來，修匆匆躲到我身後。「殿下，看見您的氣色轉好真令人高興！您留下來吧，修都需要您——」

聞言，站在一旁的菲爾塔顯得有些尷尬，但拉赫曼仍忠心耿耿地望著他。

赫馬長老在菲爾塔面前說出這樣一番話，雖說是肺腑之語，期待得到人王的守護，但還是讓菲爾塔尷尬，似是他沒有能力保護好修都百姓。

我立刻說：「赫馬長老，修還沒有完全正常，他剛才還襲擊了菲爾塔。所以，為了修都人的安全，我還是要帶他離開。」

「哦哦哦！」赫馬長老連連點頭：「我們會永遠等著沁修斯殿下康復的一天。」

一隻手從我身後緊緊握住了我的手，我笑了，點點頭，轉身看修：「修，你能不能把那堵牆拆了，並且不砸到周圍的建築？」

修慢慢抬頭，嘴角開始咧開，興奮地直直看著我：「當然可以……」

他果然還沒恢復正常。

「那你去吧。」我撫過他臉側的髮辮，和繫在髮辮上的金穗。

修轉過身看向圍牆，我立刻讓城牆上的人下來。

等人疏散後，修緩緩抬起雙臂，花藤從四面八方而來，匯聚在他的腳下，編織纏繞，慢慢托起了修，修朝我伸出手：「跟我來……我的愛……」

我拉住他的手踏上花藤編織的平台，當我站上時，綠色的平台開始上升，參天的樹木緊跟著搖曳起來，綠色的樹葉立刻掀起了一層又一層綠色的波浪。

「變態的神力果然厲害……」摩恩感嘆地看著周圍樹木的異動。

那些巨大的、參天的樹木像原始森林一樣地粗壯。

忽然間，一根根粗大的樹根從泥土裡爆出，一直到城牆之下。接著，樹根爬上了城牆，如同活物一般鑽入城牆的裂縫之中，給人一種毛骨悚然的感覺。

當黑色的樹根布滿高大的城牆時，修張開的雙臂倏然上揚，登時，鑽入城牆裡的樹根快速而猛烈地爬行起來，像是無數條鎖鍊，將城牆扎得千瘡百孔。突然，他興奮地將雙臂揮開，宛如交響曲的尾聲，城牆在我們的面前轟然倒塌，化作了一片塵埃。

巨大的城牆塌落時甚至幾乎沒有聲音，如同瞬間風化一般消失在我們的面前。

重重的煙塵覆蓋了整個天地，在這一片濃濃的煙霧中，黑色的樹根正在悄然退去。

一個接著一個人影，慢慢地從那煙塵中而出，他們相互攜手，相互攙扶。

一個孩子突然跑出了煙塵，歡笑地站在燦爛的陽光下大喊：「我們出來啦——我們出來啦——」

一陣風忽然吹來，在帶起樹林「嘩嘩」聲的同時，也一下子吹去了煙塵，無數男女老少已經站在了原本的城牆外，激動地仰臉看著牆外的天空。

城牆真的像是灰燼一樣堆在原來的位置上，我激動地看向修：「修！謝謝！」

他咧著嘴慢慢低下頭，雙手擰成拳頭在身前：「妳……妳高興就好……就好……」

「那順便把道路清理出來吧，還有能不能用你的植物保護修都人？外面的怪獸還是挺多的。」

「沒問題，沒問題。」修對我的要求沒有半句不從。

我帶著修站在風龞的頭頂，菲爾塔帶領他的士兵騎上巨木龍在下跟隨。修用他的神力為菲爾塔開闢了原本在修都地圖上擁有的所有道路。這些道路只是因為修都人常年沒有走出來，而被巨大的樹木遮蓋。

修的神力可以讓植物變成活物自動移開，道路再次成形。修都人甚至發現了更多的建築和田地，這讓他們興奮不已。

我們的道路一直開闢到聖光之門。當菲爾塔和赫馬長老還有修都百姓看到巍峨的修都之門時，他們震撼了。

最後，我和修驅逐了名為巨鯨獸的怪物，也就是那天和巨木龍搶奪棲息地的大型食肉動物。

我們在邊界築起厚厚的森林圍牆，那些參天的樹木交織之後，任何怪物也無法進入！

我們對巨鯨獸也沒有趕盡殺絕，只是讓牠們遠離人類，牠們在我們的驅逐中找到了新的棲息地，並安定下來。

忙碌了一天後，我們停在巨大綠樹的門口，這裡將成為修都新的大門。

菲爾塔神情複雜地看著我，隨後忽然大步上前緊緊擁抱住了我，像是對好友、戰友和兄弟一樣的擁抱。

「那瀾姑娘！謝謝妳！」

他感激地說著，但我已經感覺到了濃濃的殺氣，不僅來自於修，摩恩那裡的也不小。

我立刻推開菲爾塔，改握住他的手。修跟伊森不同，伊森是正常的，他有理性，知道該如何克制，但修我實在不敢保證。所以為了身邊男人的安全，還是遠離他們比較好，即使只是朋友關係。

「菲爾塔，不要這樣，你也幫我找到了修，鑄成了聖劍。」

菲爾塔有些靦腆地笑了，緊緊握住我的手：「是妳讓我開了眼界，走出圍牆，看到了外面的世界，也知道有更好的女人值得我去喜歡。」他抬眸深深朝我看來，我微微一愣，立刻說：「時間不早了，我要走了。再見，菲爾塔，我還會回來的。」

「我等妳！我的朋友！」他緊緊握了握我的手，隨後放開。

風龘站起了身體，我與菲爾塔的距離越來越遠……

「真不錯！妳又迷住了一個男人。」摩恩在我耳邊陰陽怪氣地說著。

我懶得看他：「菲爾塔說了，我們是朋友！」

「朋友？哼，那是他知道自己配不上妳。」

我遙望站在下面目送我的菲爾塔，還有他的將軍拉赫曼。來到這個世界之後，恰恰是普通的凡人男人，給了我應有的尊重，無論是安都的扎圖魯、巴赫林，還是修都的菲爾塔和拉赫曼。

而和我來自同一個世界的人，我卻再也沒有半絲掛念。如果明洋不變成魔王，如果林茵不是這樣的死心眼……我忽然發覺我的孤獨不是源於身處另一個世界裡，而是和自己同一世界的人卻和自己生活在不同次元。

修再次拉住了我的手，他低著頭緊緊挨靠在我的身邊，不知不覺間，我也成了別人的依靠。

忽然間，一陣帶著淡淡鹹腥味的風迎面而來，面前的地平線上，慢慢出現了一線藍色，那條藍線越來越寬廣，成為了一望無際的大海……

靈川，我回來了，你一定要堅持住！

在世界地圖上，大海是靈都和修都之間的天險，也是讓伏色魔耶和涅梵最為頭痛的地方。即使擁有神力的人王們，也無法瞬間穿越大海，並且還要受到海上天氣的影響。誰也沒涉足過這片大海，因為有聖光之門。

傳送門的存在讓大家變得偷懶，失去了冒險精神，只是像作弊一樣來往於各個國度之間。

我想起自己玩遊戲，也是有回城券用回城券，有瞬移各大主城的技能就用技能，很少人會傻呼呼地騎著馬從這個主城跑到另一個主城，更別說有些路段怪物多，一旦迷路就有死亡的危險。

坐在帳篷裡，我拿出了筆和筆記本，要修坐好，輕輕整理一下他的頭髮。他很乖，一動不動，像精緻的大娃娃一樣任我擺弄。

「乖乖坐好，不要動，我給你畫畫。」漫漫長路只有靠畫美少年來解悶了。

修變得十分緊張，抬起手臂遮住自己的臉：「我……我是怪物……是怪物……」

「誰說你是怪物？」我放下他的手，他呆呆看我。我溫柔地注視他：「你知道嗎，你的母后曾經出現在我面前讓我好好照顧你，所以，你不是怪物，你要快點好起來，不要讓你母后再擔心了……」

「母后……」他的綠瞳在我的話語中漸漸失了神，呆呆地坐著，像是被人放置一旁的木偶。

我開始給他畫畫。銀鍊劃過我的面前，摩恩好奇地飛落看著：「妳還會畫畫？」

我很快畫出了修的容貌，摩恩的神情也變得驚訝起來：「畫得不錯啊！」

當我畫出修通透的雙眸時，摩恩忽然貼上我的臉，用他的身體磨蹭：「也幫我畫一張啊！」

我白他一眼，他眯起了眼睛：「女人，妳知道變態神力的發揮需要植物嗎？這裡是大海，可沒有植物喲！」

他的話讓我一驚，心中擔憂之時修忽然動了，他像是察覺了什麼，默默地翻騰起自己的藥箱，然後居然從裡面端出了一盆仙人球。

「噗！」我一下子噴笑出來，而摩恩的臉已經完全抽筋：「你這個……死變態！」

摩恩的話修自然聽不見，但是摩恩說過，修是唯一一個能感覺到他們存在的人王。

修把仙人球放到身邊，對我咧開了嘴：「忘記拿出來了……大海的植物太深，影響我的神力，我可以用這個對付那隻蒼蠅，呵呵……呵呵呵……」

我立刻問：「怎麼對付？」

「就像這樣……」修倏然以右手揮過我的面前，仙人球上的針葉立刻嗖嗖飛出，那些針葉迅速在空氣中變得像銀針那麼長，直朝摩恩而來，摩恩「啊！」一聲飛起閃避，結果因為地方太小，他撞在了帳篷上，根根針葉正好分別扎在他的雙肩和下身之間。

摩恩低頭看看正中央垮下的針葉，嚥了口口水：「他到底是怎麼感應我們的存在的……怎麼能那麼準……」

「噗！」我再次噴笑，摩恩憤然而不甘地朝我瞪來，修忽然興奮地把仙人球拿到我的面前，咧著嘴詭異地笑著：「這是我最喜歡用的植物，用它抓小精靈很方便……可以把他們釘在牆上做標本……嘿嘿嘿嘿……」

他陰森的笑容瞬間讓摩恩的臉白了，他的臉本來是古銅色的，現在是白裡透紫。

修愛惜地摸著自己的仙人球：「你真棒……真棒……」然後像寶貝般的放到自己身邊。

摩恩嚥了口口水，轉而繼續朝我憤怒瞪過來：「妳就這麼縱容他欺負我？」

我立刻說：「別動，我幫你畫畫！」

摩恩一愣，暗紫的眼睛眨了眨，居然立刻伸手開始整理自己的頭髮，然後他直接拉開自己的衣服露出健碩的胸肌、腹肌還有性感的人魚線，展現出他的野性和邪魅感。

說實話，在看到摩恩秀出自己半裸的身體時，我確實臉紅了一下，摩恩性感半裸的身體還是刺激到了我，尤其是他脖子上仍戴著那個項圈，我們之間相連的銀鍊，讓他有了一種特殊的、讓人想去揉虐的誘惑力。

我定了定神，開始畫了起來。

「畫好看點，不然本殿下不饒妳！」他瞪我一眼，我開始不由自主地給他的身體加上了傷痕，可

是畫到最後有點像吻痕。

天啊，怎麼越畫越糟糕了。

畫上的摩恩像是被鋼釘固定在牆壁上，血跡斑斑，脖子上的項圈讓他像是男寵一般恥辱地活著。鍊條的另一邊是半隻立體的大手，大手捏著鍊條，怎麼看都像是在凌虐牆壁上的摩恩。

我想以摩恩的性格一定會撕碎這幅畫吧？看來得私下收藏了。

「很適合他……」修突然出現的聲音讓我一時僵硬，他不知何時跪坐在我身邊，盯著我手裡的畫。

修，我知道你非常變態，所以欣賞這種變態的藝術；但是這種畫自己收藏就好，還是別讓本人知道吧。

「妳到底畫了什麼？」摩恩要過來看，我立刻揚手：「別動！還沒畫完，你一動畫就亂了。」

摩恩有些緊張地退回原位：「說得對，本殿下的畫像可不能馬虎。」

我立刻換一頁，重新老老實實給他畫了一幅素描，然後放到摩恩面前：「怎麼樣？還滿意嗎？」

「不錯啊！」摩恩拍動小翅膀，飛到畫像前左看右看，像是照鏡子，然後看看自己的身體：「怎麼有點胖了？肌肉不明顯啊……」他開始用力，腹部突然又多出兩塊小小的肌肉，他用小手指了上去：「快！本殿下是有八塊腹肌的！」

我忽然有種想抽他的感覺，拿回本子再加了兩塊，他飛落本子上又開始指指點點：「肌肉線條畫深一點，還有這裡是贅肉！擦掉擦掉！」

「煩死了！」我終於忍不住地一本子拍了上去，摩恩被我拍上了帳篷布，「啪」的一聲，像以前伊森一樣緩緩滑落。

「本女王畫畫時不許任何人插嘴！給我去睡覺！」我把本子一扔，修立刻惶恐地爬回自己的角落縮成一團，抱住膝蓋，還從膝蓋之間露出一隻眼睛怯怯地看我。

「……………」

氣氛頓時變得尷尬無比，以前是我怕他，現在他卻怕我。

隨著時間流逝，帳篷裡越來越陰暗，外面已經入夜了。我鑽出帳篷，外面是冰冷的海風，天空陰沉得可怕，下面是波濤洶湧的大海。

我靠在風鼇的犄角旁，整個天地分不清方向，只有風鼇在冰冷的海風中帶著我們前行。

「女王大人……」修掀開了帳篷的一角，露出顯得惴惴不安的半張臉龐：「回來吧……外面……黑……」

外面是黑了。只一瞬間，外面已經全黑。澈黑的天空和澈黑的大海，連金沙的流雲也不可見，只有一輪明月高懸空中，像一盞路燈照出狹隘的一片區域。

「女王……大人……求妳……回來……」他惴惴不安地看著四周：「我怕……怕……怕黑……」

我有些驚訝地看修，我以為變態是喜歡黑暗的，卻沒想到修……

我起身走回帳篷，他一下子抱住了我的身體，不安地看著四周的黑暗，咬著自己的手指。

「別怕，有我，我們睡吧。」我抱住他一起躺下，捂住了他的眼睛：「像平時睡覺一樣，閉上眼睛就行了。」

「嗯……嗯……」

他緊緊抱住我的身體，我感覺到他的手指因為緊張和害怕而緊繃起來。

自從修用仙人球針扎了摩恩後，摩恩變得老實許多。而且我也漸漸明白修為什麼選擇仙人球待在身邊，除了針可以做武器外，它還能長時間不喝水，因為一旦到了海上，淡水資源非常稀少。

為了讓我有充足的水喝，摩恩和修都開始不喝水和吃東西了。修的身體再次變得乾枯，讓我既內疚又心疼。畢竟我最初找他，是為了救靈川，而並非喜歡他。

至於摩恩這個有前科的傢伙，無論他做什麼，我都不會感動的！

海上的行程十分枯燥，我們不是待在郵輪上，有豐富的節目；所以，手機成了我們唯一的休閒工具。

每次只要我拿出手機，摩恩和修都會激動地過來看，摩恩也不再隱身，反正他在修面前隱身也是徒勞的。這段時間，是他們唯一和平相處的時候。因為摩恩會玩手機，而修不會，所以修只是在旁邊看摩恩玩手機。

風鼇的速度非常快，但因為沒人探索過這片海域，所以也不知道到底還有多久才會到靈都，我準備的食物開始慢慢減少，不過幸運的是每隔一段距離，會有無人的小島，可以到島上找淡水和食物。而摩恩和修也會給我抓海魚螃蟹做食物。我會讓他們一起吃，因為我不想看修又變成乾屍的樣子。

但是，只要一起飛，他們又會不吃不喝，把食物和淡水全留給我。

轉眼已在海上航行了七天，食物又快沒有了，修也變得乾瘦，像是正在慢慢枯萎的玫瑰。

然而修顯得一點也不在意，正是他的完全不在意，讓我更加心痛和內疚。

「修，喝點水。」我把水壺放到他面前，他呆呆地看著自己的仙人球，搖搖頭。

「喝點！」我生氣了，拿起他乾枯而毫無光澤的手，他慢慢朝我轉過頭，嘴角再次咧到最大：「沒關係的……我的女王大人，妳喝……」他又把水推回給我，我心裡一陣梗塞，難過得快窒息。

「給我喝一點！」摩恩飛過來，我一把拿回水壺：「這是給修喝的！像你這種死神不喝水也死不了！」摩恩是暗夜精靈，精靈和人王不太一樣，他們可以從陽光和月光中補充能量。所以每到晚上，我都會放摩恩出去曬曬月亮。

摩恩沉下了臉。忽然間，外面的風大了起來，修像是感覺到了什麼看向帳篷外，修的能力來自於植物，植物比動物的感覺更加敏銳。

可能有什麼不對勁。我立刻掀開帳篷，摩恩也飛到我的臉邊，我迎風看去，卻是無邊無垠的天空中金色的沙雲在匯聚，很快染上了黑色，裡面金色的閃電不斷交錯。

「那是什麼？」摩恩困惑地問我。我狐疑地看著他：「沒見過暴風雨嗎？」

「暴風雨？我們暗夜精靈是死神，我們的世界怎麼會有暴風雨？」

和摩恩說話間，那團暴風雨又近了一些。從暴風雨的速度判斷，我們得趕快找一個地方躲避。

「風鼇，附近有沒有小島？」

「嗷——」風鼇給了我答案。

「那全速前進！」

「嗷——」風鼇立刻朝前方快速前進。

風鼇的速度已經是奇快，哪知暴風雨的速度也不慢，很快的，我們的上空變得陰沉，逐漸劇烈的風開始吹來了零星的雨點。

在我拉著摩恩趕緊回帳篷的時候，雨瞬間落下。「嘩——」劈劈啪啪打在我的帳篷上，下面的海水掀起了滔天巨浪，巨大的海獸在裡面隱隱可見。

風鼇不得不降低高度飛行，以免被暴風雨裡的閃電擊中。

修害怕地抱緊自己的仙人球，在帳篷的角落發抖。

喀擦！忽然，閃電劃過我們的上空，修一下子朝我撲來。

砰！我被撲倒在風鼇的脊背上，他害怕地緊緊抱住我。

「呿，這個瘋子倒知道找機會占便宜。」摩恩陰陽怪氣地說著。

喀擦！忽然又是一聲，摩恩也朝我撲來：「那那，我怕怕！」

「滾！」我直接一掌拍開，感覺到風鼇正在快速下降。

我抱住修坐起，打開帳篷一邊的小窗戶，外面的雨已經大如傾盆，豆大的雨點砸在手上是深深的疼。不遠處，一條條金色的閃電和大海相連，如同形成了一張可怕的金網。

忽然，金光掠過我的面前，直接擦過了風鼇的身側。立刻，我看到被閃電擊中的地方瞬間化作一縷金沙，飄散在雨點之中。

「嗷——」風鼇痛苦地喊了一聲，急速地朝下面墜去！

「風鼇！」

「別管風鼇了！妳抱不動牠！」

摩恩倏然變大，從我身後直接抱起我及我抱住的修，一起飛出了帳篷。

雨水瞬間打濕了我的身體，摩恩帶我們飛在空中，我眼睜睜看著風鼇在風雨中墜落。下面正好是一座巨大的小島。

「修，快救風鼇！」

修猛地抬頭，登時，樹藤快速從小島中竄出，直接衝向了夜空，纏住風鼇的身體，減慢了牠的墜勢，將牠緩緩放在小島白色的沙灘上。從高空往下看，風鼇成了白色沙灘上的一條小黑蛇。

喀擦！又一道閃電劃過我們身邊，修登時害怕地捂住耳朵，我從身後環抱住他，摩恩則抱著我。我立刻對摩恩說：「快上去小島，別給閃電擊中，會灰飛煙滅的！」

「什麼？」他驚得立刻降落身體，朝小島飛落。

雖說是小島，但其實很大，從上往下看，也是相當大的一片陸地了。

我們降落在風鼇的身邊，我在雨中跑到風鼇的臉邊，摸上牠被雨水打濕的臉：「風鼇！沒事吧！」

風鼇眨了眨眼睛，呼出一口氣，表示沒事。

修緊緊抱住我的手臂也已經徹底淋濕。

見風鼇沒事，我放了心：「你休息吧，等暴風雨過去我們再啟程。」

「呼……」風鼇閉上眼睛。牠在雨中不要緊，牠不怕水。

因為風鼇墜落，帳篷也已經東倒西歪，而且我們已經全身濕透，不可能在風鼇身上烤火。

「修，找個山洞吧。」

修的能力不僅僅是運用植物攻擊，還能與植物交流。他在雨中緩緩抬起了手，摩恩再次抱起我們，順著他指出的方向在雨中飛行。

樹林在我們面前分開，不遠處是一座小小的山脈，巨大的樹葉為我們撐起一片晴空，我們在樹葉之下飛行，上方是雨水敲打樹葉的「嘩嘩」響聲。

漸漸的，我看到了山洞，摩恩立刻帶我們飛了進去。當落地之時，我感覺到了一絲暖意，我怔了怔，立刻脫下鞋子，光腳踩在地上，是溫暖的！就像靈都的那些溫泉山，地面是溫暖的。

我感覺我們快到靈都了！

山洞裡漆黑一片，我看向摩恩：「摩恩，伊森能發光，你能嗎？」

摩恩朝我鬱悶地撇撇嘴：「妳當我是電燈嗎？」

「你還知道電燈？進步了啊。」

摩恩不開心地撇開臉，身體真的開始放出亮光，如同月光一般。

「妳就不能用手機嗎？」他飛在我的身邊，微弱的月光照出一片亮光，像是一隻巨大的螢火蟲。

「剛才你把我抱出來那麼急，手機還在帳篷裡呢。」

摩恩雙手環胸，在微弱的光芒中斜睨我。

可是，即使有了光，也沒有火可以取暖。我忽然有點想念伏色魔耶了，他的力量是火。

「裡面好像有溫泉……」

修沒有看我，指向山洞深處。一聽到有溫泉，我激動起來。

「溫泉！」摩恩也激動地重複，有些興奮地飛到我面前：「我給妳照亮！」他瞇眼朝我看來，我有一種芒刺上背的感覺。

先不管他了，被雨淋了讓我很不舒服，現在只感覺一陣一陣發冷。雖然有伊森的精靈之力，可是山洞裡的陰寒更增加了寒冷。

摩恩積極地飛在前面，我們往裡面走去，修緊緊挽住我的胳膊，地面果然越來越溫暖，也越來越乾燥。忽然間，山洞兩邊的山壁上開始出現暗紅色的水晶，點點水晶散發著微弱的紅光。

越往深處，紅色的晶石越來越多，它們像是植物一樣長在山壁上，閃爍著暗紅的光芒。

忽然，面前變得豁然開朗，簡直是別有洞天！出現在我們眼前的根本不是山洞，而是一個巨大的溶洞！

溶洞高闊無比，像是一個巨大的廣場，又像是一座暗藏在山洞裡的宮殿，各色晶石布滿大地，像是一座祕密的寶庫！

而晶石之間是一個又一個相連卻又獨立的溫泉池，清澈的池水因為水晶而變得光怪陸離。

嘩嘩的水從上方溶洞的裂縫中而下，形成了一條又一條美麗而壯觀的水簾。

「哇！好美！」我躍下出口，朝一條水簾下的溫泉跑去，一邊跑一邊開始脫掉外套和長褲，隨手扔在地上。

修緊緊跟隨我，摩恩快活地飛在我的身邊。

我停在溫泉池邊，清澈的泉水倒映出我的身體，我還穿著衣服的身體！

因為海上的飛行越來越寒冷，所以我穿了襯衣襯褲。

摩恩飛落我的面前，眸光閃爍地看我：「我們一起泡溫泉吧！」

「滾！」毫無猶豫的一個字。

我轉身看修：「修，泡溫泉吧，對你的身體有好處。」

他站在我面前，目光開始四處游移：「那……我們一起嗎？」

我一愣：「這個……」

「我怕……」他怯怯地伸手握住我。

我摸了摸已經完全濕透的頭：「好，我陪你。」

「喂！妳居然寧願跟這變態一起，也不願跟我！」摩恩憤怒地在我面前揮舞手臂，我立刻瞪他一眼，摩恩咬牙切齒地閉上了嘴，不再說話。

我開始幫修脫衣服。

跟修在一起，才知道照顧一個人有多麼不容易。雖說修和摩恩比一般的寵物好養多了，寵物你還要一日三餐，但他們不用，一年半載不吃也餓不死。但是，修不是寵物，更別說他的母后把修交給了我。

我脫下他濕透的衣服，再次露出他乾瘦的身體，他已經完全成為皮包骨，脖子的鎖骨、肩膀還有胸骨都那麼明顯，讓人心痛。

「修，吃點東西，別讓我心疼了。」我摸上他突出的鎖骨，他的身體微微輕顫了一下，點了點頭：「嗯……」

他脫下長褲，露出了深藍色的平角褲，然後轉身乖乖走入溫泉之中，細細長長的腿也是關節爆出，他是為了我……

雖然他是個瘋子，是個變態，他說的愛甚至有可能連他自己也搞不清楚。但是他只在乎我的一切，他的心裡只有我，再也沒有第二個人，即使是他自己。

我開始脫襯衣，摩恩的目光朝我而來，暗紫色眼睛裡的視線毫不避諱地停落在我解鈕扣的手指上，我一皺眉：「摩恩，你能不能別這樣色迷迷地看著我？如果你答應我不看我脫衣服，我可以允許你一起泡澡。」

摩恩一愣，眨了眨眼睛，勾唇一笑，在空中轉身。

「謝謝。」我舒服多了。

「親愛的那那，妳那麼主動真是讓我意外。」摩恩背對我笑著揮舞手臂：「不過我不太喜歡有人在旁邊旁觀，妳能不能讓那變態離開？」

我想他是誤會太大了。泡溫泉嘛，男女一起很正常，不是那種色情的，而是露天大家穿泳衣的那種。

泳衣裡我也穿過比基尼，所以我不會覺得尷尬。

「親愛的那那，妳脫完了嗎？」他拍動著他的小翅膀問。

我脫掉襯衣，裡面還有一件全棉的背心，因為伏色魔耶王宮裡的侍女給我做的胸罩彈性不是很好，所以多加了件背心。我穿著背心，脫掉長褲，露出了平角褲，像是泳褲一樣，我把脫掉的衣服還有修的衣服一起扔到了水裡。

「摩恩，你去旁邊的浴池。」

我脫掉戒指，摩恩立刻轉身期待地朝我看來，隨後卻看見他的目光從期待興奮變得漸漸呆滯。最後，他石化了片刻，扭頭就飛走了，在空氣裡慢慢變大，毫不猶豫地從空中直接墜落到旁邊的溫泉池。

「啪！」一聲，濺起巨大的水花，他雙手環胸背對我，再也沒吭聲，背影看起來格外地鬱悶和陰沉。

我走入水池，先是洗衣服。修比摩恩乖很多，始終不吭聲地坐在溫泉池裡，當他的皮膚吸飽水分之後，他也會重新恢復活力。

這是一個很有趣的現象，靈川的力量來自於水，而修像植物一樣可以從水中吸取養分，這樣他和靈川的關係其實是相生相惜的。

而靈川跟伏色魔耶當然是相剋的。同樣，植物也懼怕火焰，所以在伏色魔耶面前，修應該是弱者。

人王之間相生相剋的力量全部來自於闍梨香，那當時擁有所有力量的闍梨香又是如何好好地控制這些力量的呢？

忽然間，水中游來一條綠色的花藤，花藤捲著水果而來，我感動地笑了，還能有誰？從沒有人會這樣無微不至地對我好，只有修，真不知道他這是完完全全的忠誠，還是他真的是無私無畏地愛著我。

我先把洗好的衣服攤在水池邊的地上，地面的溫度不熱不冷，但很乾燥，衣服鋪在上面很快會乾，這裡跟靈都的環境相當相似。

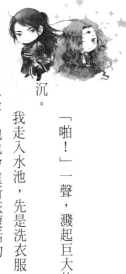

我拿起水果靠在修身邊，遞給他一個：「吃吧，這裡不愁吃的了。」

「謝……謝謝……」明明是他找來的水果，卻還要謝我。

我歡喜地揉揉他的頭，修低著頭開始吃水果。他雙手捧著水果，已經吸飽水分的手飽滿而再次富有光澤，清澈的水滴從他的手背沿著他白皙的手臂緩緩滑下，溶入同樣清澈的池水之中。

我舒服地靠上他的肩膀，他毫無反應，就像是自家的寵物，任由你當枕頭。我閉上眼睛一邊吃水果，一邊休息。

水果很甜，水分很多，讓我想起了靈都的水果，啊……那個除了水果……還是水果的地方……

我好不容易和靈川一起努力稍許改變了一下靈都，結果卻遭來亞夫如此激烈的反對。有的人害怕改變，害怕進步，害怕著未知的變化……

「修，我想要手機。」我說。山洞裡水簾的聲音變輕了，外面的暴風雨應該快過去了。

修是植物的操控者，他可以操控植物拿來任何東西。

「啪！」旁邊傳來摩恩的拍水聲，他似乎顯得很煩躁。

「摩恩，你還是走吧。」我閉著眼睛說。

「哼，想趕我走？我承認我們相識的開頭不怎麼理想，但其實我是個好人！」

「哈哈，你也算好人？」我懶懶地在修有了肉感的肩膀上調整姿勢：「如果你是好人，你應該幫我跟伊森說清楚。」

「如果妳愛伊森，我覺得這件事應該由妳親口告訴他，說不定他能原諒妳，讓妳得以左擁右抱呢？」

我驚然睜開眼睛，眼前已經是修給我送來的手機。

我拿起手機上岸，修轉臉看我，我對他微笑說道：「我是人類，沒辦法一直泡在溫泉裡，我們今晚就在這兒過夜吧。」

「哦……那我跟妳一起……女王大人……」修穿著他的平角褲爬了上來，綠色的髮辮垂在身後，他依然低著頭：「我……我……植物在溫泉裡……泡久了……會熟……」

「噗嗤！」我笑了。

「呵呵……」他也傻傻地笑了：「我馬上為妳鋪床……馬上……很快的……」他開始碎碎念，同時揮舞手臂，數量龐大的花藤頓時從四面八方聚集而至，上面滿是美麗絢爛的花朵。

「花瓣鋪床最舒服了……又軟……又有花香……但是……」他湊到我的耳邊，小聲說道：「要每天換……睡過就爛了……會臭的……嘿嘿嘿……」

花藤在溫泉上編織起來，花瓣從花藤上飄落，鋪滿了花藤編織的床。

摩恩從溫泉池裡爬起來，雙手環胸看溫泉上方的花床，撇撇嘴：「呿，真是浪費，這麼浪漫應該跟情人好好親熱一下。」

我鄙視地看他：「你滿腦子只有那種事嗎？」

摩恩對我聳起肩膀：「我們精靈是享受快樂的一族，那種事情那麼快樂，為什麼不盡情享受一下，比如……」他緩緩朝我走來，伸手捲起我臉邊的短髮：「旅途辛苦苦悶，枯燥乏味……」

「啪！」赫然間，花藤抽在摩恩不老實的手上，他立刻收回手。只見他的手背上赫然出現一條血口，金色的細沙正從裡面流出，而抽他的花藤上芒刺凸起，染上他的點點金沙。

摩恩收回手，瞇眸盯視著修，伸出舌頭緩緩舔過自己的傷口。修陰森地斜睨他，伸手扶我走上花床，我沒有同情摩恩，因為他也是可以自我修復的，這點小傷不算什麼。我看他一眼，果然，他手背上的傷痕正在緩緩恢復。

我躺在像是吊床的花藤上，很舒服，又瀰漫著花瓣的清香。

修穿上乾的衣服躺在我身邊，我自然而然地把他當娃娃一樣抱住，他揮了揮手，一片大得像被子一樣的樹葉蓋住了我們，旁邊是摩恩的冷哼：「真不會享受生活！」

修比我更快入睡，睡得很安詳，我在他均勻的心跳中，也慢慢入睡。

睡夢中，眼前出現了靈都北域的風雪。風雪之中，漸漸走來一個淡淡的身影，他的銀髮在風雪中飛揚。

「那瀾，是妳回來了嗎？」

我呆立在風雪之中。

「妳的頭髮怎麼變短了？」

那個身影漸漸化出一隻手，撫向了我的短髮，我瞬間驚醒。

我坐在花藤上看著前方，夢幻的水晶世界讓人感覺像是依然身處夢中，剛才一定是靈川，他感應到我了。我有種很強烈的感覺，不是自己做夢，而是他感覺到我回來了。這說明我離靈都不遠了！

劈劈啪啪！身旁傳來了遊戲機的聲音，我轉下臉看，原來是摩恩在玩我的手機！

我一開始要修幫我拿手機是怕一時睡不著可以聽音樂，結果沒想到躺下就睡著了。不知道是修的身體像娃娃，還是四周花香的緣故。

摩恩和所有男生一樣，一玩起手機就會忘了周圍的人。外面的雨似乎停了，整個水晶洞裡很安靜，修依然安睡在我的身邊。他額前的髮絲零零散散地垂落著。

我再次躺下，旁邊手機的光亮一閃一閃，摩恩正兩隻眼睛發綠地衝關，脖子上鐲子的鍊子垂掛在

他的身前，在遊戲的光芒中也是一閃一閃。

「摩恩，別玩了。」我說。

他依然專注於手機，隨口說著：「不玩手機妳要我幹嘛？看著妳就心煩。」

「那你回去吧。」我再次說。

他手一頓，轉頭揚起嘴角，瞇起眼睛：「妳越是趕我走，我越不走！」

我認真地看著他：「我是說認真的，我已經不生你的氣了。」

他一愣，我收起手機，發現時間已屆午夜。

睏意再次襲來，我重新躺在床上，閉上雙眼：「你還真奇怪，我放你走，你偏不走，喜歡被我這樣拴著。」

「沒錯，我就喜歡被妳這樣拴著。」

聞言，我睜開雙眼，望見摩恩精緻的臉龐和露在暗紫色長髮外的尖耳朵，他變回正常大小，單手枕在耳邊，瞇起眼睛笑著。

「哼，你真是犯賤。」

我轉身再次抱住修柔軟溫暖的身體。修十分仰賴我，卻不知道其實我也很依賴他，將他的瘋、傻、呆、乖當成擁抱他、貼近他的理由，他像是一尊洋娃娃，帶來溫暖，讓我忘卻寂寞。

我只想在孤單寂寞時找個東西抱抱，感謝上天給了我一個活人。

我不能抱別的男人，否則會讓他們以為我在主動示愛，於是看起來只有十六歲的修是最佳選擇。

他和我的相處模式不像情人，純粹是建立在宛如家人般的依賴上，他或許把我當成母親、妹妹，或是姊姊。

這樣很好，因為我也把他當成弟弟。

「我想看妳怎麼面對靈川！真期待看到靈川和伊森一起出現在妳眼前。對了，現在還多了個修，哈哈哈哈！」

「你去死吧！」原來摩恩賴在我身邊是為了這個目的，太可惡了！

「不要不理我哦──」他開始撓抓我後背。我正想發飆，他卻忽然轉身靠在我的後背上：「妳真的決定不再愛他們了？」

他的語氣忽然變得有些正經。

「嗯。」

「那愛我吧？」

「我寧可愛修。」

「哼！」

身後傳來一聲輕笑，再無任何話音。

第二天一早，我們補給完畢，立刻上路！

修又帶了一盆花藤，花藤纏在風鼇的龍角上，不影響牠前行，卻讓摩恩渾身不舒服。因為那花藤像鞭子，再加上修的力量可以魔化任何植物，普通花藤在他的神力下既能變成溫柔的觸手，也能化作全是毒刺的鞭子，摩恩已經嘗過後者的厲害了。

就在我們飛行的第三天，空氣忽然變得寒冷無比，海面上也出現浮冰，讓我凍得瑟瑟發抖，直到穿上所有衣服後才好些。

我同時發現溫度降低後，修的反應變得有些遲緩。他平時瘋瘋癲癲，一個人在角落可以說很久。但自從溫度下降後，他變得不再自言自語，反而常常縮在角落裡，抱著他的植物打瞌睡。

修的神力與植物有關，導致他的習性似乎也跟植物類似。植物不太喜歡寒冷，儘管有些植物在極地也能生存，但畢竟是少數中的少數。

摩恩倒是不畏寒冷地站在外面幫我們看路。

「是靈都！」外頭忽然傳來他的驚呼，我立刻走出帳篷，迎面而來的寒風讓我的臉像是被鋒利的刀片割傷般疼痛。我拉起圍巾遮住自己的臉，眼前的景象讓我驚訝萬分！

原本綠意盎然的靈都已被冰雪完全覆蓋！只見曾經蒼翠欲滴的山柱現在完全成了冰柱，蒼白的世界像是末日降臨，了無生機。

這是怎麼了？

靈都明明只有北域才有冰雪，像極地一樣無人能隨意進出。至於其他地方除了海拔稍微高一點的位置會有積雪，大部分都因為位處低地而較為溫暖。我還記得自己曾在山柱下的河裡游泳，水溫適宜，一點都不會覺得冷，眼前的所有河流卻都凝結成冰。

「靈都怎麼變成這樣？」摩恩飛在一旁，和我一起俯瞰整片冰川大地。寒冷的風揚起他暗紫色的長髮，小小的翅膀也在冰冷的空氣裡瞬間結了一層霜。

他立刻拍了拍翅膀，鑽進我的頸窩：「這裡太冷了，我不喜歡，我決定要讓靈川回來。」

風鼇繼續向前疾飛，整個靈都變得比原先更加安靜。當時這裡至少還有市集，雖然百姓的性格普遍拘謹，市集也不太熱鬧，但多少還是能看到靈都人彼此交談，孩子們蹦蹦跳跳，現在這裡卻被蒼茫白雪完全覆蓋，看不到半個人影。

風鼇緩緩飛過一根根山柱，我看到一個孩子自民宅內跑出來，似乎想玩雪球，卻在看到我時徹底傻住。我也因他臉上的面紗而陷入愣怔，靈都人再度回到從前，情況甚至更糟！

他們好不容易擺脫枷鎖，卻又被再次牢牢拴上，甚至比原來的負擔更重。

兩個大人從屋子裡急忙衝出，看樣子是孩子的父母。他們也看到巨大的風鼇，以及站在風鼇身上的我，頓時呆在雪地中。

我緩緩拉下圍巾，露出自己的臉，忽然發現他們身邊的雪地裡漸漸浮出兩個可怕的雪怪，殺氣騰騰地走去！

「不好，快救他們！」聞言，風龘迅速靠近，我直接躍落地面，抽出聖劍砍在雪怪身上，它們頓時化作金沙，飄散在空氣中。

我高舉聖劍，鏗鏘有力地喊道：「亞夫，我知道你感覺到了！不錯，我那瀾回來了！我要褫奪你的神力，還靈川自由！」亞夫獲得靈川水的力量，這裡的每一滴水都會成為他的一部分，一如靈川感知我那樣。

整座山頓時搖晃起來，我立刻對僵在原地的一家三口說：「快進屋裡去！在靈都沒有解凍前，你們千萬不要出來！」

「是！是！」夫妻二人立刻抱起孩子，逃入屋內，一個又一個雪怪隨即自雪地裡冒出，朝我而來。

「那瀾！」瞬間變大的摩恩飛到我身後，直接抱起我。

當我們回到風龘頭頂上時，一個個雪怪也朝我們射出鋒利的冰錐，花藤立刻飛出，在空中將那些冰錐一一擊碎。

我看向帳篷，修正陰森森地站在帳篷前，嘴角咧著詭異的笑容：「好久沒打仗了……好玩……好玩……」

修顯得興奮不已，看來亞夫慘了。

四周所有的冰山開始劇烈震顫，冰雪從山柱上抖落，一條條黑色樹根卻從冰雪中穿刺而出，瞬間瓦解包裹山柱的寒冰！

修的神力太強大了，只要有一根草存活在這世上，他就能控制它並加以強化，更別提靈都本來就是個充滿植物的世界，只是現在被冰封而已。

「風鼇，前進！」

牠立刻繼續向前飛。一根根巨大的冰錐自旁邊的山柱刺出，下面的冰河裡也衝出參天冰柱要刺穿風鼇，但很快便被冒出來的樹根與修的植物纏繞擠碎。

一切有些類似我逃離靈都那天，亞夫對我窮追不捨的情況。然而不同的是，這次我不再逃避，打算正面迎敵！

亞夫，我回來了，這次我要討回不屬於你的東西！

當風鼇飛入北域時，猛烈的寒風讓我們無法前進。我來到北域原本與河相連的邊緣，一堵高大的雪牆卻忽然在我面前隆隆升起，阻擋我們的去路！

我拔出聖劍狠狠劈落，雪牆頓時在我面前分崩離析。修和摩恩護在我身旁，風鼇蜿蜒地伏在冰河上，我朝北域深處放聲大喊：「靈川——我回來了——你要是感應到了——就快來接我——小龍——小龍——」

我的喊聲被風雪覆蓋，一個接一個雪怪在我面前的風雪中逐漸成形壯大，化成一支龐大的隊伍，殺氣騰騰地朝我走來。

修和摩恩立刻迎擊，風鼇也直接以身體撞上，壓碎一片雪怪，然而無限量的冰雪又組成新的軍隊，無法一網打盡。

我再度劈碎一個雪怪，面前的風雪又匯聚成人形，我以為是它是雪怪而準備劈落，人形的輪廓卻漸漸清晰，現出靈川的容貌。

「靈川！」我伸手顫巍巍地摸在他的臉上，對他的愧疚與思念使我情不自禁地抱住他：「我回來了，我是來救你的。」

「回去，危險。」他還是那麼惜字如金。

我放開他：「我人已經到了，你認為我會回去嗎？快來接我，我可以救你，但我一旦回去就真的不會再回來了，你也會被永遠冰封在這裡，你願意嗎？」

他低下頭，緩緩消失在我的面前，風雪化成的雪怪忽然像是受到另一股力量干擾，時而化開，時而合攏。

「鈴——鈴——」我聽到熟悉的駝鈴聲，欣喜地往風雪深處看去，只見靈川的雪駝正緩緩走來。

雪怪已被牽制，我立刻對修和摩恩說：「修、摩恩，我們進去吧！」

修回到我身邊，摩恩也縮小坐上我的肩膀。雪駝伏在我身前，我從牠馱著的大背包裡取出長長的斗篷，披在身上，戴上帽子，讓修坐在我身前，也用斗篷包裹住他，摩恩則坐在我的肩膀上，一行人就這樣在雪駝的護送中前進。

風雪的聲音漸漸蓋過了雪駝的鈴聲，修把自己的手往外伸去。

「修，你幹什麼？」我拉住他的手，但他的手指仍被凍到了。

他慢慢收回，黑暗的斗篷裡是摩恩散發的點點微光，微光之中，我看到修剎那間變成冰棒的手指。

「嘿嘿……嘿嘿……」

修似乎十分開心，嘴角咧到最大地看著自己凍成藍色的手指，然後做了個駭人的舉動——他握住那根手指，要去掰它！

我登時渾身起了雞皮疙瘩，連忙阻止他。

「修，不要變態！」

我拉開他的兩隻手，握住那根凍成冰棒的手指，他有些不甘心地緊盯那根發青的手指。真的得時時刻刻看住他才行，儘管他的外表已恢復如昔，但人依舊一點都不正常！

我將他的手指放在嘴前哈氣，如果是正常人，我想這根手指的確該直接掰掉了，不過修是人王，所以當我哈氣沒多久後，他的手指已經恢復正常。他先是愣了一陣，又想將手伸出去，我毫不猶豫地一巴掌打在他頭上：「老實點！」

修低下頭，模樣看起來很委屈。

「呿！」摩恩在我肩膀上嗤笑：「真是個變態，妳確定寧可喜歡上他也不喜歡我？」

「嗯，至少他乖、他聽話、他忠誠，你能做到哪一點？」

我轉頭望向肩膀上的摩恩，他掏著耳朵，滿臉不耐煩。

「而且他愛我，你連喜歡都沒有，我為什麼一定要喜歡你？你也太臭美了。」

摩恩一怔，整個人僵住了，我別開臉不再看他。

這傢伙實在很莫名其妙，總愛問我為什麼不喜歡他，也不想想自己根本不喜歡我。我想他之所以要我追他，是因為能向伊森炫耀及挑釁——看，你女人喜歡的是我，你這個娘娘腔不會有人喜歡的。

風雪的聲響逐漸變得微弱，我的心跳開始加快，知道我們一定已經來到靈川以前帶我造訪的冰洞了。

我掀開斗篷帽，眼前果然已不再是極寒的雪景，原來小龍把靈川藏在這裡。

「哦，極寒之地深處長這樣啊？」摩恩似乎也是第一次來，他驚嘆地環顧四周，並用小手抓住斗篷邊緣，裹住自己的身體，依舊坐在我的肩膀上：「真是神奇啊！」

「你沒來過嗎？」我問他。

「這極寒之地只有人王才能進來，別的生物進不來，也不會死在這裡，我當然沒來過囉！沒想到靈都還有這麼有趣的地方，不錯嘛……喲！植物怪，你又可以發揮力量了！」

摩恩打趣地對修說。但修沒有理他，再度沉浸在自己的世界裡，瞪大眼睛看著被凍在冰層裡的各種原始生物，渾然忘我。

當雪駝越來越接近冰瀑入口時，我看到小龍巨大的身影。

「嗚！」牠朝我輕輕哀鳴了一聲，我的眼淚不知為何奪眶而出。當雪駝伏地，我立刻一躍而下，跑到小龍面前緊抱住牠的脖子。

「河龍！」

摩恩飛到小龍身邊，修好奇地摸上牠的身體，綠幽幽的眼睛裡閃爍興奮的光芒，像是想把牠拆開來一探究竟。

「小龍，辛苦你了。」

我緊抱著牠，牠以冰涼的臉蹭了蹭我，也流出幾滴巨大的眼淚。

「吱吱！」

忽然，我聽到白白的聲音，立刻放開小龍往上看去，只見一個雪白的小小身影自小龍身後躍出，站在牠的脊背上。

「白白！」我張開雙臂，白白頓時一躍而下，撲到我身上。

「吱吱吱吱！」牠以毛茸茸的臉蹭著我，我緊摟住牠。

白白沒事實在太好了！牠沒事！

「雪猿……」修興奮地咧開嘴，摸上白白的背，白白全身的毛立刻豎起，喊了起來：「吱——」

牠迅速竄到我身後，探出小腦袋害怕地看修。

我拉住修仍想摸白白的手：「修，不管是小龍還是白白，你都不能動！」

那雙綠色的瞳眸顯得有些失落，他低下頭：「是……女王大人……」

我看向摩恩：「摩恩，亞夫可能快來了，你和小龍守在這裡，我去救靈川。」

我將手鐲自他脖子上卸下，他微微一怔，勾起嘴角：「不怕我走？」

我瞄了他一眼：「我求之不得。」他瞇起眼睛，陷入沉默。

「白白，你也留下來看守吧。」

「吱！」

白白一躍而下，倏然變得巨大，威武地站在小龍身前，不只嚇了摩恩一跳，也吸引修興奮注目，讓牠又害怕地打了個哆嗦。

我看向洞裡的通道，這裡的冰面極寒，會凍傷我的腳，靈川當初是抱著我進來的，但這次我只能踩著身上這件超長的斗篷前行。

我拉起修的手：「修，腳冷嗎？」

修傻傻地看著我，斗篷下的身體是溫暖的。

「踩在斗篷上慢慢走，別凍傷腳。走，我們去救靈川。」

他點點頭，伸手抱緊我的胳膊，揪著背在身上的藥箱，和我一起緩緩走入。

我帶著修走過熟悉的通道，冰瀑之源映入我的眼簾，明大叔的遺體仍在瀑布中，畫面令人心痛。他曾經那麼努力地想回家，甚至不惜涉險，他的兒子明洋卻因為憎惡上面的世界而想留在這裡。儘管每個人的選擇不同，但明洋不該跟魔王合作，成為魔王的傀儡！

冰瀑下放著老白猴的藤棺，同樣封凍在冰層中，保存完好。裡頭的老白猴彷彿陷入熟睡，英容笑貌就此定格。

奇怪，靈川呢？

我左顧右盼，卻沒看到靈川，於是往前走了幾步，發現伊森為我做的大巢正位於冰坑中央。

我忽然有種強烈的感覺，立刻拉著修跳下冰坑，斗篷瞬間飛揚，雙腳落在冰面上。幸好短暫落地還不至於會凍傷腳，我們趕緊站回斗篷上。

我掀開巢穴的簾子，一個長長的冰棺果然靜靜地安置其中，裡面是封凍的靈川身體。

巢穴裡的一切都沒有改變，被褥整齊地疊在一邊，我的包包和畫架也擺得相當整齊，那些畫作依然貼在壁上。

裡面似乎較外頭溫暖許多，我爬了進去，修跟在我身後。瘋瘋癲癲的他在看到那些畫後，瞬間陷入沉默，隨後緩緩爬出斗篷，走到那些畫前，聚精會神地一幅幅看了起來。

清澈的冰層猶如水晶，將靈川完好無缺地保存其中。我來到冰棺前，心情複雜無比。我實在無法憎恨他，如果他沒死，我或許會討厭他，但他死了，而且是因我而死。

倘若他沒有參加八王的遊戲，沒有把我帶回靈都，沒有受到我的感化而改變，他不會死。

過去種種皆因我而起，他為我而死，我又怎麼能針對那件事再去責怪他或恨他？一切都已因他的死而終結了。

我伏上冰棺，靜靜地望著他平靜的容顏，他在臨死之際似乎已接受自己的命運，不責怪亞夫。亞夫是否明白靈川從不恨他呢？

「靈川……」我隔著冰面，輕輕撫過他的臉，心臟劇烈跳動。

我猛然收回手，內心煩亂至極！

打從靈川死後，我總是不斷想起他，即使和伊森在一起，腦中仍會不自主地回憶起那些情話，以及要我對他負責的那件事。

我撫上額頭，不知道自己怎麼了，總覺得經過那件事後，我真的沒有資格再說自己深愛伊森了。

我強行將自己從這份已然混亂的感情中抽離，現在我只想安靜地救靈川。

我伏上冰棺，隔著冰層靠在他的胸膛上：「靈川，我來救你了，如果你能聽見，就化開這些冰吧！讓我得以碰觸你。」

我閉上雙眼，冰層明顯地往下降。我伏在他赤裸而冰冷的胸膛上，裡頭的心跳相當遲緩微弱，但我能感覺到。

靈川，再堅持一下，我這就來救你！我立刻睜開眼：「修，做正事了！」

修忽然變得正常起來，無論是動作還是手法都變得迅速俐落。他在醫治病人時看似完全恢復自

我，抑或是鑽研科學領域讓他渾然忘我，從而剔除那些不穩定與錯亂的因子，只剩下精通醫術、喜歡診治病人的修。

我打開包包，取出從修那裡拿來的醫藥箱，將針線遞給修：「修，幫靈川縫合傷口吧，他的傷口是神器造成的，所以得用我們世界的東西才能修復。」

我摘下眼罩，靈川身上的傷口變得比當初還要大，長約三公分，可見神器對人王的傷害有多麼厲害，即使冰封也阻止不了它持續侵蝕，幸虧我們及時回來了。

修立刻接過針線，開始替靈川縫合傷口，藍色的神力一點一滴地回到靈川體內。

成功了！

我趕緊拿出大號ＯＫ繃貼在縫合好的傷口上，接著屏氣凝神地盯著它。一旁的修同樣一聲不吭，不知道他是否和我一樣緊張？

我握住修的手，一秒，兩秒，三秒過去，不見神力外洩！

「沒事了……」

我徹底放鬆身體，長舒一口氣，這一刻，我的鼻子已然酸脹，淚水奪眶而出。我匆匆擦去這歷經驚慌害怕後，因為安心而流出的淚水，發現自己渾身是汗。

儘管在我的世界，縫合傷口只是個再小不過、甚至稱不上手術的措施，在這個世界裡卻攸關性命存亡！

修拿出聽診器，放在靈川的心口上認真聽著，接著眨眨眼看向前方：「沒事了。」他收好聽診器，掏出一片刀片，緩緩伸出手，嘴角慢慢咧開，綠幽幽的眼睛顯得無比興奮。

察覺情況不對的我立刻扣住他的手：「你想做什麼？」

他緩緩望著我：「我也想試試……」

「不行！」我奪過刀片，他失落而委屈地低下頭：「我也想讓妳幫我療傷……」

我愣愣地望著他。他自殘只是想讓我替他貼上ＯＫ繃？不，他其實是想得到疼愛，那份已失去一百五十多年的母愛吧。

他那帶著百般委屈的話語，讓我心底深處為他軟化。我看了看靈川胸口的ＯＫ繃，修曾經集萬千寵愛於一身，因為他是聰慧過人的小王子，他的父王、母后無不寵愛他。

而當修做錯那件事後，他卻被自己崇敬和最愛的人視作了怪物，遭到遺棄，甚至無法再見自己的母親。

我收回目光，執起修的手：「你不用劃傷自己，我們可以假裝治療啊，比如你現在哪裡傷了？我幫你止血啊。」我像是哄幼稚園小孩子一樣，陪他玩醫生病人的遊戲。

「真的嗎？」修激動地抬頭，翠綠的眼睛變得閃亮閃亮，他雙手激動地在自己身上上下摸索，忽然，他指向了自己的臉：「這裡這裡。」

他指著自己的面頰，就像是孩子們打架，在他的臉上留下了抓痕。

我從包裡取出一片ＯＫ繃，裝模作樣地貼在他臉上，他開心地摸著說：「母后說只要親親就不疼了。」

什麼！還要親親？

我不由多看了修兩眼，他到底是真傻還是裝瘋？

他激動地搓著手，低著臉：「女王大人……親我一下吧……求……求妳了……」

「好吧，感謝你救了靈川。」我捧住他的臉，在他臉上的ＯＫ繃落下一個吻。

「砰！」外頭忽然傳來巨響，看來亞夫到了！

「壞……壞人！」修瞬間站起，散發著濃烈殺氣，嘴角咧開，雙眸也發出綠幽幽的光芒：「女王大人，我可以殺他嗎？」

他身邊的花藤蠢動不已，對付亞夫似乎比我的吻更讓他興奮。

「不，我要活的，你得活捉他，打殘倒是無所謂！」

「打殘……我最喜歡了……」他雙手喀啦喀啦不正常地彎曲：「折斷他的雙手雙腿……把他綁在石台上……活生生解剖他……哈哈哈……真是太讓人興奮了……人王不老不死……只要不傷害到心臟……他就得活著體驗身體被切開……內臟被取出的痛苦……」

我整個人瞬間不好了。

「別廢話了，快去把亞夫給我抓來！」我無奈大喊！

修的氣焰頓時減了一半：「是……是……我的愛……妳不要生氣……我這就去……」

花藤鑽了進來，瞬間鋪滿冰面，我疑惑地看著它們，這些是從哪裡來的？該不會是那些凍在冰層裡的原始植物吧。

地面開始震顫，我能感覺到神力正在影響這個世界。

我握住靈川的手：「靈川，你什麼時候能醒來？放心，你的神力我會幫你拿回的！」我轉身想去幫助修，手卻被那隻冰涼的手緊緊地握住了。

我的心跳在此刻瞬間停滯。

「別離開我。」

清晰的聲音在身後響起，我卻無法鼓起勇氣回頭看他。

「那瀾。」一隻手臂緩緩環住我的身體，隔著斗篷，我感受到那結實的胸膛。「我好想妳。」

冰涼的臉貼上我的頸項，我的心臟終於恢復跳動，卻完全失去規律。

我有些驚訝，種種反應都表示靈川已占據我心中一隅。此刻，我不但無法再愛伊森，連說自己深愛他的資格都徹底失去了。

輕柔的吻落在我的脖子上，抱住我的手也隱隱發熱。我心驚膽跳地轉身，卻被他忽然壓倒在地，冰涼的唇落在我的唇上，帶來最熾熱的吻。

銀髮幾乎完全遮蓋我的視野。他忘我地吻著，甚至不給我喘息的機會，我感覺到了成年男人的霸道和強勢，就像那個晚上。

因為那個晚上的事，我應該殺了他的，但我沒有這麼做。

當我醒來後望見他呆坐在碧台上撫摸小龍時，赫然發現自己完全無法憎恨這個男人。

聽見他說愛我、要對我負責時，我滿心只有心慌和害怕，直到現在才明白那全是因為自己沒有察覺到這份心情。

他深深吻入我的唇，像是以他復活後的全部生命用力吻我。

「唔！唔！」我毫無說話的機會，雖然作勢捶打他，手卻被他牢牢壓回冰面。我終於發動身上的力量，金光乍現，他停下了吻，呆呆地看著我。

他還是那副一號表情，然而那雙看似呆滯的雙眸裡卻蘊藏著永遠猜不透的心思。

「怎麼了？那瀾？」居然還好意思問我，他到底在想什麼？

我憤怒地質問他：「你到底在做什麼？你這是在強迫我！你有沒有問過我願不願意？」

他眨了眨銀瞳，隨後定定地望著我：「那瀾，我現在想要妳，妳願意嗎？」

我徹底傻了：「你怎麼可以這樣？」

「我問過妳了。」他的語氣沒有任何起伏。

「你才剛復活吧！」

「所以想要妳。」

我僵在原地，他依然維持那副理直氣壯的模樣，無論那些話由別人口中說出有多麼煽情，從他口中說出來卻總是那麼大義凜然，義正言辭。

我別開臉：「靈川，你到底明不明白那是個錯誤，我喜歡的是伊森！」終於想到藉口了。

「我知道。」他漠然說道。

我吃驚地回頭看他：「你既然知道，為何還對我做出這種事？」

「因為我愛妳。」綿綿情話毫不猶豫地自他口中而出，讓我的心再次受到重擊。

「妳喜歡伊森，我愛妳，這並不衝突。」他罕見地說了長句，卻是這樣似是而非的愛情邏輯。

「而且伊森沒我好。」他繼續補充：「我是妳的人，妳必須對我負責。」他強調我們之間的關係。

我覺得自己快抓狂了：「伊森也是我的人，你說我該怎麼對兩個男人負責？」

「為什麼不可以？」靈川淡定地看著我：「闍梨香女王年輕時也曾擁有多名伴侶，只要妳跟我在一起時不去想別的男人，全心全意地愛我就可以。」

我一時語塞，頭開始嗡嗡脹痛，為什麼我在他面前總是有種深深的無力感？

「所以我和伊森是可以共存在妳身邊的。」他淡定地吻了下來，銀髮也隨之飄散，我立刻用力推開他：「我的朋友、小龍和白白都在外面戰鬥，你居然好意思在這裡跟我親熱？你……你這個萬年發情男！」

這句話終於讓他有些動搖。他瞇起銀瞳，臉側往一邊，深思片刻後起身，長長銀髮直垂他的腳踝，微微遮蓋他赤裸的上身。

他佇立在原地。我的心情依舊無法平復，對他復活後的所做所為感到非常氣憤。

「你還站在這裡做什麼？是不想面對亞夫嗎？」我一邊起身，一邊問他。

「不，我在讓自己冷靜。」

「…………」

我的大腦瞬間當機，就靈川這副呆樣還需要冷靜？心中再次湧起深深的無力感，他果然還是讓人看不透。

「那瀾。」

見他忽然轉身，我立刻背對他。

「只有妳能煽動我的激情，謝謝妳讓我終於知道自己是個男人。」

我徹底僵在巢穴裡，靈川居然是以發情來判斷自己性別的？他似乎一直以來都對除了生理構造，

男人和女人還有什麼區別而感到困惑，我應該對自己讓這個百年老處男開竅而感到驕傲嗎？我該不會成了他第一堂男性生理課的老師？

唉，真不該讓他復活的，他的一舉一動都讓我想撞牆。

「那瀾，我回來再要妳。」說完，他直接從我身邊走過，銀髮飄揚在風中。

我的大腦嗡嗚不斷，感覺快炸了！靈川這混蛋怎麼可以這麼強勢？他果然仍在發情中！

「對了，我會很快回來的。」

他居然還好意思補充，而且說得那麼淡定從容！這明明是件私密得不得了的事，他卻滿不在乎地脫口而出。

我瞬間被激怒，感覺自己快被這股若有似無卻格外強大的氣勢壓制住，於是憤然轉身，抽出腰間的聖劍。果然把這些人王全殺掉才是最好的選擇，如此一來，這個世界就太平了！

我提著聖劍往外走。不知道是因為身上力量爆發還是腳步太快，踩在冰面上的我絲毫不覺得冷。

我追上靈川，他回頭疑惑地看著我，我直接穿過他身邊：「先前你已為我而死，應該由我來替你復仇！」我大步邁進，不再回頭！

靈川腳步從容地跟了上來，那雙長腿使他擁有先天優勢，輕鬆地超越我。

「那瀾。」

「別說了，我知道你捨不得殺亞夫。」

他低下頭，沉默片刻後說：「我可以。」

他拉住我的手臂，我用力甩開：「別碰我，你這個流氓！」

靈川怔立在冰洞中，我恨恨地瞥了他一眼，轉頭離去。對不起，靈川，我不能接受你的感情，我很矛盾，你和伊森不該因為這份矛盾而受到傷害。

儘管我知道這樣的舉動會傷害靈川的心，但如此一來他應該就能放下我，很快忘記對我的愛。

轟！接近出口時，外頭已經傳來可怕的撞擊聲，整座冰山劇烈搖晃。

我跑了出去，發現修身邊的花藤已被封凍，然後一一碎裂，冰殿中央正站著我在這個世界最恨的人──亞夫！

亞夫的黑色長髮隨風飛揚，整個人猙獰得宛如魔鬼，渾身的深藍色神紋像妖蛇般蠕動，一根根樹藤被神力封凍，無法靠近他半分。

這讓我驚訝異常，沒想到亞夫明明只得到靈川的一半神力，居然那麼厲害。我看著修，發現他未顯疲態，似乎沒有動用太多神力，但嚴寒成了植物之力的剋星，一旦花藤靠近亞夫，便會被凍成冰棒，這也是神力之間的相生相剋吧。

我再望向摩恩，他也無法靠近亞夫。他是死神，看似強大，但只擁有收割靈果的特殊能力，神力其實弱於修和其他人王。

「那瀾！」亞夫咬牙切齒地喊出我的名字，恨恨地盯著我的臉，雙眸因為仇恨而染上深藍色。他揚起右手，長長黑袍劇烈擺盪：「今天，我要妳從這個世界徹底消失！」他倏然用力揮落右手，冰面瞬間從他腳下開始龜裂，延伸至我的腳下。

一道白影落到我面前——是白白！牠變成巨大的雪猿，抱起我跳離裂口。

「嗷——」小龍憤怒地嚎叫，飛向亞夫，擋在他身前。

「神龍，連你也不分善惡，站在魔女那邊嗎？」亞夫狂亂地朝小龍咆哮，聲音更像是在控訴。

「嗷！」小龍甩起尾巴，抽向亞夫。他的眼神忽然變得平靜無比，那不同尋常的執著吞噬了他的仇恨，宛如黑洞般徹底磨滅他的七情六欲，令人更加心驚。

「河龍，看來你也成魔了，我不能留你危害世界！」說完，亞夫揚手，無數根巨大冰錐分別從上方和下方刺向小龍。他居然要殺小龍！

我立刻大喊：「小龍快跑——」

與此同時，修的花藤和摩恩的鐮刀開始攻擊那些冰錐，阻止它們的攻擊。白白也帶我朝那些冰錐奔去，我舉起聖劍，用力揮砍。冰錐卻瞬間化作水，在我們面前嘩啦灑落。

小龍飛向出口，當牠停在靈川身邊時，亞夫的目光再也無法從靈川身上移開。

靈川溫柔地撫摸小龍，露出唯有看著牠時才會出現的淡淡微笑，如同世上最聖潔的曇花般緩緩綻放，讓人心平氣定，進而心生痴愛。我看著亞夫那迷戀的目光，彷彿終於找到那讓他生成心魔的萬惡之源。

他一直想守護的只怕不是靈川的聖潔，而是這抹微笑。

靈川的銀髮半遮俊顏，使他的微笑更顯朦朧而令人心醉，這樣的美無人能抵擋，連飛在半空中的摩恩也一時看傻了。

靈川，你獨有的聖潔的美是種罪惡啊！有誰能想到這純淨聖潔的美卻誘發了人心最深處的邪念，最後形成可怕的心魔？

這個世界因為靈川的微笑而變得安靜無比，沒人想破壞這祥和聖潔的美。

亞夫痴痴地看著靈川，嘴角劇烈抽動，似乎因為他復活而激動難耐。

「靈兒……」他輕聲呼喚，靈川卻看也不看地揮動手臂，一根冰錐頓時飛出，在所有人還來不及

反應前已經狠狠刺穿亞夫的腹部。

我愣在原地，卻不明白自己為何驚訝。靈川殺亞夫照理說是天經地義的事，但當我看見他毫不猶豫地出手後，那股寒意與冷漠讓他像是不帶任何感情的死神，連身為正牌死神的摩恩也懸停在冰冷的空氣中。

修緩緩收回手，所有花藤緩緩回到他身後，詭異地搖曳擺盪，像是美杜莎的蛇髮。

亞夫愣愣地低下頭，望著刺穿自己腹部的冰錐，金色血沙在上頭迅速凝固，化作令人戰慄的金色花紋。但那深藍色的神紋並未像上次他殺靈川時一樣離開身體，讓我相當擔心，靈川可能還是念及舊情，對亞夫手下留情了。

「靈兒。」亞夫緩緩抬頭，嘴角浮現苦笑：「你又要為一個女人殺我嗎？」

亞夫的話有些奇怪，為什麼是「又要」？

靈川收回撫摸小龍的手，臉上笑容早已被冰冷取代。他面無表情地說：「沒錯，師傅。」

師傅？我驚訝地看著亞夫，難道靈川已經確定他是前任靈都王的轉世了？

「有點意思。」摩恩終於回神，緩緩縮小飛到我身邊。

「呵，那你為什麼還不動手？為什麼？」亞夫朝靈川怒吼，刺穿他的冰錐瞬間化成灰燼，強大的神力突然爆發，揚起他身上的黑色長袍。

「因為我想讓您徹底消失。」說完，靈川倏然消失在我們面前，冰雪紛飛，巨大的風雪化為一條雪龍，頃刻間捲起亞夫，無影無蹤。

我一怔，肩膀上的摩恩也愣住了，整個世界又安靜下來，靈川消失，亞夫也消失了。

修的嘴角大大咧開，抬手指向外頭：「他們出去了……他們出去了……哈哈哈……好玩……好玩！」說罷，身後的花藤驟然包裹住他，化作一條綠龍也飛了出去！

我呆呆站了一會兒才回神：「人王還能變身？」

「那是力量的最終形態。」摩恩解釋：「他們的真身在力量裡，妳看到的只是幻影。」

此時小龍飛到我面前，白白抱起我躍上小龍，我立刻用斗篷把自己包得密不透風，摩恩也迅速飛入其中，小龍隨即飛了起來。

我疑惑地問摩恩：「靈川既然希望亞夫死，剛才為什麼不直接殺了他？」

摩恩聳聳肩：「如果直接殺了亞夫，他的靈魂會成為靈果，一旦被我們收割便會進入輪迴。他說要讓亞夫『徹底消失』，大概是想讓他灰飛煙滅吧？」

「灰飛煙滅？」太、太狠了！沒想到靈川會做得這麼絕！

「嗯，沒想到靈川挺凶惡的，我欣賞他！」摩恩摸著下巴，點頭稱讚，我一把抓起他問：「說！靈川打算做什麼？」

「還能做什麼？這世上只有一個地方能讓人王灰飛煙滅。」

我瞬間僵在原地：「日刑……台……」

「沒錯！好久沒看日刑了，總覺得有些激動呢。」摩恩興奮地搓手，我一把扔開他。靈川真的要讓亞夫接受日刑嗎？

小龍疾速地飛著，像是在追趕靈川。

我一時無法相信靈川會那麼做。之前擔心他對亞夫下不了手，以為他不用冰錐直接刺穿亞夫的心

臟是念及舊情，然而此刻的一切完全相反！靈川之所以不殺亞夫，是因為要曬化他，好讓他的靈魂灰飛煙滅，不再輪迴回到自己身邊。

我認識的呆王靈川沒想到這麼狠……不，其實從我認識他開始，就知道他無情。但他從不殺人，除了因為想保護自己的救命恩人闍梨香，殺死前任靈都王。

風雪忽然消失了，我摘下斗篷，小龍破雪而出，望見停在冰面上的風鼇，牠見我們飛出，也跟了上來。整個寒冰世界忽然從我們腳下開始融化，綠色再次出現，河流又變得碧藍，一切漸漸恢復正常。

當我們飛近日刑台時，雪龍已然消散，靈川把亞夫按在一片雪地上，與他力量相當的亞夫無法自他的壓制下逃脫。綠色花藤形成的龍緩緩開啟，修從中走出。我一躍而下，縮小後的白白和摩恩一起蹲在我的肩膀上。

「靈川……將亞夫給我吧……」修搓著手靠近。

亞夫的喉嚨被靈川牢牢鉗住，無法出聲，但眼裡的悲痛與憤怒讓他身上的力量熊熊燃燒。

靈川仍面無表情地俯視他，任由亞夫在他的手臂上抓出一道道傷痕，卻忽然揮動另一隻手，身下的雪頓時逐漸化開。當那熟悉的日刑台與符文從中隱現時，就連瘋瘋癲癲的修也急忙後退，不敢再踏上那讓人王也畏懼的石台。

符文忽然閃現光芒，我驚詫地望著靈川，他該不會是要跟亞夫同歸於盡吧？

不、不會的！衝著剛才那句「回來再要妳」，我相信靈川絕對不想死，我太瞭解他了，他一旦想到就會去做，而且不達目的絕不罷休。

日刑台上的符文閃耀，上空的雲層開始捲動，卻依然不見靈川打算離開。我頓時有些焦急，經歷過兩次日刑的我對陽光照下的時間非常清楚，當符文全部點亮後，通道便會開啟，陽光將在頃刻間灑落，根本沒有時間離開！

「靈川，你在做什麼？快出來！」我心急如焚地大喊。

他眨了眨眼，朝我看來，神情平淡如常：「他想殺妳，我不能留他在世上。」

「只因為這樣，你就要讓他灰飛煙滅？」

他目露不解：「妳同情他？」

我頓時一愣。是啊，我為什麼要同情亞夫？當初最恨亞夫的人不就是我嗎？我現在為什麼要阻止靈川？

靈川不解的目光已說明他的決心。我的確想殺亞夫，卻不知道讓他灰飛煙滅是否正確。

我皺起眉頭，直接抽起聖劍，踏入日刑台。

「神經病！」摩恩匆匆飛離我的肩膀，驚叫：「妳矖不化，我們可是會化的！妳這個瘋女人進去之前能不能先說一聲？」

他立刻變大抱起白白。這下我還真得感謝他，因為白白同樣不能進日刑台。

我大步走到亞夫身邊，他憤恨地看向我。我舉起聖劍：「亞夫，讓你灰飛煙滅算是便宜你了！我要你困在這個世界裡，遭受永生永世的詛咒！」

「那……瀾……」亞夫咬牙切齒，從喉嚨裡嘶啞地喊出我的名字，我毫不猶豫地將劍刺向他的身體，「啪！」手卻忽然被人扣住，我吃驚地望著靈川，他以那雙清澈的銀瞳淡淡凝視我：「那瀾，不

要殺人。」

「不要？」我冷冷一笑：「當初他一次次想殺死我，最後甚至緊追我放箭，你知道有多少雪猿替我擋箭，我才得以撿回一命嗎？就算你不讓我為你報仇，我也要替白白的子民和自己報仇！你以為曬化他就是替我報仇了？錯！你是在救贖他，根本是幫助他擺脫這永生永世的詛咒，我才不會那麼便宜他！我已經不再是你認識的那瀾，我要向亞夫復仇！」聞言，靈川頓時有些驚呆。我不知道他愛的是怎樣的那瀾，但我變了。我希望自己能變成他不喜歡，甚至討厭的那瀾，如此一來，當我離開這個世界時便能無所牽掛。

「我早該殺了妳！」亞夫的黑眸裡燃著熊熊怒火，我鄙夷地俯視他：「晚了，你這個變態！你以為把靈川拴在身邊就能讓他永遠不變？你守護的根本不是什麼聖潔，只是為了滿足自己的私欲，你這個自私的變態！我要釋放靈川的靈魂，以及他的一切！至於你嘛……哼！不巧的是我現在也能控制靈魂，你將永生永世成為我的奴隸，連灰飛煙滅都不能。」

靈川蹲在一旁愣怔地看著這一切。讓一個人待在自己的視線範圍內遠比使他消失更安全。我能看到靈果，甚至碰觸過它，只要我囚禁了亞夫的靈果，他既不能轉生，也無法灰飛煙滅。

「不！」他痛苦地哀號，緊緊握住靈川的手，圓睜雙眼苦苦哀求：「快了結我！我只想死在你手裡，不要做這女人的奴隸！」

靈川漠然俯視他，平靜的目光掀起一絲波瀾，亞夫頓時欣喜不已：「靈兒，你是不是猶豫了？」

當他喚靈川為靈兒時，我明顯感覺到靈川身上的寒氣愈發增加一分，冰寒的銀瞳也再次恢復沉寂。

靈川似乎非常厭惡亞夫叫他靈兒。

但亞夫已然沉浸在自己的妄想中，如痴如醉地說著：「靈兒……我的靈兒……你永遠是那麼地善良……聖潔……」

當「聖潔」二字出口時，我知道靈川將不再猶豫。他的身影再次化作雪龍，與亞夫和我手中的聖劍一同消失在我面前。陽光驟然從上空直落而下，灑落在我身上，也遮蓋了周圍的世界。燦燦金光中，我隱約看見一黑一銀兩個身影黏在一起，聖劍已經貫穿其中一人的胸膛，銀髮和黑髮在金光中飄揚，黑髮卻隨即灰飛煙滅。

「我要滿足我女人的心願！」金光之中，我聽見靈川無情的話語，藍色光束將兩人再次連接在一起。當陽光消散時，我只看到靈川手執聖劍，呆呆地佇立在日刑台外，冰冷的風不斷吹拂，他身上的神紋恢復如初，平靜地綻放著。

修和摩恩也愣愣地望著靈川，方才的一切想必已盡收他們眼底。

積雪開始從靈川赤裸的腳下融化，綠色重現人間，沾染著殘雪的青草在微風中靜靜搖曳。我緩緩走出日刑台，站在靈川身前，他朝我眨了眨眼，說：「好劍。」

我頓時一怔，他忽然緊緊抱住我，銀髮在風中飛揚。

靈川身體的冰涼穿透衣衫傳了過來，我擰緊眉頭，明白他之所以替我殺死亞夫，是不希望讓我的雙手染上鮮血，寧可自己開殺戒，也不想看我殺人。

我緩緩抬起雙臂，想擁抱他，最後卻還是放下，因為一個擁抱，便足以鞏固彼此的羈絆。

「他讓我噁心。」靈川在我耳邊輕喃，呼吸變得有些短促，將我越擁越緊。

我深吸一口氣，把他推開，他往後退了幾步。我冷冷問他：「亞夫的屍體呢？」

他微垂眼瞼：「化了。」

「化、化了？怎麼會？」

他舉起聖劍：「妳的劍。」

我愣愣地望著自己的劍，他再次淡定地說：「好劍。」

「這到底是怎麼回事？我還要收割亞夫的靈果呢！你怎麼能化了他？」

我無法相信除了真正的陽光外還能有什麼力量可以把人王直接灰飛煙滅的，難道靈川還有私藏？

我質問靈川，他顯得有些無辜，低下頭：「對不起……」

「光一句對不起就能解決事情嗎？」我拿回自己的劍，氣得一時說不出話。

摩恩忽然飛到我面前說：「那瀾，別激動，我們誰都沒想到妳的劍居然擁有那麼強大的威力，一般神器只能殺死人王，但他們不會灰飛煙滅，妳的劍刺中人王的心臟後，竟讓他徹底曬化了，真是厲害！」摩恩顯得十分激動，迫不及待地要拿起我的劍研究一番。

「不是灰飛煙滅……」修走到我和靈川之間，看著地面：「只是軀體化了……他還在這兒……」

他蹲下身子，在草裡翻翻找找，抓起一把金沙：「看……他的屍體……」

金沙自他的指尖緩緩流下，我的全身頓時起了雞皮疙瘩，連後脊梁都在發麻！我真沒用，有膽量報仇，卻沒膽量看屍體。

光芒在草叢間閃耀，泥土中漸漸冒出一棵小苗。

「果然在這兒。」摩恩勾起唇笑了。

我突然覺得氣氛有點怪，明明剛剛有個人在這裡死了，此刻的我們卻在圍觀他怎麼變成靈果，為什麼會這樣？

是因為摩恩是死神，生死在他眼中不過是家常便飯？還是因為靈川和修是人王，長生不死早已讓他們對生死徹底麻木？或是因為亞夫是靈川王轉世投胎，死亡不過是個階段？

為什麼連我也對亞夫的生死不太在意？難道是因為我太恨他了？

原因剪不斷，理還亂。但此刻的修興奮不已，他閉上雙眼，仰起脖頸，全身的神紋像是心跳般搏動，彷彿在感應靈果的誕生。

那棵樹苗開始在我們面前成長茁壯，我站起身往後退，它瞬間長成參天大樹，遠遠超過白白爺爺的靈樹！這就是閃耀之人的靈樹？果然與一般有所不同！

「嗚——」

「嗷——」

小龍和風鼇像是能看見靈樹生成，在一旁不斷嚎叫，白白也站到身邊拉住我的手，一起看著亞夫的靈樹。

一顆宛如榴槤般的靈果慢慢結成，渾身長滿尖刺，一如生前的亞夫不希望他人靠近！

「難怪亞夫性格不好，他的靈果長壞了。」摩恩飛到靈果旁，這顆靈果比他大了好幾倍。他瞧了老半天，搖搖頭：「真醜啊……如果我的靈果長成這樣，還不如直接灰飛煙滅比較好。」說完，他有些做作地甩甩一頭黑紫色長髮。

靈川靜靜站在原地，儘管靈樹就在眼前，但他依然無法看見。他看向我們，然後順著我們的目光看向亞夫的靈果，淡淡地說：「滅了。」

摩恩好奇地問：「靈川，看不出你這麼狠？滅了靈果等於滅了亞夫，也就是你師父的靈魂，你為什麼一定要這麼做？」

靈川微微擰眉：「糾纏兩世，煩。」

「噗！」摩恩噴笑，我驚訝地望著淡定說出這句話的靈川。

「哈哈哈……哈哈哈……只是因為他與你糾纏兩世，你就煩得要讓他灰飛煙滅？這就叫宿敵！你們當年還一起殺了闍梨香，我看她遲早會回來找你們復仇的。」

摩恩一陣大笑，靈川沉靜的目光卻落在我身上，像是盯著某人的影子似的。

「不許你這樣看我的愛、我的王妃……」修忽然大聲嘶喊，站在我和靈川之間。

靈川眨眨眼，神色不變地問修：「你的王妃？」

「是……我的愛……我的王妃……我的女王大人！我們成婚了……」修的眼神變得有些陰狠：「她是我的妻子，我的女王大人！」

我忽然感覺輕鬆起來，修這樣說也好。然而靈川的表情毫無變化，只是淡淡地頓了一會兒，接著表示：「嗯。」就一個字？

修瞇起雙眼：「你知道就好……」然後拉住我的手，不再說話。

靈川漠然地瞥了他一眼，隨後望向靈果的所在之處，那句敷衍般的回答彷彿完全不把他的警告放在眼裡，也不把我們的婚事當一回事，更像是小孩跟爸爸說：「爸爸，我要跟媽媽結婚。」爸爸便會哄著他說：「好啊。」

「靈川，你不介意嗎？」摩恩唯恐天下不亂地詢問，黑紫色的雙眸盯著靈川，像是在期待他與修大戰一場：「你的女人可是修的囉。」

「嗯。」

這一聲「嗯」讓摩恩也呆在空中。這才是靈川真正的神力，能讓身邊的人個個大腦停擺，跟他一樣變得有些痴呆。

「廢話少說，快把靈果摘下來給我！」我才不會讓摩恩惹事，這隻蒼蠅就是欠揍！

回過神的他疑惑看著面無表情地朝靈果發呆的靈川，掏出鐮刀一刀砍落，亞夫的靈果自上空墜下，我伸手托住那顆宛如榴槤般長滿刺的深藍色果實，此時靈樹也迅速地枯萎消失。

靈川與修的視線落在我的手心上。靈川閉上眼，憑藉感應摸著我手中的靈果，我感受到靈果猛烈收縮了一下，它是有感覺的！

「現在你打算如何？」摩恩問我，我反問他：「怎麼收藏靈果？」

他聳聳肩：「它可以依附在別的活物的靈魂上。」

「別的靈魂？」我下意識環顧在場的活物，比方說——靈川，他頓時一蹙眉：「還是滅了吧。」殺氣好重！

『我要滿足我女人的心願！』

耳邊迴響起他方才在金光中的話，他原本想讓亞夫灰飛煙滅，徹底終結彼此之間的糾葛，也終結亞夫的痛苦、救贖他的靈魂。我覺得靈川知道亞夫的痛苦，或許在他看來，讓亞夫解脫才是最正確的決定，他深遠的智慧超越其他人王，能看透一切真相，也能徹底洞察人的過去與未來。但因為我的恨意讓他改變決定，決定滿足我的心願，留下亞夫任我蹂躪，供我洩憤。

我並不是很清楚自己對亞夫所做的這一切，究竟是出於復仇還是救贖。

我再看著修，瘋瘋癲癲的他卻忽然望向別處：「活物……活物……女王大人……我去找……馬上就去找……」他溜了。

最後，我盯著摩恩。他一個激靈，抱住自己的身體，緊張地瞪我：「妳想幹什麼？別想把那種醜陋的東西塞到我的身體裡，它只配待在醜陋的東西裡！」

「這個怎麼樣？」熟悉的物體出現在我眼前，修毫不猶豫地貢獻出他的仙人球。

「好！」靈川和摩恩忽然異口同聲地支持這個提議，我有些傻眼，相信這是他們有史以來第一次達成共識！

但仙人球同意嗎？你們有沒有想過仙人球的感受？

「我來！」

我還沒答應，摩恩忽然使出精靈之力，裹住我手中的靈果，慢慢放到仙人球上方。渾身是刺的靈果與仙人球漸漸融合，我清晰地望見仙人球身上原本深綠色的花紋又多了一層深藍色裂紋，那個紋路我再熟悉不過，正是亞夫的。

「呼，結束了！」摩恩滿意地拍拍手，我抽了抽眉：「你們把它變成仙人球，我還怎麼奴役它？我要的是能蹦能跳、像你一樣的奴隸！」我指著摩恩，他一愣，隨後輕輕抱住我的食指，對我拋出媚眼：「親愛的那那，妳有我一個奴隸就夠了，妳是專屬於我的主人——」他張開小嘴，伸出舌頭，作勢舔上我的手指。

冰寒的殺氣頓時從旁而至，摩恩身邊的空氣瞬間凝固，將他封凍其中。

我看到一個四四方方的冰盒，當初那座巨大的冰牢浮現腦海，耳邊嗡嗡作響，我轉身背對靈川。

修拿起墜落的冰盒，在我身邊興奮晃著：「歸我了……歸我了……」

我覺得面前的空氣越來越稀薄，隨著那晚的記憶不斷湧現，胸口也越來越窒悶，恨與愛一起糾纏我的心，讓我無法平靜。

我深吸一口氣，戴起眼罩，讓自己的心情慢慢平復。靈川知道我是修的王妃，態度卻曖昧難明，從他剛才對摩恩與對修截然不同的反應看來，他絕對沒把修和我的婚事當真。

「嗚！」

小龍再次發出長鳴，不再是哀鳴，而是懷著喜悅。白白跳到我面前，開心地指向前方，我抬頭一看，發現飛舟正從四面八方而至。不知不覺中，整個靈都的冰雪已然消融，大地回春，山柱又恢復成綠色，飛鳥在空中逍遙飛翔。我的心情豁然開朗，宛如回到初次進入靈都的那一刻，壯觀的景象使我心曠神怡。靈都是個好地方，能讓人平心靜氣，和自然融為一體。

飛舟一艘艘停靠在崖邊，船上的靈都人紛紛摘下面紗，激動地看著靈川。他們的動作如此自然，像是很久以前就想將面紗摘下，掙脫這塊小小布料帶給他們的龐大束縛。

靈川自我身旁走出，環視周圍，微風揚起他的銀髮，綢褲飄搖鼓動，此刻的他是靈都之王！靈都人立刻恭敬地跪在靈川與河龍面前，俯首伏地。

「嗚！」小龍在空中飛了一圈，緩緩停在靈川身邊。風龘望著小龍，靜靜盤旋在上空。

靈都人依然安靜，但他們似乎有太多太多話想向靈川傾訴，卻又不敢這麼做，只能保持沉默。

我忽然聽到非常細微的哭泣聲，隨後越來越大，許多人抖著肩膀，暗自落淚。

雖然沒有親身經歷過亞夫的黑暗統治，但從眾人此刻的反應來看，他肯定讓這些單純善良的百姓陷入無比的痛苦中。好不容易自變態手中掙脫的他們，此時想必對自己的王感激萬分吧！

我看向靈川：「靈川，快說些什麼。」

「嗯。」他微微點點頭，上前揚起手：「都回家吧，你們自由了。」

簡單的一句話，卻讓靈都人徹底放聲大哭、深深拜伏、大喊出聲：「謝謝王！謝謝那瀾姑娘！」

「謝謝王！謝謝那瀾姑娘！」

「謝謝王！謝謝那瀾姑娘！」

一聲聲感謝的哭喊不停迴盪在靈都的高空。

我騎在風鼇身上，飛向聖光之門，在小龍身上的靈川一直側著頭凝視我。打從離開日刑台開始，他就一直維持這個狀態，那平靜如水的視線如此專注，我甚至感覺到一種特殊的火熱。

我以右臉對著他，右眼因為被眼罩遮住，看不到他的視線，雖然依舊能夠感受到，但總比直接看見好。

修捧著仙人球仔細觀察，它暫時由他看管，連摩恩也不知道它被靈魂依附後會產生怎樣的變化。白白開心地在風鼇角上竄上跳下，「哦哦」叫著，牠雖然已是一族之王，但年紀尚幼，還是那麼貪玩。摩恩蹺著二郎腿坐在空氣裡，他終於被靈川放出來了，身後的小翅膀不斷震顫，好讓自己能懸浮在空中。

他瞄了瞄我右側的靈川，再回頭看我，勾唇笑著：「那傢伙像是現在就想吃了妳，親愛的那那，妳到底是怎麼搭上那根木頭的？還是妳風味獨特，才會引來這些獨特的男人？」他指著瘋瘋癲癲的修，以及呆頭呆腦的靈川。

相對於其他人王，這兩位確實很獨特。

「靈川是個呆子……」修咧著嘴角，眼睛筆直地看著別的地方：「他只會發呆……太無趣了……我好……還是我好……」

聽見他說自己比靈川好，我第一個反應居然是全身發麻。

「呿，你還是個瘋子呢，能好到哪裡去？」摩恩嗤笑：「一個瘋子，一個呆子，還有伊森那傻子，那那，妳身邊有正常的男人嗎？」

我瞥向他：「你不算嗎？只不過成了我的奴隸。」

我拿出靈川的戒指和手鐲，摩恩立刻緊張起來，用手護住脖子，連連後退。

我慵懶地瞥向他：「沒打算套你，我是要將它還給主人。」我看也不看地朝右邊甩出，「啪！」隨即聽到有人接住的聲音。

轉眼已到聖光之門前，從裡面看，聖光之門也石化了。我從風鼇身上躍下，靈川也跟著下來，赤裸的雙腳落在翠綠草地上，如同通透的白玉。

「靈川，快開啟聖光之門。」

「嗯。」他走上前，抬手按在門上，神光自他手心迸射，出現一個藍色法陣。流光不斷進入聖光之門的每條紋路中，當藍光布滿石門的所有花紋時，忽然散發耀眼光芒，使人無法睜開眼睛。

我抬手遮眼，倏然有人拉住我的胳膊，用力拽下，一個吻就這樣猝不及防地落在我的唇上。我的腰被緊緊圈住，按在冰涼而熟悉的結實胸膛上，無法逃開。

「唔！唔！」我只能自喉間發出這樣的抗議，卻顯得如此無力。靈川知道只要不用神力，光憑男人純粹的力量，便能完全制伏我。

他深深吻入我的唇，久久沒有放開，甚至啃咬我，並扣住我掙扎的雙手，牢牢抱緊我，以他強勢的力量迫使我接受這個像是欠了他許久的吻。他宛如復活的吸血鬼渴望血液般的用力吮吻我的唇，吻得我雙唇發麻發痛，感覺不到一絲溫度。

藍光漸漸消失，他依然霸道地圈住我。殺氣忽然從右側傳來，他伸手一抓，緩緩鬆開我的唇，我連忙大口喘息：「呼……呼……你這個……混蛋……」肺裡的空氣早已被他吸空，連說話的力氣都沒有了。轉頭一看，卻發現一縷金沙掠過面前，是人王的血！我的心跳瞬間漏了一拍，立刻看向靈川的手，只見他抓住的是條滿是毒刺的藤蔓，黑色倒鉤的刺正輕易地劃開他的手心。

「修，住手！」我焦急地怒吼，隨即看到修怔在原地，眼神慌亂而茫然，我知道自己傷了他的心。

修自卑地低下頭，縮緊身體，驚惶無措地撿起地上的仙人球，視線左右飄移，不安地摸了摸頭，轉身匆匆跑回風蠶身上，躲進帳篷裡。

「修！」我向他跑去，卻被靈川拽住。

「妳心疼我。」他的語氣雖然平淡，卻包含不可動搖的確信。

我看向他的手，手心裡出現一條大大的傷口，金沙正從裡面不斷流出。但他沒有任何反應，整個人麻木得像是對任何事都失去感覺。

「你不痛嗎？」我難過地問他。他說的沒錯，我是心疼他，對修這樣攻擊傷害他很生氣，但回過神來，卻只能叮嚀自己不能去心疼任何一個人。

靈川依然平靜地望著我：「妳若不愛我，我不如死去。」我的心瞬間停頓在胸腔裡，深深的痛取代了心跳，他清澈的銀瞳裡是十二萬分的認真與固執，他怎麼能對我說出這種話？

他依然只看著我一人，彷彿整個世界裡只有我站在他面前。

「靈川，你死心吧。」摩恩晃晃悠悠地飛過來，臉上掛著壞笑：「這女人之所以救你是因為魔王復甦，她需要你的力量。像她答應跟修結婚也是為了救你，她根本不愛你。」

我默默低下頭。

「不，妳愛我。」耳邊響起靈川懷著一絲笑意的話，我吃驚地看著他露出那萬年難得一見的微笑，整個人變得柔和而溫暖。他執起我的手，手心的傷口已在不知不覺間完全癒合。

他將我扔還給他的鐲子套在我手上，卻沒像以前那樣將戒指戴在自己手上，而是套在我的手指上，笑著說：「妳有奴隸了，這能幫妳拴住寵物，不讓他們亂飛亂跑。」語畢，他的眼神平淡地掃向一旁的摩恩，讓摩恩瞬間僵在空氣中。

靈川還真懂我。

「跟我說說魔王的事吧。」他淡淡說著，似乎完全不在意摩恩方才的發言。

他真的一點都不懷疑我救他的目的，篤定認為我其實是愛著他的？明明連我自己都還搞不清楚啊。

我……難道真的愛上了兩個男人？

這、這可真是要瘋了！

看到躺在床上的修一臉蒼白，伏色魔耶氣得只想殺人，他絕不能讓那瀾那個女人活下去！

修並非一出生就發瘋，伏色魔耶是知道的；孩童時代，他們和彼此的父親一樣是很好的朋友。伏色魔耶其實只比修大兩歲，看起來卻成熟許多。北歐人的血脈使他魁梧非凡，他的血管裡流著戰士的鮮血，所以十八歲的他比十六歲的修整整大了不止一圈。

修擁有亞洲血統，身形纖細柔弱，但伏色魔耶很佩服修，因為他的體內擁有一個浩瀚無垠的宇宙，他博覽群書，才富五車，過目不忘，是罕見的天才少年。不像他拿著書只會睡著。如果他們聯手，說不定能問鼎天下。這是伏色魔耶當時的想法，他不容許自己的民族被一個女人統治，不管她是否擁有神力，他都要打敗她！

伏色魔耶也知道修瘋了的原因。他始終對修懷著一份愧疚，當初如果不是自己慫恿修一起去討伐闍梨香，修不會瘋。是他害了修，這讓他更加愛護修，修就像他的弟弟，比他的親弟弟還要親。所以他絕不原諒那個傷害修的女人！

修知道伏色魔耶來了，躺在床上的他能清晰地看到、聽到一切，甚至不瘋了。他驚訝地發現自己此刻的神智格外清明，同時卻也陷入往事帶來的痛苦。

他想告訴伏色魔耶——不要殺那個女人，因為她是屬於他的！是他發現她，將她拖回來研究治療，她身上一定有解開詛咒的方法！修能強烈感覺到她身上擁有所有答案！

但她被其餘七王發現了！不——不——

她被他們帶走，她將屬於他們，不再專屬於他！他想研究她，勢必得等到六個月後。

他知道是自己嚇到了她，他其實一點都不想這樣，可惜當時的他是瘋的，所以她在他靠近時，狠狠地拿刀刺向他的胸膛。雖然那一刀不足以致命，卻也讓他動彈不得許久。

他原以為自己將會陷入昏迷，卻沒想到靈魂如此清醒，甚至不瘋了。但這反而讓他深感生不如死，既不能動也不能說話，卻看得見、聽得到。他聽到七王打算舉行抓鬮大會，而且直接將他剔除在外，伏色魔耶甚至想殺死那個女人……不！不！他想要她，想在她身上找到解除詛咒的答案！

然而即使修在心中痛苦吶喊，抓鬮大會仍順利進行，伏色魔耶排序第四，卻迫不及待地想折磨她！因為他知道修其實是在為所有人努力，即使他瘋了。血祭、挖心、剖屍、法陣、魔力——修曾根據無數傳聞嘗試過，但最終的結果依然是失敗、失敗、失敗！

不過沒關係，正因為修瘋了，所以有著異於常人的執著，不會氣餒，不會放棄，不像涅梵他們嫌惡修，卻又期望他能找出解除詛咒的方法。眼下這些男人居然打算讓這個女人多活八個月！這令他難以忍受，他早晚要統一八國，讓這裡的每個人都對他俯首稱臣！

「修，我一定會讓那個女人付出代價！」伏色魔耶緊緊摟住修，他要為修報仇！

不——不——

修真希望自己能阻止伏色魔耶，卻無法發出聲音。他無力可回天，那瀾被人帶走了，他只希望她能活下來，也希望自己復活時能存有此刻的清醒。他不斷告訴自己想要她、想要她、想要她，他不願

再嚇到她，她是他的希望，他希望他們能成為朋友。

伏色魔耶輕輕抱起昏迷的修，他們要回伏都，然後等待三個月。即使暫時不能殺死那個女人，也得好好折磨她！

「修，我們回家吧。」

他貼上修冰涼的臉頰。發瘋之後，修的身體一直如死屍般冰冷，也不再睡覺，只是瘋狂地看書，研究、看書、研究，深入尋找解除詛咒的方法。一旦修消失，伏色魔耶就很難找到他，除非他自己出現，一如這次。

伏色魔耶狠狠地盯著那個女人，直到她消失在遠方，滿腦子都在想各種折磨她的方法，但他發現自己卻沒什麼概念。他是伏都的王，不是變態，不可能對一個女人用刑，能想到的只有不給她飯吃，餓她幾頓，但這似乎無法讓他消氣。

「修，我不知道該怎麼折磨那個可惡的女人，要是你一定知道的。」

伏色魔耶輕輕撫過修的額頭，心中忽然湧現一種奇怪的想法——那女人給修一刀也好，他終於可以好好休息了。

修的睫毛顫了顫，伏色魔耶激動地握住他的手：「修，你是不是要醒了！是不是？」

修在自己的軀殼裡不斷掙扎，感覺自己即將甦醒，又會回到那種瘋瘋癲癲的狀態。他必須不斷提醒自己，不能傷害那瀾，他需要她，他每天都在想念她，想對她說聲對不起。他忽然感覺到自己的心被那瀾刺中後，漸漸地已屬於她。

她是第一個刺中他心臟，讓他得以恢復神智的女人，她和母后一樣來自其他世界！如果母后在世，一定會很高興的！

他發現自己在這綿長的思念中已無法忘記那個名字——那瀾。

他想再一次見到她，帶她前往自己的宮殿，讓她見見母后。

但……他不能……再嚇到她……

他的神智開始慢慢模糊……不！不！他不想再嚇到那瀾，一定不能再嚇到她——

他猛地睜開眼睛，黑黑的眼圈因為長時間昏迷而有所好轉，那雙綠瞳卻仍空洞無神。邪氣忽然自他眼底而出，他痴痴地看著前方，嘴角再次咧成不可思議的弧度。

他拉開自己的衣領，痴痴看向已然復原的心口：「那瀾——那瀾——哈哈哈——妳是我的！是我的！」他以那像是氣管被割斷般的聲音嘶吼著。

忽然，他的眼神顯得有些慌張害怕：「不！不！不！我不能再嚇到她，我不能！我不能！我不能……」他痛苦地抱住自己的頭，抓緊裹住綠髮的繃帶。

「修！修！」門外傳來伏色魔耶激動的聲音，修緩緩抬頭一看，伏色魔耶匆忙走入，紅色披風隨風飄揚：「修！」他顯得驚訝無比，修居然醒了。他大步走到床邊，用力地擁住修：「你終於醒了！終於醒了！告訴你一個好消息，我跟玉音交換，可以提前一個月得到那女人！修，我把她給你，隨你愛怎麼玩就怎麼玩！」

「不！不！」修驚恐地大叫：「不——不——」他重重推開伏色魔耶，像是逃跑般躍出窗戶。

「修——」伏色魔耶連忙追出去，巨大的花藤卻突然綑住他，不讓他繼續前進。他不解地看著修落荒而逃的背影，難道是因為那女人刺了修一刀，才會讓修如此害怕？

「可惡的——那瀾——！」

伏色魔耶憤怒的咆哮在古老的皇宮裡迴響。

國家圖書館出版品預行編目資料

十王一妃 / 張廉作. -- 初版. -- 臺北市 : 臺灣角川
, 2014.04-
冊 ;　公分
ISBN 978-986-325-901-5(第1冊 : 平裝). --
ISBN 978-986-366-073-6(第2冊 : 平裝). --
ISBN 978-986-366-133-7(第3冊 : 平裝). --
ISBN 978-986-366-186-3(第4冊 : 平裝)

857.7　　103003492

Kadokawa Fantastic Novels DX

十王一妃4

2014年10月22日　初版第1刷發行
作　者：張廉
插　畫：Chiya
發行人：加藤寬之
總　監：施性吉
主　編：陳正益
副主編：林秀儒
責任編輯：邱璨萱
資深設計指導：黃珮君
設計指導：許景舜
美術設計：宋芳茹
印　務：李明修（主任）、張加恩、黎宇凡、張則蝶
發行所：台灣角川股份有限公司
地　址：105台北市光復北路11巷44號5樓
電　話：（02）2747-2433
傳　真：（02）2747-2558
網　址：http://www.kadokawa.com.tw
劃撥帳戶：台灣角川股份有限公司
劃撥帳號：19487412
法律顧問：寰瀛法律事務所
製　版：尚騰製版印刷有限公司
ISBN：978-986-366-186-3
香港代理：香港角川有限公司
地　址：香港新界葵涌興芳路223號新都會廣場第2座17樓　1701-02A室
電　話：（852）3653-2888